TESSA BAILEY

fica comigo

Tradução de
Priscilla Barboza

1ª edição

EDITORA RECORD
RIO DE JANEIRO • SÃO PAULO
2017

CIP-BRASIL. CATALOGAÇÃO NA PUBLICAÇÃO
SINDICATO NACIONAL DOS EDITORES DE LIVROS, RJ

B138f Bailey, Tessa
Fica comigo / Tessa Bailey; tradução Priscilla Barboza. – 1ª ed. –
Rio de Janeiro: Record, 2017.

Tradução de: Chase me
ISBN: 978-85-01-10963-7

1. Romance americano. I. Barboza, Priscilla. II. Título.

17-41954

CDD: 813
CDU: 821.111(73)-3

Título original:
Chase me

Copyright © 2015 by Tessa Bailey
Publicado originalmente por Avon Impulse, um selo da HarperCollins Publishers.
Direitos de tradução negociados com Taryn Fagerness Agency e Sandra Bruna Agencia Literaria, SL.

Todos os direitos reservados. Proibida a reprodução, no todo ou em parte, através de quaisquer meios. Os direitos morais do autor foram assegurados.

Texto revisado segundo o novo Acordo Ortográfico da Língua Portuguesa.

Composição de miolo: Abreu's System

Direitos exclusivos de publicação em língua portuguesa somente para o Brasil adquiridos pela
EDITORA RECORD LTDA.
Rua Argentina, 171 – Rio de Janeiro, RJ – 20921-380 – Tel.: (21) 2585-2000, que se reserva a propriedade literária desta tradução.

Impresso no Brasil

ISBN 978-85-01-10963-7

Seja um leitor preferencial Record.
Cadastre-se no site www.record.com.br e receba informações sobre nossos lançamentos e nossas promoções.

Atendimento e venda direta ao leitor:
mdireto@record.com.br ou (21) 2585-2002.

Para K-Dee's, o lugar que me acolheu nos meus primeiros dias em Nova York.

Agradecimentos

AO MEU MARIDO e à minha filha, por me apoiarem e acreditarem em mim cem por cento do tempo.

A Nicole Fischer, minha fabulosa editora, por se entusiasmar com os livros e amar os personagens tanto quanto eu. Trabalhar com ela é tão fácil e divertido — pelo menos para mim!

Obrigada à minha agente, Laura Bradford, por suas valiosas orientações e por saber lidar comigo quando estou exausta e estressada depois de passar muitas horas na frente do computador.

A Sophie Jordan, por seu maravilhoso incentivo e por ser uma amiga sempre presente.

Obrigada a Edie Harris, por ser um pé no saco e mandona demais sempre que necessário.

A todos os amigos que me conheceram quando eu tinha vinte e poucos anos, como Roxy, Abby e Honey, e mesmo assim gostaram de mim. Vocês sabem quem são. Amo vocês.

Capítulo 1

PREVISÃO DO TEMPO: possibilidade de tempestades de merda nas adjacências de Nova York, Nova Jersey e Connecticut.

O som dos passos de Roxy Cumberland ecoava pelas paredes lisas e bege do corredor, os saltos altos batendo no mármore polido. Ela estremeceu ao vislumbrar seu reflexo na janela limpíssima com vista para a Stanton Street. A fantasia cor-de-rosa de coelho não favorecia em nada o seu tom de pele. Ela deu um suspiro ressentido ao puxar a máscara de volta ao rosto.

Quem poderia imaginar que ainda existiam telegramas cantados? Para falar a verdade, ela dera boas risadas ao ver o pequeno anúncio nos classificados do *Village Voice*. Mas a curiosidade a fizera discar o número. As risadas pararam abruptamente assim que ela ouvira o quanto as pessoas estavam dispostas a pagar em troca da sua humilhação. Então, ali estava ela, um dia depois, se preparando para cantar para um completo desconhecido pelo cachê de sessenta dólares.

Esse valor podia até não parecer muito, mas, quando a pessoa com quem você divide o apartamento acabou de te dar um pé na bunda por não conseguir pagar o aluguel — de novo —, te deixando sem ter onde morar, e sua conta no banco está nas últimas, coelhos cor-de-rosa até que não são má ideia. Pelo menos, o rabo redondinho e felpudo serviria para amortecer a queda quando sua bunda batesse na calçada.

Viu? Ela acabou de ver algo positivo naquilo. Talvez a tempestade de merda demorasse mais um pouco para cair. Ou não. Na última semana, ela participara de treze testes, se arrastando com os pés cheios de bolhas entre uma promessa e outra de ligação, de uma resposta do tipo *definitivamente-nunca-iremos-te-ligar*, sorrindo e recitando falas para produtores-executivos entediados. Comerciais de pasta de dente, figuração em novelas diurnas... droga, ela até fizera um teste para interpretar a mãe em um comercial de pomada para assaduras de bebê. Mas a única coisa que sua aparência de vinte e um anos conseguira fora arrancar gargalhadas dos produtores.

Azar o deles. Não conseguiram afetá-la. Nada, nem ninguém conseguiria. Afinal de contas, ela era da porra do estado de Nova Jersey.

Embora Roxy normalmente escondesse esse fato, ela não podia negar que Jersey a preparara para essa constante onda de rejeição. O lugar havia lhe dado a ousadia necessária para dizer "quem sai perdendo é você" toda vez que algum engravatado afirmava que ela não tinha talento suficiente para atuar. Que *ela* não era boa o bastante. Mas duas palavras a faziam continuar, seguir em frente e pegar o metrô para um novo teste: *um dia*. Um dia, ela se lembraria dessas experiências pré-estrelato e seria grata. Aquilo tudo daria uma boa história para contar quando atravessasse o tapete vermelho de braços dados com Ryan Seacrest. Só a fantasia cor-de-rosa de coelho ficaria de fora da história.

Infelizmente, em momentos como aquele, quando uma nuvem indicava que uma tempestade de merda pairava sobre a sua cabeça, seguindo-a por todo lugar que ia, *um dia* parecia estar muito distante. Sessenta dólares não tampariam o buraco da nuvem de merda, mas a ajudariam a comer direito na próxima semana. Quanto ao seu problema de moradia, ela acabaria encontrando alguma solução.

Ainda que isso significasse pegar um ônibus para Jersey e entrar sorrateiramente no seu antigo quarto para passar a noite, ela assumiria o risco. Na manhã seguinte, calçaria novamente os sapatos de salto e voltaria à rotina sem que seus pais sequer percebessem que ela estivera lá.

Roxy deu uma olhada no pedaço de papel em suas mãos através da abertura dos olhos na máscara de coelho. Apartamento 4D. Pela música que havia decorado no caminho e considerando toda aquela ostentação no interior do edifício, ela imaginava o tipo de pessoa que atenderia à porta. Algum babaca rico de meia-idade, entediado com a vida, que queria se divertir com algo excêntrico, como uma coelha cantora. Ele fecharia a porta assim que ela terminasse, enviaria uma mensagem com um *emoticon* em agradecimento para sua principal amante e apagaria a pequena distração da cabeça ao se dirigir para a partida de tênis.

Roxy leu a anotação e sentiu um frio na barriga. Ela conhecera o novo chefe em um escritório minúsculo, em Alphabet City, e ficara surpresa ao descobrir que um cara um pouco mais velho que ela tomava conta do negócio. Sempre desconfiada, perguntara como ele mantinha o estabelecimento funcionando. Não podia haver *tanta* demanda por telegramas cantados, né? Ele rira ao explicar que coelhos cantores garantiam apenas dez por cento do faturamento. O restante vinha na forma daquilo que ele chamava de *striptogramas — strip-teases disfarçados de telegramas cantados*. Roxy fizera um grande esforço para parecer lisonjeada quando o ouvira dizer que ela seria perfeita para o trabalho.

Será que se sujeitaria a tanto? Tirar a roupa para desconhecidos pagava bem mais do que sessenta dólares. Seria muito fácil seguir por esse caminho. Como atriz, ela tinha a habilidade de se desligar por completo e se transformar em uma pessoa totalmente diferente. Ser o centro das atenções era algo que não a incomodava, afinal, ela havia sido preparada para isso. Aquela renda garantiria a Roxy um lugar para morar e permitiria que ela continuasse fazendo testes sem ter que se preocupar com a próxima refeição. Então, por que hesitar?

Ela passou o polegar sobre os valores que o novo chefe havia anotado num pedaço de papel. Duzentos dólares por dez minutos de apresentação. Deus, a *segurança* que aquele dinheiro poderia trazer... Ainda assim, algo lhe dizia que, uma vez que seguisse aquele caminho e começasse a tirar a roupa, nunca mais pararia. Então, o que seria apenas uma solução temporária para a nuvem de merda, acabaria se transformando em uma necessidade.

Pense nisso depois. Quando não estiver vestida como a porra de um coelho. Roxy respirou fundo, exatamente como fazia antes de cada teste. Segurou com firmeza a aldrava e a bateu na porta de madeira duas vezes. Franziu o cenho quando ouviu um gemido lamuriante vindo de dentro do apartamento. Parecia vir de uma pessoa *jovem*. Será que o babaca tinha um filho? Ah, que legal! Realmente, o que ela mais queria era passar vergonha na frente de alguém da sua faixa etária. Perfeito.

Seu balãozinho de pensamentos sarcásticos explodiu assim que a se porta abriu, revelando um cara mais jovem do que ela imaginava. Um *cara sexy pra caramba. Usando apenas uma calça jeans desabotoada.* Atrevida do jeito que era, seu olhar percorreu imediatamente o caminho da felicidade, embora o deste cara devesse se chamar caminho da perdição. Começava logo abaixo do umbigo, que pertencia a um abdômen definido. Mas não era o tipo de tanquinho de quem passa horas na academia. Não, era mais natural, daqueles do tipo *faço-abdominais-na-hora-que-eu-quero.* Bem convidativo. Daqueles que você não sabe se lambe ou acaricia — depende do humor.

Roxy se forçou a readquirir o foco e levantou os olhos até encontrar os dele. Grande erro. O abdômen era brincadeira de criança se comparado ao rosto. Barba por fazer. Cabelo de quem acabou de acordar. Grandes olhos cor de chocolate contornados por cílios pretos bem escuros. As mãos estavam apoiadas nas laterais do batente da porta, permitindo uma visão privilegiada do peitoral e dos músculos dos braços. Se fosse uma mulher diferente, teria aplaudido. Já Roxy estava bastante consciente da sua condição de coelha, mas até *isso* tinha menos importância do que o fato de o Abdômen Convidativo ser tão podre de rico que podia se dar ao luxo de estar de ressaca às onze da manhã. De uma quinta-feira.

Ele passou a mão pelos cabelos pretos desgrenhados.

— Ainda estou bêbado ou você está mesmo vestida de coelha?

A voz dele estava rouca, meio sonolenta. Provavelmente não era sua voz normal. Talvez tenha sido por isso que o estômago de Roxy deu uma cambalhota.

— Estou vestida de coelha.

— Ok. — Ele inclinou a cabeça para o lado. — *Devo* ficar bêbado para isto?

— Se alguém tem que ficar bêbado para isto, esse alguém deveria ser eu.

— Pode crer. — Ele apontou em direção à escuridão do apartamento. — Acho que ainda sobrou tequila...

— Sabe de uma coisa? — *Esta é a minha vida agora. Como vim parar aqui?* — Acho que já estou pronta.

Ele assentiu, respeitando a decisão dela.

— E agora, o que a gente faz?

— Você é... — continuou Roxy, lendo o que estava escrito no papel através do recorte da máscara. — Louis McNally?

— Sou. — Ele encostou no batente, observando-a. — Foi uma homenagem ao meu avô. Então, tecnicamente, sou Louis McNally II. Bem pomposo, não acha?

— Por que está me contando isso?

— Só estou tentando puxar assunto.

— Esta é uma programação de quinta-feira normal pra você? Receber visitas de criaturas da floresta na porta de casa?

— Você é a primeira.

— Tudo bem então. Pode me chamar de Coelhinha Rosa I. Bem pomposo, não acha?

Ele riu, e Roxy se sentiu imediatamente grata pela máscara esconder seu sorriso. Para falar a verdade, a situação ficava mais ridícula a cada minuto. Definitivamente ela não tinha tempo para isto. À uma da tarde, tinha um teste para uma montagem irônica de *Lassie, uma* produção de uma pequena companhia de teatro. *Prioridades, Roxy.*

— Você parece ser bonitinha. — Ele semicerrou os olhos, tentando ver seu rosto sob a máscara de plástico. — Tem uma mulher bonita debaixo dessa máscara, Coelhinha?

— Levando em consideração que foi a garota com quem você transou ontem que me mandou aqui para cantar, eu diria que isso não tem importância — respondeu Roxy, em tom suave.

— Garotas bonitas sempre têm um trunfo — disse ele, arqueando uma das sobrancelhas escuras. — Você falou alguma coisa sobre cantar?

Roxy pigarreou, deixando que a letra terrivelmente idiota surgisse em seu cérebro. Letra que não havia sido escrita por ela, graças a Deus. Quanto antes acabasse com aquilo, mais rápido poderia se livrar da fantasia sufocante e esquecer que aquele episódio tinha acontecido. Pelo menos até amanhã, quando estava escalada para ser uma abelha gigante. Puta merda.

Faça valer cada apresentação. Incorporando Liza Minnelli, ela apoiou o peso em uma perna e levantou a mão oposta.

Para o meu coelhinho conquistador,
Uma lembrança da nossa noite de amor,
Com poucas palavras me fez sentir sensual
Agora, sonho acordada com a perfeição do seu...

— Pare. — Louis balançou a cabeça devagar. — Meu Deus, por favor, pare com isso.

Roxy abaixou a mão.

— Espero que você esteja reclamando da letra, não da minha interpretação.

— Eu... é claro. — Louis olhou de um lado para o outro no corredor e ficou aliviado ao constatar que nenhum dos vizinhos tinha escutado aquilo. — Quem você disse que te mandou aqui?

Ela o encarou, perplexa. Não que ele pudesse perceber, já que a máscara escondia o seu rosto.

— Você saiu com mais de uma garota ontem à noite?

— Eu estava comemorando — respondeu ele, na defensiva. — Não seja uma coelhinha julgadora. Essas são as piores.

— Ceeerto. Missão cumprida. — Ela se virou, *literalmente* balançando o rabo, e seguiu em direção ao elevador. Olhando para trás, disse: — Foi a Zoe quem me mandou aqui. Caso você queira anotar.

— Zoe é a ruiva? — perguntou Louis.

Quando Roxy parou de forma abrupta, ele sorriu, dando a entender que estava brincando. Talvez.

— Espere. Você pode esperar um segundo? Eu deveria te dar uma gorjeta.

Roxy abriu um sorriso debochado enquanto o observava mexer, de forma desajeitada, no bolso da calça.

— A que tipo de gorjeta você está se referindo? Porque eu *acabei* de cantar uma ode ao seu pênis.

— Por favor, não me lembre disso — pediu ele, tirando uma nota de vinte dólares da carteira e segurando-a entre os dedos. — Antes de você ir embora, só mais um pedido. Quero ver o seu rosto.

Roxy sentiu uma pontada de irritação. Por que a sua aparência importava tanto? Em todo lugar que ia, todo teste que fazia, havia olhares críticos analisando-a de cima a baixo. Magra demais. Curvilínea demais. Alta demais. Baixa demais. Ela *nunca* era o que eles queriam. Naquela manhã mesmo, haviam dito que tinha corpo de *stripper*. E o fato de que aquele riquinho festeiro estava lhe oferecendo dinheiro só por querer julgar sua aparência a deixava triplamente irritada.

— Por quê? Se gostar do que vir, vai me convidar para entrar? Você ainda deve estar com o cheiro da última garota.

Ele pelo menos teve a decência de parecer envergonhado.

— Eu...

Roxy não dava a mínima para a sua resposta.

— Você acha que eu deveria ficar lisonjeada? — Ela apertou o próprio peito de forma dramática. — Por favor, ó detentor do Pênis de Ouro, me permita cultuar a perfeição do seu falo!

— Cuidado. — A vergonha dele havia se transformado em irritação. — Está começando a parecer que você está com inveja.

— Inveja?

Agora a coisa tinha ficado séria. A nuvem de merda que pairava sobre a sua cabeça escureceu, disparando relâmpagos para todos os lados. Ela havia sido chutada do próprio apartamento, há semanas não recebia uma ligação sequer em resposta aos testes que fazia e estava prestes a se lançar à arte do *strip-tease*. Ele a pegara num péssimo dia. Para falar a verdade, dias bons estavam cada vez mais difíceis de acontecer, e, naquele exato momento, Roxy só conseguia pensar em uma coisa para ajudar: a oportunidade de arrancar aquela expressão convencida da cara do Príncipe do Pênis.

Ela mordeu os lábios para deixá-los mais convidativos e retirou a máscara. Uma onda de satisfação percorreu seu corpo ao perceber a boca dele se abrindo e os olhos castanhos adquirindo um tom mais escuro. É isso aí, *meu amigo*. Não sou de se jogar fora. Enquanto ela avançava na sua direção, ele se afastou do batente, com um gemido se formando na garganta. Percebeu o que ela pretendia fazer, sabia o que estava por vir. Roxy não pôde deixar de notar que, apesar de estar usando uma pesada fantasia de coelho, ele a olhava como se ela estivesse com um biquíni minúsculo. Louis McNally II era uma figura interessante, ela precisava admitir.

— Inveja? — repetiu ela, empurrando-o para dentro do apartamento até que as costas dele batessem na parede ao lado da porta.

— Gato, eu poderia acabar com você.

Sem dar a Louis qualquer chance de resposta, Roxy ficou na ponta dos pés e colou os lábios aos dele. *Uau, bom.* Não houve nenhuma hesitação da parte dele, só uma longa e hábil mordiscada nos lábios dela. Foi como se ela tivesse pulado de um trapézio, e ele a tivesse agarrado no ar. O beijo esquentou rapidamente, as bocas se abrindo, as línguas lutando pelo controle. Uma mão forte encontrou o queixo dela e puxou seu rosto mais para baixo, permitindo que ele inclinasse a cabeça e aprofundasse ainda mais o beijo. Uma onda de eletricidade a envolveu, e Roxy cambaleou, sentindo o efeito daquele calor. *Atordoada.* Ele a afetou de uma forma que ela não estava acostumada. Já havia beijado vários caras, mas nunca ficara apavorada diante da ideia de um beijo acabar. Louis forçou ainda mais a língua, produzindo um som faminto que vibrou na boca de Roxy. Ela repetiu o som. Ainda mais alto. Inclinou a cabeça para trás, e ele acompanhou o movimento, mantendo as bocas coladas, como se não quisesse que ela fugisse. O que estava acontecendo? Ela estava perdendo o controle da situação. *Recupere o controle.*

Roxy recuou e inspirou profundamente. Os lábios dele estavam molhados e separados, como se Louis fizesse força para respirar. Seu rosto era uma máscara de puro choque e incredulidade.

— Quem é você, afinal?

Engolindo o nó na garganta, Roxy arrancou a nota de vinte dólares da mão dele.

— Sou aquela que está indo embora.

Ela saiu em disparada pelo corredor, sentindo que ele a observava. Com toda a dignidade que alguém com uma fantasia cor-de-rosa de coelha poderia ter, ela se esquivou do elevador e desceu as escadas, dois degraus de cada vez.

Capítulo 2

Louis observou seus amigos enquanto tomava um gole da cerveja. Russell parecia impressionado com a história. Ben, como de costume, parecia formular umas *cem* perguntas na cabeça. Nenhuma que Louis quisesse responder. O que ele queria era se livrar da ressaca, dando início a outra tentativa de esquecer o beijo que havia lhe causado umas mil ereções, muito obrigado. Esta era a razão pela qual ele estava novamente no bar *Longshoreman*, em menos de vinte e quatro horas. O que as pessoas diziam sobre retornar à cena de um crime? Nunca voltar? Tarde demais.

— Peraí... estou confuso. Como ela conseguiu pegar a nota de vinte dólares com uma pata grande e felpuda?

Russel soltou um grunhido.

— Só você para se preocupar com logística num momento desses, Ben. Louis deu uns amassos numa coelha. Só curta o que aconteceu!

— Não dei uns amassos — lamentou Louis. — Foi mais um *rá, rá, bem que você gostaria* de dar uns amassos, não é, seu idiota?

— Apresente a coelhinha para a sua mãe. Pelo visto, ela é pra casar.

Ben se recostou na cadeira.

— Como ela conseguiu passar pelo porteiro do prédio?

Russell bateu a testa na mesa, balançando os copos vazios.

— Daqui a pouco ele vai comentar que ainda não estamos na Páscoa.

Louis ignorou os dois. Um pouco grosseiro da sua parte, na verdade, já que eles também estavam se recuperando da ressaca e, mesmo assim, estavam ali, lhe fazendo companhia.

— Olha, ela me pegou numa hora ruim. Num minuto, eu estava dormindo embaixo da mesa de centro com um porta-copos colado na testa. No outro, estava falando com uma coelha gigante. — Louis massageou a ponte do nariz. — Não consegui nem descobrir o nome dela.

— Trixie.

— Jéssica.

— Vocês dois formam uma bela dupla — disse Louis, tamborilando os dedos na mesa. — Ela tinha cara de Denise. Ou de Janet. Aquele tipo de nome que faz você sentir que ela será sua futura ex-namorada.

Russell assentiu.

— Se você tivesse ex-namoradas. Coisa que não tem.

— Pois é.

Isso era verdade. Ele dificilmente namorava. Nunca. Não porque tivesse alguma espécie de regra contra relacionamentos, mas porque fora obrigado a testemunhar os pais jogarem seus casos extraconjugais na cara um do outro, e isso o havia deixado meio amargurado com a ideia desde muito novo. Enquanto permanecesse fiel apenas a si mesmo, não magoaria ninguém. Nem se tornaria amargo e vingativo. Infelizmente, aquela política implícita o deixara se sentindo meio... triste ultimamente. Tudo bem, na verdade, desde aquela manhã. Quando ele tinha causado a pior primeira impressão possível da história.

— Está dizendo que quer uma ex-namorada? — perguntou Ben, limpando os óculos. — Você entende que, para uma garota ser a sua *ex-namorada*, primeiro ela tem que *ser* a sua namorada? No tempo presente?

Louis cruzou os braços, impaciente.

— Não percebi que tinha me matriculado em uma das suas aulas de inglês, professor Ben. Devo pegar um lápis?

Seus amigos se entreolharam.

— Nosso garoto está tão irritadinho hoje — disse Russell. — E por causa de uma garota, devo acrescentar. Talvez eu tenha que achá-la e comprar um bolo de cenoura para ela.

— Escutem, não quero uma namorada. Ou ex-namorada, não importa. — Louis deu o último gole na cerveja. — Mas, se vocês descobrirem um jeito de encontrá-la, estou aberto a sugestões. Nossa história ainda não terminou.

Ben olhou para o teto e suspirou, mas era nítido que ele estava entusiasmado com a ideia. Não era à toa que resolvera se tornar professor. Adorava saber todas as respostas.

— Isso pode ser resolvido facilmente. É só perguntar para a garota que te mandou o telegrama qual agência ela contratou. Não deve haver muitas. Eu nem sabia que telegramas cantados ainda existiam.

— Ah, sim. E como seria essa conversa? — Russell riu. — Já sei. Oi, garota que escreveu uma música sobre o meu pau. Eu gostaria de apresentar esse mesmo pau para outra garota. Pode me dar uma ajudinha?

— Você é um verdadeiro idiota.

— Vocês dois, por favor, calem a boca — falou Louis, passando a mão na barba por fazer enquanto refletia sobre seus amigos por um momento. Tão diferentes dele. E diferentes um do outro. Como foi mesmo que eles se tornaram amigos? Ah, sim. Pelo poder da cerveja. As propriedades mágicas do álcool não conheciam limites. Ben, professor universitário recém-contratado aos vinte e cinco anos. Russell, trabalhador da construção civil e o mais velho entre eles, com vinte e sete, mas de longe o mais imaturo. E Louis, o... perfeito idiota. *Deus,* ele realmente tentara subornar a garota com vinte dólares, quando obviamente ela estava passando por uma situação financeira difícil? Ela devia ter concluído que ele era um filho da mãe convencido antes mesmo de descer as escadas. Ele só estava desesperado para ver a cara dela. Associar um rosto à voz rouca e ao humor afiado. Então, por um momento, se transformara no próprio pai. Como se isso fosse algo natural. Louis afastou o pensamento perturbador com rapidez.

— Se segurem nas cadeiras, porque tenho outro problema, igualmente urgente.

— Sou todo orelhas de coelho — falou Russell, impassível.

— Engraçado você falar isso. — Louis diminuiu o tom da voz. — Depois que ela foi embora, eu comecei, é... a *pensar* nela vestida com a roupa de coelha. Principalmente em tirá-la da fantasia. Na verdade, não conseguia *parar* de imaginar. Foi então que...

— Você não fez isso.

— Ah, Deus. Você entrou na internet.

Louis semicerrou os olhos.

— Tanto pornô ruim, gente. Pessoas com rabos de algodão. Cenouras entrando em lugares que nunca, *nunca* deveriam entrar. Tenho quase certeza de que vou morrer com essas imagens gravadas na minha mente.

— Essas coisas acontecem — disse Russell, se inclinando para a frente. — O que você precisa fazer agora é se desintoxicar vendo pornografia de qualidade. Substituir a ruim pela boa. Mas tem que fazer isso logo, antes que esse pornô ruim deteriore o seu cérebro.

Ben os olhou com desgosto.

— Vocês realmente precisam assistir a filmes pornô para se masturbar? Que tal usar a imaginação?

Russell e Louis o encararam inexpressivos, até que Russel quebrou o silêncio:

— Desintoxicação. Pornô.

Louis assentiu.

— Estou dentro.

Mesmo tendo concordado, Louis sabia que nada poderia ajudá-lo, não até que a visse *sem* a fantasia de coelha. Ele tinha dado tudo de si naquele beijo, e, mesmo assim, ela fora embora. Isso estava ferrando com a cabeça dele. Deixando-o agitado. Onde ela estaria agora? Por que alguém com todo aquele talento estava cantando telegramas de merda para sobreviver? Droga, aparecer na porta de completos desconhecidos não era um trabalho perigoso? Ele fora capaz de sentir o corpo esguio dela através da fantasia felpuda. Se alguém quisesse arrastá-la à força para dentro do apartamento, seria impossível impedir.

A lembrança da garota o empurrando contra a parede invadiu seus pensamentos. Tudo bem, ela não era completamente indefesa. E, merda, agora ele estava excitado de novo e sem ter como satisfazer os próprios desejos. Tinha que haver uma explicação para aquilo. Garotas entravam e saíam da sua vida. Ele gostava delas, as tratava bem e então, se mandava. Um sistema que nunca falhara. E Louis não perdia tempo depois, se remoendo ou analisando tudo. Não. No entanto, ele só tinha trocado um beijo de dez segundos com aquela garota e subitamente se sentia inquieto. Ansioso.

Verdade seja dita, ele tinha gostado da coelha *antes* mesmo que ela tirasse aquela máscara idiota. A garota tinha uma mistura de confiança e vulnerabilidade que prendera a sua atenção no segundo que ela começara a falar. Mesmo com uma baita ressaca, ele queria continuar conversando com ela o dia todo. Queria conhecê-la. Então ela tirara a máscara, e foi foda. E não do jeito que ele gostava.

Grandes olhos verdes, mesclados com tons dourados. Lábios que pareciam ter acabado de chupar um picolé de cereja. Caramba, ele ficava de pau duro só de lembrar como foi ter aqueles lábios nos seus. O jeito como ela o beijara até que ele ficasse excitado e então recuara, deixando-o completamente atordoado. Louis ficara tão surpreso com a própria reação que a deixara ir embora sem dizer ao menos uma palavra. O que era raro. Ele sempre, *sempre* tinha algo a dizer. Ele era a droga de um advogado. Um pedaço de papel emoldurado na parede do seu escritório confirmava isso.

Claro que ela não *sabia* que ele tinha um bom emprego. Louis estava sem camisa e com a barba por fazer às onze da manhã, em plena quinta-feira. Oferecera tequila antes mesmo de perguntar o nome dela. Se a garota já não o considerasse um palhaço, ele ficaria decepcionado.

Em sua defesa, estivera comemorando uma vitória para o escritório em que trabalhava na noite anterior. Um dos seus clientes *pro bono*, o dono de um pequeno negócio no Queens, tinha perdido a loja de conveniências da família no último furacão. Não tinha conseguido obter ajuda financeira ou qualquer outro auxílio para reconstruir o lugar, graças a uma companhia de seguros que não colaborava e um senhorio que queria o espaço para um negócio mais lucrativo. Louis trabalhara no caso por semanas, aproveitando o tempo que tinha entre um cliente e outro dos que haviam contratado os serviços do escritório. E ontem, finalmente, o homem conseguira os fundos necessários para reconstruir a loja, e o sustento da família permaneceria intacto.

Tudo bem, ele meio que tinha exagerado na noite anterior e dormira até tarde esta manhã. Não costumava fazer isso. Com tanta frequência.

Droga, ele queria encontrá-la nem que fosse para desfazer a má impressão que havia causado. Tudo bem, talvez quisesse beijá-la de novo. Bastante.

Poderia fazer isso com alguns telefonemas.

— Ele está considerando a possibilidade — disse Russell, tirando-o de seus pensamentos.

— Estou considerando o quê?

— Ligar para a garota que te mandou o telegrama e conseguir o nome da agência — explicou Ben.

— Não, não posso fazer isso. Zoe era uma garota legal — falou Louis, vasculhando o cérebro em busca de alguma lembrança da garota. — Eu acho.

Russell deu de ombros.

— Diga que você achou que o telegrama foi um ótimo presente e gostaria de mandar um para a sua mãe também.

— Para a minha mãe. No sul da França.

— Ela não sabe a localização geográfica da sua mãe — contestou Russell, batendo o copo vazio na mesa. — Vamos lá, cara. São tempos de desespero. Salve a coelhinha, salve o mundo.

— Você é um bundão. — Louis chamou a garçonete e pediu mais uma rodada. — E, por falar na sua bunda, sem querer acabei me familiarizando com outra parte do seu corpo que eu nunca queria ter visto, depois de clicar num link errado esta tarde.

Ben e Russell estremeceram.

Capítulo 3

Macacos voadores me mordam. Que porra é essa?

Roxy parou o copo de café no meio do caminho até a boca. Ela se inclinou mais para perto da tela do computador, certa de que tinha lido errado o anúncio do site *Craiglist*. Quando alguém pigarreou ao seu lado, ela percebeu que tinha dito um palavrão em voz alta. Aparentemente, linguagem obscena não era bem-vista neste cyber café. Ela passara as últimas horas ali, depois de circular a noite toda entre cafeterias e lanchonetes abertas vinte e quatro horas, sem ter para onde ir e relutante em balançar a bandeira branca e voltar para Jersey. A privação de sono deve ter sido prejudicial, porque, com certeza, estava vendo coisas.

Apartamento de três quartos, com um disponível. Em Chelsea. Somente garotas, por favor. Não sou sexista nem nada parecido. Só não quero me sentir constrangida em meu próprio apartamento, sabe? Se você é homem e ainda está lendo este anúncio, não é nada pessoal. Só quero poder pendurar o sutiã no chuveiro sem me preocupar se você está julgando o tamanho dele. Eu visto P, então uso bastante enchimento. Bom, isso tudo foi muito terapêutico. Vou avaliar as candi-

datas pela próxima hora. Meu endereço é Nona Avenida, n°
110, apartamento 4D. Duzentos dólares por mês.

A última parte. O preço. Foi aí que Roxy se sentiu confusa. Em
Chelsea, um aluguel nesse valor era completamente inédito. Algo
vindo de contos de fadas, sussurrado pelos bares na calada da noite
e somente entre os amigos mais próximos. O unicórnio dos espaços
habitacionais. Um quarto minúsculo com grades nas janelas custava mais de setecentos dólares por mês em Chelsea. Deveria ser um
erro de digitação. Ou ela encontrara o Santo Graal dos apartamentos alugados, que normalmente eram anunciados apenas no boca a
boca. Nunca no site *Craiglist*. Baseando-se nos devaneios do anúncio, Roxy supôs que a pessoa que estava alugando deveria ser maluca
demais para conseguir atrair um bom inquilino. Sendo assim, hoje
era o dia de sorte da Maluca do Sutiã, porque Roxy estava desesperada. Ela até mesmo consideraria morar com uma família circense,
convencendo a si mesma de que seria uma ótima oportunidade para
fazer um estudo de personagens.

Sua primeira semana na *Big Apple* tinha sido como um sonho
realizado. Ela arrasara no seu primeiro teste e fora a estrela de um
comercial de pacote de salgadinhos exibido em rede nacional. A
campanha pretendia atingir o público jovem. Por conta disso, ela
aparecia dando uma mordida no salgadinho ao mesmo tempo em
que se jogava na cama do alojamento da faculdade. Então, com um
suspiro de satisfação, olhava para a câmera. O dinheiro que ganhara
permitira que sobrevivesse confortavelmente. Por um período. Era
só uma questão de tempo até o próximo grande sucesso, certo? Errado. Ninguém pareceu ficar impressionado com a sua estreia como
a princesa dos salgadinhos, especialmente quando ela competia com
pessoas que faziam com que seu currículo se parecesse com uma lista
de supermercado. O comercial ficara no ar por pouco tempo, e logo
Roxy deixara de receber o pagamento pelos direitos de imagem.

Mas seu problema atual? Ela estava *longe* de ser a única aspirante a atriz desesperada na cidade. Algo que ela sabia muito bem, devido à grande quantidade de garotas ansiosas que apareciam para fazer os mesmos testes que ela. Garotas cansadas, vestidas com o glamour das roupas de brechó. Naquele exato instante, ela podia apostar que havia centenas, se não milhares, de artistas famintos correndo em debandada em direção à Nona Avenida, nº 110. Um senso de urgência correu por suas veias, e Roxy rapidamente fechou a janela do navegador e colocou a mochila nos ombros. Ela estava a dez quarteirões de distância, e o anúncio tinha sido postado três minutos atrás. Se corresse feito uma louca, *poderia* ter alguma chance de conseguir. Enquanto jogava o copo de café na lixeira mais próxima, uma garota com uma bandana rosa na cabeça, que usava o computador ao lado dela, se levantou. Elas se encararam.

— Você também viu? — perguntou Roxy, casualmente.

— Talvez.

As duas correram em direção à porta, ignorando o atendente horrorizado. Aparentemente, não pagar pelo tempo de uso da internet neste cyber café era algo condenável. Porém, Roxy não tinha tempo para regras. Não com uma chance de ouro à vista. Com o novo e quase confiável trabalho em que precisava se humilhar, ela poderia facilmente arcar com as despesas desse lugar. Melhor do que isso, ela teria dinheiro *sobrando* pela primeira vez na vida. Aulas de teatro não seriam mais um sonho inatingível e se tornariam realidade.

Roxy ziguezagueou pela equipe de entregadores que descarregava engradados de um caminhão e pulou sobre um poodle que estava fazendo suas necessidades. Ao lado dela, Bandana Rosa bufava.

— Já devem ter ocupado a vaga — disse ela. — Nunca vamos conseguir.

— Fale por você. — Com isso, Roxy a empurrou com o quadril em direção a alguns arbustos. — Nada pessoal!

— *Vaca!*

Indiferente ao insulto, Roxy simplesmente acelerou a caminhada, os saltos altos, sempre presentes, batendo forte na calçada. Mais três quarteirões. Ela correu um quarteirão e derrapou até parar em um semáforo. *Não.* Câmeras, trailers brancos e holofotes gigantes por todos os lados. Uma rápida olhada pelo local a fez perceber que um filme estava sendo gravado. A cena familiar, com assistentes de produção falando nos *headsets,* normalmente a confortava, mas, hoje, estava somente frustrando suas chances de conseguir um lugar barato para dormir. Naquela noite, ela poderia ficar sem ter onde morar, e a única coisa que a separava da Nona Avenida, nº 110 era a gravação de um filme com... aquele era o Liam Neeson? *Uau, ele é realmente bem alto.*

Um grupo de figurantes chamou sua atenção. Eles estavam sendo comandados por um assistente, que falava em um walkie-talkie. Roxy sabia, pela linguagem corporal do grupo, que estavam prestes a entrar em cena. Apenas esperando a ordem. Ela jogou os cabelos para o lado e se moveu gradativamente pelo cruzamento. Quando o assistente virou de costas, ela se inseriu no grupo de figurantes, sorrindo de forma radiante quando um deles a olhou com curiosidade.

— Quando será o almoço, hein? — sussurrou ela. — Estou faminta.

— Hum. Nós *acabamos* de almoçar.

— Ah, cale a boca.

O assistente acenou para eles.

— Ação!

De uma só vez, todos os figurantes começaram a gritar e a se abaixar enquanto percorriam a calçada. Meu Deus, ela deveria ter imaginado que era a porra de um filme de ação com o Liam Neeson. Sem hesitar, Roxy soltou um grito agudo, digno de um grupo avançado de improviso, e puxou os cabelos, se movendo junto com os outros atores, e até mesmo fingindo um tropeço para dar mais realidade à cena. Ao contrário deles, no entanto, quando a cena acabou, ela continuou correndo, mas para fora do set de filmagem. Diretamente para a Nona Avenida, nº 110.

Depois de correr por mais um quarteirão, ela o viu. O edifício estava localizado na esquina, aumentando a possibilidade de que o quarto possuísse uma janela. As bolhas nos pés que se danassem — ela acelerou ainda mais a corrida. Três garotas em idade universitária alcançaram os degraus do prédio ao mesmo tempo que ela. Por um momento, para tirá-las da competição, Roxy considerou outro empurrão de quadril, mas decidiu que agressão física só era aceitável uma vez por dia.

Em vez disso, bloqueou a subida das garotas na escada e, ofegando, apontou para o outro lado da rua:

— Ah, meu Deus! Olhem! É o James Franco.

Deus as abençoasse, porque todas olharam. Roxy, porém, não desperdiçou nem um segundo rindo. Em vez disso, subiu os degraus e tocou o interfone do apartamento 4D. Um ruído metálico preencheu o hall de entrada um instante depois, e ela abriu a porta do prédio com um grito de vitória. Uma fã do James Franco tentou segurar a porta antes que fechasse, mas Roxy a puxou bem a tempo.

— *Vaca!*

— É, já me xingaram disso hoje — respondeu ela através do vidro, dirigindo-se às escadas. — Mas espero ser uma vaca com um aluguel de duzentos dólares. Me desejem sorte.

Quando chegou ao quarto andar, viu que a porta para o 4D estava levemente entreaberta. Uma péssima sensação atingiu seu estômago quando ouviu vozes femininas vindas de dentro do apartamento. Tarde demais. Ela chegara tarde demais. A não ser que pudesse convencer a Maluca do Sutiã que era uma candidata melhor do que a pessoa que a vencera na corrida. Pouquíssima chance, principalmente se ela exigisse uma verificação de crédito. Ou um depósito. *Merda.* Roxy não tinha pensado nisso antes de vir aqui, né? Os vinte dólares que pegara do Louis McNally II no dia anterior eram o único dinheiro que tinha em seu bolso. Tudo o que tinha a seu *favor*, na verdade. Ignorando o súbito calor no estômago ao se lembrar do *beijador-do-século* sem camisa, Roxy entrou no apartamento exibindo o seu melhor sorriso.

Duas garotas se viraram, interrompendo a conversa, e olharam para ela. Uma loira bonita usando tênis All Star e saia jeans surrada estava parada ao lado de uma mesa de jantar que parecia uma antiguidade. Do outro lado da mesa, estava uma morena, assustada. Ela usava um terninho azul-marinho que provavelmente custava mais do que todo o guarda-roupa de Roxy. Essa devia ser a Maluca do Sutiã. Roxy poderia apostar... vinte dólares nisso.

— Boa tarde, senhoritas.

— Oi — respondeu All Star, com um nítido sotaque sulista.

— Boa tarde — respondeu a Maluca do Sutiã. — Imagino que você esteja aqui por causa de um dos quartos.

— Quartos? — Roxy ergueu as sobrancelhas. — No plural?

— Tenho dois quartos disponíveis. — A Maluca do Sutiã atravessou a sala para olhar pela enorme janela com vista para a Nona Avenida. Ela começou a retorcer as mãos, possivelmente porque avistou a quantidade de pessoas que se juntava na frente do prédio. Como se fosse um sinal, o interfone tocou três vezes seguidas. — Pensando bem, eu provavelmente não deveria ter incluído meu endereço no anúncio. Deveria ter feito uma pré-seleção antes. É que nunca... nunca fiz algo assim.

Roxy deu uma olhada geral no apartamento, discretamente. Meu Deus! O lugar era um verdadeiro palácio para os padrões de Manhattan. Uma sala de estar enorme, a cozinha reformada e com eletrodomésticos de aço inoxidável. A decoração era industrial, moderna, com um toque aconchegante. Ela poderia apostar... vinte dólares que o lugar havia sido decorado por um profissional. Não havia um móvel sequer da IKEA. Não até que *ela* se mudasse e trouxesse seus pertences. O que essas garotas pensariam quando vissem as poucas coisas que possuía? Deixou o pensamento incômodo de lado e decidiu que faria tudo o que fosse possível para chamar este lugar de lar. *Parecia* um lar. Não somente um lugar para dormir como ela vinha fazendo nos últimos dois anos.

— Bom. — Roxy tirou o talão de cheques do bolso da frente da mochila. — Não precisa procurar mais. Tem duas garotas aqui, e dois quartos. Eu sou uma merda em matemática, mas parece um bom resultado.

Quando All Star pegou sua deixa, Roxy decidiu que já gostava da loira.

— Você aceita o pagamento em dinheiro? Tenho um bolo aqui comigo.

Pensando bem, talvez não.

— A primeira coisa a fazer seria deletar o anúncio — sugeriu Roxy —, antes que a polícia chegue aqui toda paramentada.

— Já fiz isso — explodiu a Maluca do Sutiã. — Ficou online só por cinco minutos. Mas as pessoas continuam aparecendo.

Roxy caminhou até a janela, dando uma piscadinha para a morena elegante enquanto passava.

— Deixa que eu cuido disso pra você. — Ela abriu a janela e colocou a cabeça para fora. Meu Deus! Aquilo parecia um episódio de *The Walking Dead*. Ela teve a sensação quase precisa de que algumas delas comeriam o braço de uma pessoa pela chance de conseguir o aluguel ridiculamente barato. — *Ei!* — gritou ela. — *Vocês não foram rápidas o bastante, suas idiotas. Os quartos já foram alugados. Caiam fora!*

Roxy fechou a janela, ouvindo um coro de xingamentos em sua homenagem. Honestamente, se mais alguém a chamasse de vaca, ela passaria a acreditar que era uma. Talvez, mas provavelmente não.

— Obrigada. — A Maluca do Sutiã suspirou, se sentando em uma das cadeiras da sala de jantar. — O zelador já me odeia porque passei duas semanas o chamando pelo nome errado.

— Qual é o nome dele? — perguntou All Star.

— Rodrigo.

— E de que você o chamava?

— Mark.

All Star fez um som compreensivo.

— Um erro comum.

Ah, céus.

Aparentemente, havia duas malucas na mesma sala. Na esperança de restaurar algum senso de sanidade, Roxy estendeu a mão para a morena.

— Bom, sou Roxy Cumberland. Se você me chamar pelo nome errado, prometo não esperar duas semanas para avisar.

— Sou Abigail. Mas pode me chamar de Abby. — Elas apertaram as mãos. — Eu moro aqui.

— Percebi. — Roxy arqueou uma sobrancelha para a loira. — E você é?

Os dentes que se revelaram pelo sorriso que ela deu provavelmente eram os mais brancos que Roxy já tinha visto. Isso significava muito, considerando que as atrizes clareavam os dentes regularmente.

— Honey Perribow. Prazer.

— Igualmente — murmurou Roxy, antes de voltar a atenção a Abby. — Se você não se importa que eu pergunte, o que aconteceu com as pessoas que dividiam o apartamento com você?

— Nunca o dividi com ninguém. — Abby olhou ao redor do apartamento como se o visse pela primeira vez. — Estou morando sozinha aqui há cinco meses.

Ela é rica pra cacete.

— Sério?

— Sim. Sem contar o fantasma, claro.

— Fantasma? — Honey deu um gritinho.

Abby sorriu.

— Estou brincando.

Roxy, de fato, se viu soltando uma risadinha. Talvez a situação não fosse tão ruim, afinal. Só precisava garantir seu lugar no apartamento, então descobriria como resolver a situação financeira. Em seu bolso, o pedaço de papel com os valores dos *striptogramas* brilhava.

Antes que ela pudesse dizer uma palavra, Honey colocou a mão sobre o coração, no estilo juramento à bandeira, e falou:

— Me sinto no dever de informar que esses quartos poderiam ser alugados por muito mais do que duzentos dólares.

Roxy lançou um olhar para a loira.

— Uma boa companhia não tem preço.

Abby ergueu a mão.

— Estou ciente de quanto os quartos valem, eu trabalho com finanças. Então, *dã*!

— Por que esse valor então? — perguntou Roxy, genuinamente curiosa. E um pouco desconfiada. — Tem algo de errado com o apartamento? Ratos... encanamento ruim... vizinhos com espingardas e aversão à juventude americana?

— Não, nada disso. — Abby levantou uma das sobrancelhas. — Onde *você* tem morado?

— É uma selva lá fora.

— É mesmo — acrescentou Honey. — Visitei três apartamentos esta manhã. Um era de um velho safado que ofereceu a vaga de graça se eu fizesse os serviços domésticos sem roupa. Nos outros dois quartos, mal cabiam as minhas coisas. Tenho quase certeza de que um deles era o armário de vassouras.

Abby se levantou e começou a caminhar de um lado para o outro no tapete persa que cobria o chão. Baseando-se na parte desgastada bem no centro, Roxy chegou à conclusão de que a garota devia fazer isso regularmente.

— Eu poderia ter oferecido os quartos para algumas das minhas colegas de trabalho. Ou anunciado por um preço mais alto. Mas minhas colegas são, bem, elas são umas idiotas. Já convivo bastante com elas no escritório. — Abby suspirou pesadamente. — Estou entediada, ok? Entediada, solitária e não tenho amigos.

Roxy se espantou, finalmente percebendo o panorama geral.

— Então você achou que poderia comprar alguns amigos para te entreter?

— E, ainda assim, essa não foi a coisa mais esquisita que já me aconteceu hoje — balbuciou Honey.

— Quando você fala assim, parece horrível. — Abby deu de ombros. — Sim, é, um pouco. Mas, principalmente, é um pedido de socorro. Estou começando a falar sozinha. A conversar comigo mesma. Seria legal dizer "me passe o suco de laranja" para alguém, além do fantasma.

Honey se remexeu.

— Vou precisar que as piadas sobre o fantasma parem por aqui.

Abby abriu um sorriso com o canto dos lábios.

— Então? Estão dentro ou fora? Estou jogando a cautela ao vento. Não vou fazer verificação de crédito, porque, honestamente, não preciso tanto do dinheiro para me preocupar com isso. Vocês duas parecem relativamente normais, de um jeito que me diz que não vou temer pela minha própria vida. Podem se mudar hoje mesmo?

Roxy bateu o talão de cheques de leve contra sua coxa. Há um minuto, ela estava pronta para fazer de tudo para morar no apartamento. Agora, já não tinha tanta certeza. Abby tinha imposto a única condição que ela não se sentia confortável em oferecer. Amizade. Não que Roxy não tivesse amigas, por assim dizer, mas elas eram, na maioria, garotas com quem esbarrava nos testes e conversava por cinco minutos antes de partir para a próxima jornada teatral. O que ela podia chamar de comunicação com seus antigos colegas de apartamento era uma palma da mão esticada no primeiro dia do mês, esperando pelo pagamento do aluguel. Mas isso? Isso seria diferente. Esperavam que ela interagisse. Saísse do personagem. Ela já não fazia isso há algum tempo. Principalmente desde que começara a viver por conta própria. No ensino médio, elevara o status de antissocial a outro nível e, depois de encarar tantos contratempos em Nova York, tinha ficado ainda mais confortável no seu casulo *eu-contra-o-mundo*.

Apesar de Abby garantir o contrário, Roxy percebia a realidade. Uma garota rica desejando se rebelar. Ela queria companhia, alguém para conversar e, possivelmente, confiar. Roxy nunca fora confidente de ninguém, a não ser dela mesma. Sem querer, sentiu uma faísca de simpatia por Abby. Nos poucos minutos que passou no apartamento, tinha meio que começado a gostar da garota. Mas ela não era o que Abby estava procurando. Ela não gostava de papos de mulherzinha. Não dividia tigelas gigantes de pipoca enquanto fazia maratona dos episódios de *New Girl*. Por dois anos, ela esteve sozinha. Algo lhe dizia que, se assinasse o cheque — sem fundo —, aquilo mudaria. Estava pronta para isso?

Dane-se. Que escolha ela tinha? Tirou uma caneta da mochila, preencheu o cheque no valor de duzentos dólares e o entregou a Abby.

— Você pode, hum, esperar dois dias para descontar o cheque?

Abby a observou de perto, bem de perto, antes de assentir.

— Claro.

À sua esquerda, Honey se aproximou com uma pilha de notas de vinte.

— Estou dentro também.

— Bem — Abby colocou o dinheiro e o cheque no bolso da frente do blazer —, devo fazer o jantar para a gente esta noite?

— Não force a barra — falou Roxy.

Ao mesmo tempo, Honey respondeu:

— Eu faço a salada.

Roxy se dirigiu à porta da frente, balançando a cabeça negativamente.

— Vejo vocês mais tarde, garotas. Não me esperem acordadas.

Quando fechou a porta atrás de si, ela permaneceu em silêncio no corredor por um instante antes de pegar o celular no bolso lateral da mochila. Murmurando um palavrão, discou o número anotado no pedaço de papel logo abaixo dos valores dos *striptogramas*. Não havia outro jeito de conseguir os duzentos dólares a tempo de Abby descontar o cheque. Ela poderia tentar encontrar um trabalho de garçonete, mas sabia, por experiência própria, que os restaurantes normalmente exigiam pelo menos um turno integral de treinamento não remunerado antes de deixar que as gorjetas fossem levadas para casa. Ela nunca havia feito treinamento para *bartender*. Não, a curto prazo, aquilo era o que ela podia conseguir.

Parece que a gorjeta de vinte dólares de Louis McNally II ia ser usada para ela fazer uma depilação barata.

Capítulo 4

Louis batia o lápis na mesa em rápidas sucessões. Ele deveria estar trabalhando. Uma pilha de documentos jurídicos em cima da mesa chamava seu nome, provocando-o, sussurrando sobre sua natureza preguiçosa. Infelizmente, ele só tinha olhos para o relógio digital na tela do computador. Dez e seis da manhã. Se tivesse apostado que a Coelhinha seria do tipo que se atrasava, teria ganhado fácil. Ela parecia ser daquelas que fazia um homem sofrer antes de agraciá--lo com a sua presença. Aplicando aquela última camada de brilho labial e perdendo o trem no processo. Cada minuto que passava era uma tortura. Um adiamento da explosão inevitável que aconteceria quando ela entrasse no escritório vestida como Estátua da Liberdade e percebesse que ele a havia contratado através agência para cantar "New York, New York" bem cedo numa manhã de segunda-feira.

Em sua humilde defesa, ele não tivera escolha. O filho da mãe esnobe que atendera ao telefone na *Singaholix Anonymous* tinha se recusado a passar as informações de contato dela. Ele até mesmo se recusara a dizer o *nome* da garota. Em vez disso, sua resposta fora, "há uma maneira infalível de vê-la de novo, não é, amigo?". Mesmo percebendo que, se fizesse isso, ferraria quase que completamente suas chances com a Coelhinha, Louis se vira ditando as informações do cartão de crédito e dando um nome falso para que ela não desse um fora completo nele. Isso logo depois de telefonar para Zoe, sua transa de uma noite, para pegar o telefone da agência. O que o fizera receber gritos indignados e um tímpano dolorido.

Sim, ele estava *mesmo* desesperado para ver a Coelhinha de novo. Desesperado o bastante para arriscar ter os olhos arrancados das órbitas antes de comer o sanduíche de manteiga de amendoim com banana que levou para o almoço. O fim de semana nada tinha feito para atenuar a lembrança dela em sua cabeça. De algum modo, até aumentara. Houvera um momento de fraqueza no chuveiro esta manhã, quando ele considerara tentar recriar o beijo com as costas da mão. Fora por pouco.

Louis recostou na cadeira e deu uma rápida olhada na bagunça do escritório. O que ela acharia dali quando entrasse? A maioria das garotas ficava impressionada com o diploma em Direito e a posição privilegiada na prestigiada firma de advocacia Winston e Doubleday com apenas vinte e seis anos. Normalmente ele deixava de fora a parte que seu pai era parceiro de golfe de Doubleday desde o fim da década de oitenta. Sim, seu chefe o vira usando fraldas. Quantas pessoas poderiam afirmar isso? Felizmente, Doubleday havia se mudado para uma casa em Palm Beach com sua ex-secretária, tornando possível para Louis ir para o escritório todas as manhãs sem um saco de papel sobre a cabeça.

Se não fosse tão fascinado pelo Direito, ele nunca teria deixado o pai lhe conseguir o emprego. O fato era que ele *amava* as complexidades do sistema judiciário. Louis queria ser advogado desde o programa *Leve sua filha para o trabalho*, de 2001. Era a excursão da irmã, mas o levaram junto para servir de distração. Como já era esperado, o pai os deixou na sala de reuniões, sob a supervisão de um estagiário, enquanto saía para resolver algo *importante*. O estagiário rapidamente caíra no sono, e Louis testemunhara o que poderia ser chamado de *plano de fuga da irmã*. Ele engatinhara por debaixo da mesa e escapara pela porta. Enquanto entalhava suas iniciais com abridores de cartas na mesa de reuniões, ele se descobrira fascinado por uma reunião que acontecia duas salas adiante. Uma mulher explicava calmamente ao engravatado atrás da mesa que não tinha como pagar adiantado todos os seus honorários. O homem se mantivera... inalterado. Frio. Ele se desculpara por não poder fazer mais nada por ela e a acompanhara até a porta. Então, embora Louis sempre tenha deixado que o pai pensasse que se tornara advogado para ser como ele, a verdade era que havia detestado ver aquela mulher chorar.

Na esperança de se tornar o tipo de advogado que fazia o *bem* para as pessoas e não somente corria atrás do próximo grande pagamento, ele fizera um acordo com o pai: assumiria o cargo na Winston e Doubleday se o seu contrato estipulasse cem horas de trabalho *pro bono* durante toda a permanência no emprego. Louis estava bastante ciente da facilidade com que um advogado podia esquecer a razão de querer exercer a profissão, assim como tinha acontecido com o seu pai. Ele contava com a cláusula no contrato para mantê-lo honesto. Para lembrá-lo do quanto lutou para ter o direito de advogar.

Infelizmente, aquela parte do contrato tinha sido cumprida mais rápido do que imaginara ser possível, e, agora, o acordo precisava de uma revisão. Ele pedira que mais cem horas fossem adicionadas ao seu novo contrato, que estava "sob consulta" com Doubleday. Aquilo o preocupava muito. Seu chefe tendia a tomar decisões rápidas, normalmente com o objetivo de voltar logo para o campo de golfe. Esse adiamento de uma decisão concreta não era um comportamento normal do chefe e deixava Louis se sentindo no limbo. Ele *gostava* do trabalho *pro bono*. Mais do que do trabalho pago, na verdade. Ajudar alguém que não tinha dinheiro sobrando para resolver um problema era infinitamente mais satisfatório.

A Coelhinha, no entanto, não ficaria sabendo de nenhuma das suas boas intenções. Ela veria o seu pedido de telegrama cantado como um jogo de poder, algo para diverti-lo enquanto passava o tempo em seu escritório confortável e com ar condicionado. Louis supôs que teria aproximadamente três segundos, a partir do momento em que ela entrasse, para convencê-la a não lhe mostrar o dedo do meio e voltar para a toca do coelho. Fora uma atitude corajosa trazê-la ao seu ambiente de trabalho, mas a maioria dos funcionários passava as manhãs de segunda-feira no fórum ou em reuniões com clientes, então ele arriscara. Sabia que, com certeza, ela não voltaria ao seu apartamento, então não tivera escolha.

Quando ouviu o inconfundível som dos saltos altos ecoando pelo corredor em direção ao seu escritório, Louis ficou de pé, largando o lápis sobre a mesa, de onde acabou rolando para o chão. Caramba, a recepcionista nem havia avisado. Provavelmente estava muito ocupada dando risadas. Da sua Coelhinha. Aquele pensamento causou um buraco no estômago dele. Merda, isso realmente foi uma péssima ideia. Possivelmente a pior ideia de todos os tempos. Se a intenção era conquistá-la, ele tinha começado muito mal.

A porta se abriu. Por um breve e notável momento, seus olhos encararam os dela. A garota com quem ele vinha sonhando. A garota que o exilara para a terra do pornô perturbador da internet. Por apenas um instante, Louis viu mágoa anuviar as feições dela.

Erguendo o queixo, a mágoa se transformou em indignação. De certa forma, ele a admirava por isso. A habilidade de manter o orgulho, mesmo quando estava vestida com uma fantasia verde cintilante de Estátua da Liberdade.

— Você é um filho da puta nojento, sabia? — Ela testou o peso da tocha nas mãos. — Um turista ali fora tentou tirar uma foto comigo.

A Coelhinha arremessou a tocha na cabeça dele.

Enquanto se jogava embaixo da mesa para evitar o impacto, Louis se deu conta do seu erro em escolher uma fantasia que incluía um bastão. Sua própria culpa, na verdade. Atrás dele, a moldura de vidro com o diploma em Direito quebrou e se espatifou no chão. Ele ignorou, indo em direção à porta antes que ela pudesse escapar.

— Me ouça. — Tomando as rédeas da situação, ele a segurou pelos ombros, impedindo-a de avançar para o corredor.

Quando ela não protestou como ele havia previsto, Louis a observou lançar um olhar hesitante para a área da recepção, onde podia ouvir a voz dos seus colegas se divertindo. Claro. Esta era a manhã que eles escolheram para voltar mais cedo para o escritório. *Ela está tentando decidir qual dos males era o menor. E eu sou um desses males.* Louis se odiou naquele momento. Ele faria o que fosse necessário para consertar a situação.

— Você tem trinta segundos — disse ela, finalmente.

— Obrigado. Eu... — Ele deu um suspiro aliviado.

Ela tirou a túnica verde, puxando-a sobre a cabeça e a jogou no chão. A coroa espetada veio logo em seguida, libertando os cabelos castanhos sobre os ombros nus e ondulando em volta dos seios sensuais que pareciam caber perfeitamente na mão dele e estavam pressionados pela camiseta branca. A barriga chapada apareceu por baixo da barra da blusa, logo acima da calça jeans colada ao corpo.

Louis ficou com a boca seca. Perdeu completamente a linha de raciocínio.

— O que você está fazendo? — conseguiu perguntar Louis.

Ela o encarou como se ele tivesse um terceiro olho.

— Não vou voltar lá vestida como a merda de uma estátua. Eles não vão cair na risada quando virem o quanto essa calça jeans faz bem à minha bunda, não é?

— Não. — *Não olhe. Não olhe.* — Eu realmente duvido.

— Você tem vinte segundos para me dizer por que eu tive que andar de metrô vestida como uma idiota.

— Certo. — *Por Deus, homem. Olhe para cima. Você já viu uma garota gostosa antes.* — Gostosa assim, não.

— O quê?

— Falei isso em voz alta?

— Quinze segundos.

Louis deslizou a mão pelos cabelos, impaciente.

— Eu queria te ver de novo, tá bom? O cara que atendeu ao telefone se recusou a me dar seu número, então essa foi minha única opção. Nem sei o seu nome, e isso, honestamente, me deixa puto. Me deixa muito puto, porque você beija bem pra cacete e não consigo pensar em outra coisa. — Aproveitando-se do estado de choque em que ela se encontrava, ele fechou a porta, na esperança de ter conseguido mais alguns segundos. — Pode sair daqui me odiando se quiser, mas preciso saber o seu nome, assim eu posso te encontrar da maneira normal da próxima vez. Te *stalkeando* nas redes sociais. — Ele se aproximou. — Porque eu vou te beijar de novo. Tenho que te beijar.

Ela colocou a mão no peito dele, impedindo-o de continuar avançando. Pela primeira vez desde que chegou ao escritório, a Coelhinha não parecia estar a segundos de espancá-lo. Os olhos verdes com pintinhas douradas se tornaram pensativos, ainda que um pouco desconfiados.

— Meu nome é Roxy — disse ela lentamente.

Roxy. Claro que o nome dela era Roxy.

— Esse deve ser o único nome que não imaginei. — Louis umedeceu os lábios na esperança de saborear um pouco do aroma de flor de cerejeira que Roxy havia trazido com ela. — Eu tinha me decidido por Denise.

— Por quê? — Ela torceu o nariz.

Ben e Russell tinham decidido que parecia ser o nome mais provável para uma futura ex-namorada.

— Você não vai querer saber.

— É? — Ela o empurrou, fazendo-o dar um passo para trás. — Denise é o nome da minha mãe, então você provavelmente está certo.

Se ele tivesse um triturador de madeira no escritório naquele momento, teria considerado pular dentro dele.

— Meu Deus. Não dei uma bola fora, né?

Roxy não respondeu, se esquivando dele ao circular pelo escritório.

— Advogado, hein? Uau.

— Tente não parecer tão entusiasmada. — Quando ela sentou na beirada da escrivaninha e se inclinou para trás, expondo mais aquela barriga lisa, Louis quase não resistiu ao desejo de ajeitar a calça. Por que essa garota, em especial, o deixava tão excitado? — Todo mundo odeia advogados até precisar de um.

— Por que me trouxe aqui?

Deus, ela não perdia tempo. Ele gostava disso.

— Quero te levar para sair. Num encontro.

Roxy riu, mas ficou séria quando percebeu que ele não estava brincando.

— Você não é exatamente o meu tipo, Louis McNally II.

Ele deu de ombros, nem sequer perto de jogar a toalha. Ela não fazia ideia de com quem estava lidando. Cada não que ela dizia o deixava mais determinado.

— Saia comigo num encontro para que eu possa te convencer do contrário. A maioria dos encontros são considerados ruins. Qual a diferença de ter um encontro ruim comigo ou com um idiota qualquer que vou querer matar?

Aqueles lábios brilhantes, pintados em tom degradê, se retorceram.

— Só um advogado usaria esse tipo de argumento.

— Isso é um sim?

Roxy ainda parecia incerta, dando a impressão de que tinha algum tipo de fobia a relacionamentos. Talvez, se ele desse a impressão de que suas intenções eram somente casuais, ela concordaria em sair. Ele trabalharia na questão compromisso depois. Se era um pouco cedo demais para pensar no longo prazo, ele se daria um desconto. A maneira como reagia a ela não estava dentro dos limites da normalidade.

— Não estou te pedindo em namoro. Também não sou do tipo que namora. — Louis dizia a verdade. Ou, pelo menos, o que tinha sido a verdade até o dia em que ela batera à sua porta. — É só um encontro.

Roxy balançava as pernas para a frente e para trás, a pelo menos meio metro de distância do chão.

— Por que você não me compensa por me fazer vir até aqui vestida como o símbolo da liberdade? Antes mesmo de tomar o café da manhã, devo dizer.

Louis ficou surpreso ao descobrir o quanto odiava a ideia de ela estar ali sentada e com fome. Antes mesmo que Roxy terminasse de falar, ele cruzou a sala e pegou o paletó que estava pendurado na parede. Tirou o sanduíche de manteiga de amendoim com banana do bolso e o colocou no colo dela. Ela pareceu surpresa com a atitude gentil, do mesmo jeito que ficara durante o discurso que ele fizera para impedi-la de ir embora. Isso fez com que Louis quisesse cobri-la com uma avalanche de sanduíches.

Ele a observou desembalar o papel alumínio com os dedos delicados e as unhas pintadas com esmalte vermelho meio descascadas.

— Tá certo, esse foi um bom começo.

— E agora?

— Me conte algo embaraçoso que aconteceu com você. É a única forma de ficarmos em pé de igualdade.

Louis não conseguiu controlar a risada.

— O que foi?

— Nada. É que... você falou em *pé* e me fez lembrar do pé de coelho...

Ela estacou antes de dar a primeira mordida no sanduiche.

— Isso realmente não está ajudando a sua causa.

— Certo. Alguma coisa embaraçosa. — Ele olhou para o teto e suspirou, se xingando em silêncio de todos os tipos de nomes. Roxy tinha virado o jogo de tal forma que ele nem se sentia mais dentro de campo. — No terceiro ano da faculdade, meu amigo Russell raspou minhas sobrancelhas quando eu estava desmaiado. Elas demoraram seis meses pra crescer de novo.

— Ahh. — Ela estremeceu. — Você teve que refazê-las com lápis enquanto as esperava crescer?

— É claro que não — respondeu Louis, na defensiva.

— Que pena. Não é embaraçoso o suficiente. — Ela acenou com a mão. — Próxima história, por favor.

Louis esboçou um sorriso.

— Tenho duas irmãs mais velhas. São gêmeas e assustadoras. — Ele se remexeu, esperando que não estivesse dando um tiro no próprio pé com a história. — Quando eu estava no quinto ano, elas eram loucas pelos *Backstreet Boys*. Ouviam as músicas tantas vezes que... meio que comecei a gostar deles.

— Está melhorando.

— Ah, qual é! Essa foi bem ruim.

— Se lembra do turista que queria tirar uma foto comigo lá fora? — Ela esperou que Louis assentisse. — Ele sugeriu um uso mais *criativo* para a minha tocha.

— Bom argumento.

Louis se esforçava, mas tudo o que conseguia pensar era em como Roxy ficava bem sentada na mesa. No quanto ele queria se colocar entre aquelas coxas e reviver aquele beijo incrível. Ele encaixaria as mãos por baixo dos joelhos dela e a puxaria para a beirada da mesa. E então se esfregaria nela até que Roxy implorasse para que ele arrancasse a sua calça jeans e fizesse sexo de verdade. E ele faria. Por quanto tempo ela precisasse. *Seu pau está ficando duro. Pare de pensar nisso. Pare de pensar nisso.*

— Você está me imaginando nua, Louis?

— Sim.

— Humm. — Ela deu a última mordida no sanduiche. — Você ainda me deve uma história embaraçosa o suficiente, e não tenho muito tempo. Tenho um teste esta tarde.

— Teste?

Ela assentiu.

— Isso pode parecer um choque pra você, mas não trabalho com telegramas em tempo integral.

— Você é atriz.

— Estou tentando ser. — Ela gesticulou para a fantasia que estava no chão. — Obviamente não estou me saindo muito bem. Ainda.

Apesar de Louis querer fazer mais perguntas, Roxy parecia relutante em continuar o assunto. Além do mais, ele estava ficando sem tempo. *Descubra mais sobre ela depois.*

— Está bem. Na minha formatura do ensino médio, tropecei quando fui receber o diploma. Meu pé ficou preso na beca, e eu simplesmente — ele cortou o ar com a mão — fui de cara no chão.

— Ai.

— Ainda não terminei. — Ele se aproximou sutilmente, parando quando ela semicerrou os olhos. — Quando caí, perdi o dente da frente. Fiquei sangrando enquanto todo mundo procurava pelo dente, no intuito de me levar depressa para o dentista. Mas o dente nunca foi encontrado. — Ele deu uma batidinha no dente da frente com a ponta do dedo. — Este aqui é falso.

Só aquela garota ficaria encantada com o seu pior momento. O sorriso que ela deu provocou um aperto em seu peito.

— Não dá nem pra perceber. É igual aos outros.

Louis resistiu ao impulso de fechar a boca para esconder o dente.

— E então, passei?

Roxy pegou uma caneta de cima da mesa e a colocou entre os lábios. Observando-o com os olhos semicerrados, ela pegou o braço dele e suspendeu a manga da camisa. Quando a ponta dos dedos dela fez contato com a parte sensível do seu braço, não havia mais como impedir *a elevação.* De repente, a calça dele ficou tão apertada, que foi difícil manter a respiração equilibrada. Ela também sabia. Louis podia dizer pela forma como seus lábios se curvaram ao redor da caneta. Tortura, perfeição. Se essa garota conseguia deixá-lo de pau duro somente por tocar em seu braço, ele tinha um problema maior do que havia imaginado.

Depois de terminar a tarefa de suspender a manga da camisa, ela pegou a caneta da boca e começou a escrever na pele dele.

— Muito bem, Louis McNally II. Você tem o meu número. Não estrague tudo.

— Obrigado. — Se arriscando, ele colocou uma das mãos sobre a mesa e se inclinou. — Mas quero um encontro. Quero olhar para você quando estivermos conversando. Não para a tela do iPhone.

Porra, vê-la se sentir afetada pela sua proximidade fez Louis ganhar o dia.

— Sou uma garota ocupada.

— Arranje tempo.

As pupilas de Roxy se dilataram de leve, e ele percebeu que ela gostava daquilo. Gostava de receber ordens, mesmo que ele suspeitasse que ela iria preferir roer as próprias unhas a admitir isso. Ele arquivou a informação para uso futuro.

— Não estou livre até sábado.

Um dos privilégios de ser advogado é que Louis tinha uma boa ideia de quando alguém estava mentindo. Rapidamente, ele debateu consigo se deveria chamar a atenção dela sobre isso, mas decidiu deixá-la continuar bancando a difícil. Contanto que ele a conquistasse no fim.

— Sábado, então.

Ele tirou o celular do bolso e discou o número escrito no braço, querendo ter certeza de que não era falso. Roxy deu uma risadinha quando percebeu o que ele estava fazendo. Quando o celular dela começou a tocar ao som de *Money Maker*, do Black Keys, Louis sentiu um sorriso idiota e incontrolável se formando em seu rosto.

Roxy desceu da mesa roçando o corpo no dele. O suficiente para assegurar que ele precisaria ir para casa na hora do almoço para liberar um pouco de energia. Sozinho. Louis observou, hipnotizado, quando Roxy pegou seu celular e acionou a câmera. Ela tirou uma foto rapidamente e devolveu o telefone.

— Pronto. Agora você pode me olhar quando estivermos conversando.

— Você está tentando me enlouquecer, não está?

Ela piscou para ele enquanto se abaixava para recolher a fantasia do chão.

— Pode contar com isso.

Caramba. Normalmente eram seios que o deixavam excitado. Com Roxy, ele nem sabia para onde olhar. *Quanta encrenca fui arrumar*. Ele se juntou a ela na porta.

— Boa sorte no seu teste.

— Obrigada. — Ela estava saindo, mas resolveu voltar. — Você não é o único que esteve pensando sobre aquele beijo, sabe?

Louis prendeu um gemido na garganta.

— Estou bem aqui, linda. É só chegar.

Mais uma vez, o verde dos olhos dela esmaeceu por um instante.

— Acho que você sabe que vai ter que se esforçar mais para conseguir alguma coisa.

— Estou contando com isso.

Ela empertigou os ombros e encarou a recepção.

— Tchau, Louis.

— Tchau, Roxy.

Ele esperou até ouvir a porta da frente do escritório se fechar, antes de voltar ao trabalho. Ninguém riu. Especialmente ele, graças a sua nova função como prefeito da *vila do pau duro*.

Capítulo 5

Roxy encarou, perplexa, o estudante de cinema de dezoito anos.

— Você me chamou aqui para refazer o teste para o papel da Lassie? O cachorro?

— Você foi muito bem na primeira vez. — Ele consultou a prancheta, os óculos com armação grossa escorregando pelo nariz. — Tão bem que achamos que você seria perfeita para a personagem-título.

— *Seria?* — Ela ainda devia estar dormindo e sonhando com esta cena. Ou, então, tinha caído num mundo paralelo bizarro quando saíra do trem. Um mundo onde garotos adolescentes tinham mais sucesso profissional que ela. Se ele não parecesse tão sério, já teria dado uma porrada na cara dele. — Ashton. Posso te chamar assim? — Roxy esboçou seu melhor sorriso quando ele assentiu. — Estou um pouco confusa. Lassie não tem falas. Ela é a porra de um cachorro!

— Ela fala com os olhos.

— Tá certo.

Roxy riu, de forma um pouco histérica, sentindo ter chegado ao limite do constrangimento. Isso era o fundo do poço. Ela realmente se ressentia desses garotos por fazerem com que ela se sentisse estúpida, então tentou disfarçar, apesar das suas bochechas estarem pegando fogo.

— Posso fazer uma pergunta? O que está escrito nessa prancheta? Tem algo anotado? Ou só o bilhete que a sua mãe mandou na lancheira esta manhã?

Ele ficou vermelho. Não que pudesse ver muito do seu rosto, já que estava escondido por uma barba bem espessa.

— Nós temos praticamente a mesma idade. E, de qualquer forma, a Lassie é atemporal.

Ela apertou o punho contra a boca.

— Meu Deus. Não consigo nem dizer se você está tirando sarro com a minha cara. Perdi meu senso de ironia.

— Eu também — sussurrou ele. — Não conte a ninguém, mas nunca assisti a nenhum episódio de *Lassie*.

— Você precisa ser desprogramado. — Ela pegou a bolsa no palco e a girou em círculos, dividindo a atenção entre dois outros estudantes de cinema vestidos como poetas do fim da década de cinquenta. — Todos vocês precisam. Voltem para a casa dos seus pais e comecem tudo do zero. Antes que vocês se sufoquem nessas echarpes de verão.

Ashton deu um tapinha em seu ombro.

— Isso quer dizer que você não quer o papel da Lassie?

— Sim, imbecil. *Sim.*

Ele franziu o cenho.

— Sim, você quer o papel, ou sim, você não quer?

— Ah, *Deus*. Onde fica o bar mais próximo?

A pergunta, direcionada a ninguém, ecoou pelo teatro enquanto ela saía feito um furacão. Esta manhã, uma típica quarta-feira, tinha começado ligeiramente decente. Roxy acordara em seu *futon* em Chelsea, sendo cumprimentada pelo cheiro de bacon. *Bacon*. Ela praticamente flutuara com o aroma em direção à cozinha, onde encontrara Honey de avental e fazendo mingau de milho com queijo. Roxy nem precisara pedir; a sulista sorridente colocara uma grande porção de comida num prato e o deslizara pelo balcão em sua direção. Roxy fora ao teste com a barriga cheia e uma perspectiva positiva, algo que não fazia há meses.

Eles a chamaram para interpretar um Collie. Parecia que a humilhação agora fazia parte da sua agenda diária. Nos dois anos desde que tinha abandonado o programa de teatro da Rutgers University para correr atrás de uma carreira propriamente dita em vez de atuar em teatros quase vazios em Jersey, ela nunca chegara a um ponto tão baixo quanto nesta manhã. Isso porque já tinha feito teste para um comercial de creme vaginal. Pior, esta noite era a sua primeira e, com muita esperança, última incursão no mundo do *strip-tease*. Abby a parara quando estava saindo de manhã. Um pouco hesitante, sua nova companheira de casa informara que descontaria o cheque de duzentos dólares no dia seguinte. Roxy só tinha metade daquele dinheiro no banco. Desde segunda, quando encontrara Louis, não havia aparecido nem um trabalho de telegrama cantado sequer, e agora ela estava com poucas opções. Fazer *strip-tease* ou perder o apartamento dos sonhos. O bacon. O mingau de milho com queijo. Perder o tipo de segurança que ela nunca havia experimentado.

Então, em aproximadamente oito horas, Roxy estaria nua numa sala cheia de desconhecidos. Seu chefe na *Singaholix* assegurara que esta despedida de solteiro, em especial, seria discreta. O noivo não queria *strippers* ou algo muito grande, mas o padrinho e organizador o convencera a permitir uma apresentação de dez minutos. Ou seja, *ela*. Vestida de líder de torcida.

Roxy estava fazendo o máximo para manter uma atitude mental positiva sobre isso, mesmo que parte dela estivesse assustada. Isso não acontecia com frequência, nem lhe caía muito bem, pois agitava seu estômago como uma batedeira de bolo. Não, aquela seria uma *boa* experiência que poderia usar para futuros papéis. Marisa Tomei não tinha feito papel de *stripper*? Jennifer Aniston também? Ela podia fazer isso. Dez minutos tirando a roupa não poderia ser pior do que se vestir de cachorro e expressar pensamentos caninos através dos olhos. Os homens desta noite seriam apenas uma audiência sem rosto para ela. Nada mais que isso.

Uma breve cena em que seus pais descobriam tudo passou pela sua cabeça. Não seria a reação típica que pais normais teriam. Horror, negação. Não, eles provavelmente ficariam encantados. *Com o quanto ela havia decaído.* A ambição em se tornar atriz, em se tornar *qualquer coisa*, sempre foi vista como algo negativo por eles. Isso quando resolviam se importar. Os dois não haviam se expressado em palavras, mas Roxy sempre achou que sua incapacidade de se contentar... os ofendia de alguma maneira. Como resultado, tinha a leve sensação de que torciam para que ela *não* fizesse sucesso. Esperavam que ela voltasse rastejando para casa, implorando pelo antigo quarto e por uma indicação de emprego no shopping local.

Enquanto Roxy se inclinava contra a parede da parte externa do edifício, o peso daqueles pensamentos sombrios a fez desejar que ainda fumasse. Na bolsa, o celular indicou a chegada de uma mensagem de texto. Ela não reconheceu o número, mas, com base no conteúdo, sabia de quem era.

Já é sábado? Estou começando a conversar com a sua selfie.

Inacreditável. Ele a fez sorrir. Depois de ser chamada para interpretar um cachorro. Roxy salvou o número com o nome de *Louis McNally II* e respondeu.

E ela respondeu alguma coisa?

Ela está me dizendo que quer adiantar o encontro para hoje à noite. E que Louis parece solitário.

Ah, era muito tentador, principalmente depois da tempestade de merda que caíra no seu caminho esta manhã. Roxy tinha pensado muito nele desde segunda. Pra caramba. O que era estranho, porque, apesar de terem se encontrado apenas duas vezes, ela se descobriu meio que... sentindo a falta dele. Balançando a cabeça para afastar os pensamentos, ela disparou em direção a Chelsea. Esta Collie precisava se reorganizar.

Já tenho planos.

Eu também. Mas eles envolvem nós dois no mesmo quarto.

Está pensando em mim nua de novo, Louis?

Está se tornando um hábito. Venha me encontrar para o almoço.

Não. Você sempre leva o almoço para o trabalho?

Quase sempre. Hoje eu trouxe pizza fria. Isso te deixa com inveja?

Cuidado. Se lembra da última vez que você me acusou de estar com inveja?

Por que acha que eu falei isso?

Aonde você vai me levar sábado?

Não seja curiosa. Como foi o seu teste?

Se você souber de alguém que precise de um telegrama cantado, me indique.

Sinto muito, linda. Eles que saíram perdendo.

Um tremor na garganta fez com que ela pressionasse a mão ali e parasse na calçada. Ah, Deus, em que confusão tinha se metido? E o pior é que queria ir como uma bala de canhão direto para o centro da confusão. No entanto, com Louis, precisava manter a cabeça no lugar. Jesus, ele nem havia se lembrado do nome da mulher com quem havia transado. No fim das contas, ela era uma de várias garotas recebendo mensagens sensuais/doces naquele exato momento. Ela já havia *passado* por isso antes. Namorou caras da faculdade e outros atores. Todos começaram prometendo rosas e raios de sol. Assim que conseguiam o que queriam, era como se um interruptor fosse ligado, transformando-os de encantadores em desinteressados. De apaixonados em... fugitivos. O mais rápido possível. Pela sua experiência, os homens estavam sempre procurando o que vinha depois.

Sua mãe nunca lhe dera muitos conselhos úteis sobre rapazes. Uma vez, depois de muitas Budwisers, ela dissera a Roxy que garotas como ela se resignavam com o que aparecia. Não ficavam esperando que um príncipe as resgatasse dos arredores de Jersey num cavalo branco. Naquele momento, Roxy não soubera o que fazer com a informação, mas, agora, com alguma perspectiva, ela se perguntava se a mãe não queria que ela simplesmente se encaixasse num padrão. Se ela conseguisse fazer algo de bom na vida ou arrumar um cara decente, talvez isso lembrasse à mãe que ela só se casara porque tivera o azar de ficar grávida da primeira e única filha. Filha essa que teve a coragem de ambicionar mais. De *ser* mais.

Eles nunca me quiseram.

Roxy se livrou dos pensamentos sombrios e deu uma olhada no celular. Na mensagem de Louis.

Sem qualquer orientação efetiva dos pais, ela aprendera da maneira mais difícil, durante o colégio e a faculdade, que todos os homens só queriam uma coisa: sexo. Enquanto lembrasse a si mesma, sempre que possível, que com Louis não seria diferente, ela poderia curtir... seja lá o que fosse isso... pelo tempo que durasse.

Você está aí?

Te vejo no sábado. Beijos.

Louis puxou o colarinho da camisa social, desejando estar em qualquer outro lugar menos na despedida de solteiro de Fletcher, seu futuro cunhado. Isso era o pesadelo de qualquer um. Não que ele não gostasse de uma despedida de solteiro decente tanto quanto qualquer outro cara. Cerveja, papo furado... os peitos eventuais. Mas ele não estava exatamente empolgado para ver Fletcher ficar bêbado como um gambá pela última vez antes de abdicar da sua "liberdade". Especialmente quando a "patroa" a quem os amigos de Fletcher ficavam se referindo era a sua irmã. A relação que Louis tinha com ela poderia até ser do tipo que o faria terminar numa camisa de força, mas ele ainda tinha um forte senso de lealdade de irmão.

Pela décima vez em menos de uma hora, ele tirou o celular do bolso com a intenção de mandar uma mensagem para Roxy.

Será que ela estava mesmo ocupada? Talvez ele tivesse interpretado errado, e bancar a difícil não fosse a intenção dela. À medida que a semana passava, ficava cada vez mais claro que ela *era* difícil de conquistar. Sem brincadeira. Sábado estava demorando demais para chegar. Ele queria ver o seu rosto, conversar com ela. Entendê-la. Mesmo que a falta de entusiasmo de Roxy para sair com ele fosse menos do que satisfatória. Isso não feria, de maneira alguma, o seu orgulho. De verdade, não feria.

O trabalho também não fora exatamente bom naquele dia. Entre uma reunião e outra, ele ligara para o chefe, na Flórida, para saber a respeito do seu pedido de extensão das horas *pro bono* no contrato. Doubleday ainda não tinha uma resposta, deixando-o mais do que frustrado. O que ele faria se a resposta fosse não?

Louis foi até a geladeira e pegou uma cerveja. O plano para a noite era encontrar Fletcher no seu apartamento em Upper West Side e depois de sair para jantar. Antes disso, porém, parecia que o grupo de dez rapazes estava esperando a chegada de um entretenimento ao vivo. Fletcher fizera um grande espetáculo, protestando contra a contratação da *stripper*, mas Louis o flagrou olhando de relance para a porta em mais de uma ocasião. Ele não podia deixar de pensar que os protestos tinham sido em benefício próprio, caso os eventos de hoje à noite chegassem aos ouvidos da futura esposa. Sim, claro. Como se ele fosse contar para a irmã sobre a *lap dance* que o noivo ia ganhar. Conhecendo a irmã, a reação dela às notícias poderia desencadear o apocalipse.

Gritos entusiasmados e meio embriagados soaram na sala de estar assim que a campainha tocou, indicando que alguém havia chegado. Louis se encostou no balcão da cozinha e tomou um gole da cerveja. Ele ficaria exatamente ali, muito obrigado. O que ele não visse poderia acabar salvando a sua vida e a de Fletcher, se por acaso houvesse algum interrogatório. *Que stripper? Não vi nenhuma stripper.* Outra habilidade que aprendera como advogado era garantir que seria capaz de falar a verdade com convicção.

Ele ouviu a porta da frente do apartamento se abrir e fechar, e o silêncio de antecipação dos homens, que momentos atrás falavam sem parar, foi quase cômico. Então, a voz rouca que vinha escutando em suas fantasias chegou até ele.

— Ouvi dizer que tem um ex-*quarterback* na casa. Será que ele precisa de uma líder de torcida?

A cerveja de Louis foi ao chão, se espatifando para todos os lados, mas ele nem notou. *Não podia ser. Isso não podia estar acontecendo.* Ele saiu em disparada da sua posição no balcão da cozinha e caminhou a passos largos até a sala de estar com um frio na barriga. Estava se sentindo fraco e indisposto ao mesmo tempo, o medo envolvendo-o como uma névoa. Pouco antes de chegar à sala, uma música lenta e dançante começou a tocar.

Roxy. A sua coelhinha. Vestida de líder de torcida. Os quadris se remexendo, as mãos segurando o próprio cabelo e movimentando-os de forma sensual. Ele não conseguiu evitar notar o quanto ela parecia realmente sexy. A saia era tão curta que ele podia ver o topo das coxas tonificadas. A cintura era baixa e deixava a barriga à mostra. Sem querer, seu corpo reagiu. De forma rápida e dolorosa. Provavelmente, como qualquer outro babaca naquela sala. Ela mantinha um sorriso no rosto enquanto avançava lentamente em direção ao lugar em que Fletcher estava sentado, o corpo se movendo ao som da música, mas ele percebia a tensão em seus olhos verdes. A vibração de animal encurralado que ela exalava era potente.

Como ninguém podia sentir isso? Louis queria gritar e, tomado pela raiva, sair arrebentando as coisas. Então ela o viu. E congelou.

Foi o pior momento da sua vida. Sem dúvida alguma. Nem perder o dente na frente de trezentos formandos do ensino médio se comparava a este momento. O rosto dela demonstrou decepção, os braços caindo ao lado do corpo. Uma expressão de dor cruzou suas feições, e ele sentiu como se fosse no próprio peito.

Ela acha que eu fiz isso. Que eu a contratei. De novo.

— Roxy.

— Seu idiota.

— Roxy. — Louis abriu caminho por entre o grupo de rapazes que a comia com os olhos, segurando sua mão antes que ela pudesse se virar para a porta. Com um puxão, ele a trouxe de volta e a colocou contra seu peito. — Não fui eu. Eu não sabia.

Louis quebrou a cabeça tentando entender como uma coincidência enorme dessas poderia ter acontecido. Ele nem mesmo *sabia* que Roxy era *stripper*, então contratá-la para vir aqui teria sido impossível. Deduzir qualquer coisa não era tão fácil quando ele estava mais preocupado em protegê-la da visão de todos. A resposta finalmente o atingiu: Zoe, sua transa de uma noite, trabalhava com o padrinho de casamento de Fletcher. Ela devia ter passado os detalhes da agência para o rapaz. *Ah, merda.* Logo após sua ligação, pedindo o telefone da agência para poder entrar em contato com Roxy. Era isso o que ele ganhava por fazer algo que sabia ser errado. Zoe, obviamente, fizera aquilo por vingança, mandando a garota na qual ele estava interessado se despir para os amigos do seu cunhado. E para ele. Para fazê-la passar vergonha? Para fazê-lo se sentir arrependido?

Louis apoiou a cabeça no ombro dela.

— Que droga, Roxy. Sinto muito.

Ela ficou bem rígida, a tensão se esvaindo lentamente do seu corpo. Ele não entendeu a mudança. A qualquer momento, ela poderia se virar e derrubá-lo, certo? Uma parte dele mal podia esperar por isso. Em vez disso, ela se virou em seus braços, um sorriso surgindo lentamente nos lábios. Mas o sorriso não chegava aos olhos. Eles estavam vidrados, distantes. Um pouco desfocados.

— Você contratou uma *stripper*, Louis. Não foi? — Ela empurrou seu peito de forma inesperada, fazendo com que ele desse um passo para trás. Andando lentamente em sua direção, Roxy o empurrou de novo. Confuso, Louis caiu sentado numa cadeira vazia. — Então, o mais educado a fazer é você me ver cumprindo meu papel.

Para horror de Louis, os homens ao redor começaram a assoviar, excitados com o que estava por vir. Não. *Não.* Ele não podia deixar isso acontecer. Não só a ideia desses caras a virem nua o deixava lívido, mas também o fato de que ela não *queria* isso. Ele podia perceber. Era a forma como Roxy tinha de manter o orgulho, achando que ele o havia tirado. Sem querer, em uma reviravolta doentia, ele o fizera. E tinha a sensação de que aquilo o assombraria por muito tempo.

Alguém aumentou o volume da música até que parecesse que ela batia em seus ouvidos, imitando a maneira como seu sangue corria nas veias. Porque, apesar da situação inadequada, Roxy se aproximava com uma saia pregueada que não cobria quase nada, deixando à mostra a calcinha branca minúscula, enfraquecendo sua consciência.

Tirá-la daquela sala significava recusar uma *lap dance* da garota com quem ele queria muito ir para cama, que causava dor nele há uma semana. Mas, apesar de sua mente só conseguir registrar a presença *dela* na sala, eles não estavam sozinhos. *Acorda, imbecil.*

— Não, eu não vou deixar você fazer isso. Você vem comigo e vai me deixar explicar.

— O que tem para explicar, baby? — Roxy o agarrou pelos ombros e montou em suas coxas. E então, caramba, ela deslizou pelo seu colo, apoiando o peso do corpo sobre seu membro já ereto e mexeu os quadris em círculos. *Porra.* Ele viu estrelas. Começou a suar, os dedos formigando de vontade de deslizar pelas coxas dela e segurá-la pela bunda, puxando-a mais para perto. Os lábios carnudos roçaram em seu pescoço antes que ela começasse a falar. — Você queria diversão, e agora vai ter. Fique sentado e curta o show.

Louis moveu a mão rapidamente para impedi-la de tirar o top.

— Não. Você não vai fazer isso. Se for preciso, vou te carregar para fora daqui, mas isso não vai acontecer.

Ela se libertou das mãos dele e se inclinou para a frente, sussurrando em seu ouvido.

— Você acha que, se me levar para um lugar mais privado, vou fazer mais do que um *strip-tease* para você por vinte dólares?

Temporariamente distraído pelo choque, Louis não conseguiu impedi-la de tirar a blusa desta vez. O sutiã que ela estava usando era um pequeno pedaço fino de tecido preto. Ele podia ver aqueles seios de dar água na boca através da roupa íntima. O que significava que todo mundo ali podia ver também. Um rosnado escapou por sua garganta enquanto ele se levantava, levando-a junto. A posição em que estavam fez com que as pernas dela circulassem o quadril dele à medida que Louis atravessava o grupo de babacas como um furacão e entrava no quarto mais próximo.

Assim que Louis bateu a porta, ela começou a lutar para se libertar. Ele não tinha escolha a não ser soltá-la, mesmo que quisesse puxá-la para perto e a abraçar o mais forte que pudesse. Teria que se contentar em bloquear a porta. Até que ela o ouvisse.

— Saia da minha frente — ordenou Roxy.

— Não — respondeu ele, balançando a cabeça.

O peito dela arfava.

— É assim que você se excita? Fazendo garotas passarem vergonha por puro capricho, mandando-as fantasiadas para todos os lugares?

— Eu não sabia que você viria aqui hoje, Roxy. — Ele estendeu a mão para ela, mas Roxy recuou. — Eu nem sabia que você era *stripper*.

— Ah, que papo furado. Por que então você estava se desculpando lá fora? — Ela murmurou um palavrão. — E quanto a sua mensagem de texto dizendo que queria remarcar nosso encontro para hoje à noite? Nunca haveria um encontro. Como eu sou *idiota*.

Então, parecendo se lembrar de que não estava usando blusa, ela rapidamente tentou cobrir os seios com as mãos. De repente, Roxy parecia tão exposta, tão frágil. Uma condição que Louis nunca imaginou que associaria a ela. Ele não podia mais aguentar um segundo daquilo, então caminhou até ela. Roxy se afastou, mas ele continuou avançando. Como havia antecipado, ela o atacou, golpeando seu peito com os punhos fechados. Ele a abraçou na tentativa de impedi-la, mas ela continuava atacando. Tudo o que Louis podia fazer era se manter firme até que ela parasse, o que finalmente fez.

— Não sou *stripper*. — A voz dela soava inexpressiva contra o seu peito. — Sei que você não vai acreditar em mim ou mesmo se importar, mas não sou. Eu precisava de um dinheiro rápido para pagar o aluguel do meu novo apartamento. Esta foi a minha primeira vez.

— Por que eu não acreditaria em você? — perguntou ele, contra os cabelos dela.

— Mentirosos sempre presumem que todo mundo está mentindo também. — Roxy fungou. — A história sobre o dente era verdade mesmo?

— Infelizmente, sim. Está pensando em arrancá-lo de novo?

— Em pedacinhos.

— Justo. — Ele tentava não ser tão óbvio ao inspirar o perfume dela. E se esta fosse a sua última chance? O frio em sua barriga aumentou consideravelmente. — Um dos caras ali trabalha com a Zoe. Você sabe, a... É...

— A garota que escreveu uma ode para o seu pênis?

— Sim, essa mesma. — Ele pigarreou, rezando fervorosamente para que sua transa de uma noite não aparecesse nunca mais em uma conversa. — Ela pareceu ter ficado um pouco chateada quando eu telefonei para pegar o número da agência. Para poder te encontrar.

— Você não *disse* isso a ela, né?

— Ah, disse, sim. Achei que ser honesto era a coisa mais adulta a fazer. Um mentiroso faria isso? — Ele não obteve resposta. Sua longa expiração desarrumou o cabelo que caía sobre as têmporas dela, o deixando fascinado. Ele queria ajeitá-lo com os dedos, mas não queria correr o risco de que Roxy se afastasse. Era tão bom abraçá-la. — Ela deu o nome da agência para o colega de trabalho. Eu não fazia ideia de que você entraria por aquela porta. Meu Deus, a última coisa que quero é que outros homens a vejam nua. Eu nem tive essa chance ainda.

A tentativa de fazê-la rir não funcionou.

— Neste momento, suas chances são quase nulas, cara.

— Parece que essa é a triste realidade. — Ele cedeu aos desejos de tocar no cabelo dela, soltando lentamente a respiração quando percebeu que ela se manteve no mesmo lugar. Era hora de mais uma investida. — Acho que vou ter que começar a te convencer de novo no sábado.

Roxy levantou a cabeça.

— Você está brincando, não é?

— Não. Já fiz as reservas e tudo mais.

Os olhos dela demonstravam confusão.

— Mesmo se eu te perdoasse o suficiente para sair com você para jantar num restaurante esnobe...

— O quê? — encorajou ele quando percebeu que ela não ia continuar.

Roxy se afastou dele, continuando a analisá-lo. Uma pontada de insegurança transpareceu em seu olhar questionador antes que pudesse esconder.

— Mesmo assim, você quer mesmo sair com a garota que... — Ela passou a mão pelo corpo, ressaltando o sutiã transparente e a saia de líder de torcida. Louis se sentiu um pouco envergonhado por armazenar aquela visão em seu banco mental de pornografia. Em um cofre de segurança próprio, trancado com uma fechadura tripla para não escapar. *Preste atenção.* — A garota que apareceu para ficar nua na frente dos seus amigos? Tenho a sensação de que você não costuma namorar *strippers*.

— Mas você não é *stripper*. Foi a sua primeira vez.

— E se eu fizer de novo? — Ela deu de ombros, mas ele pôde perceber que sua serenidade era falsa. — E então?

Honestamente, ele não gostava nada daquilo. Não, ele *odiava* pra cacete a ideia de imaginá-la entrando numa sala cheia de babacas com dinheiro nas mãos e nenhuma pista sobre a ótima garota que ela era. Aqueles homens sem rosto eram seus piores inimigos. Acima de tudo, eles poderiam ser *perigosos* para ela. Quando Louis sentiu as mãos se apertarem e tremerem, respirou fundo. Embora se sentisse assim, algo lhe dizia que, se fosse sincero a esse respeito com Roxy, ela o dispensaria. Consideraria a relação entre os dois como algo passageiro antes mesmo que pudessem começar.

Então ele provou que ela estava certa e mentiu.

— O que você faz para ganhar a vida não faz diferença para mim. — A mentira tinha um gosto amargo, então Louis a temperou com a verdade. — Quero te levar para sair. Quero te conhecer. — *Melhor do que qualquer outra pessoa.*

Roxy desviou o olhar em direção à porta.

— Não posso voltar lá.

Louis desabotoou a camisa e a ajeitou sobre os ombros dela, observando-a mexer nos botões com os dedos trêmulos.

— Viu? Agora sou eu quem está sem camisa. Eles vão ficar tão ocupados olhando fixamente para os meus músculos definidos que não vão reparar em mais nada.

A risada suave que ela soltou fez com que ele sentisse um calor no pescoço.

— Esta é a segunda vez que você me fez rir em circunstâncias impossíveis hoje.

Ah, cara, aquilo o fez se sentir bem. Muito bem. Bem demais.

— Isso quer dizer algo, não acha?

Enquanto voltavam para a sala de estar, um plano começava a se formar na cabeça de Louis. Um péssimo plano. Um plano perfeito. Não tinha certeza. Se ele oferecesse um empréstimo até que ela pudesse se recuperar, estaria arriscando ter as bolas arrancadas do corpo. Mas ele faria o que fosse necessário para mantê-la longe de outra situação perigosa. Se havia razões egoístas envolvidas também, como o fato de querê-la só para si, não havia nada que pudesse fazer.

Ninguém a faria se sentir vulnerável de novo.

Capítulo 6

No PENÚLTIMO ANO do ensino médio, Roxy havia demorado a se matricular nas aulas e acabara ficando presa com teatro como matéria eletiva. Interpretar em frente a estranhos soava tão atrativo quanto passar por uma revista íntima, especialmente quando seu *modus operandi* incluía se esconder nas últimas fileiras para dormir e copiar as anotações dos colegas um dia antes das provas. Até o fatídico dia em que ficara presa com a temida eletiva, a sua soma total de aprendizado no ensino médio consistira em saber como fumar no banheiro das garotas sem ser pega. Ela já havia visto os alunos de teatro pelo campus antes. Eles almoçavam sentados num grande círculo na grama, do lado de fora do auditório, bancando os bobos. Como se estivessem no palco o tempo todo. Encenando ataques de risos dramáticos e rodopiando como hippies depois de uma injeção de vitamina B12.

O professor de teatro dera uma olhada em sua expressão de *este-é-o-meu-inferno-pessoal* e a colocara para auxiliar na cenografia, algo que caíra como uma luva. Ela ficava nos bastidores, pintando árvores enquanto os geeks trabalhavam com euforia, recitando falas um para o outro. Quando se decidiram por *The Chocolate Affair* para a produção de primavera, Roxy se sentira totalmente indiferente. Apenas deem um pincel para ela e se mandem até que o sinal toque, por favor. Uma tarde, ela se sentira confiante demais para quebrar as regras, e o professor de teatro a pegara fumando no banheiro. Sua punição fora ter que assistir aos testes dos alunos para vários papéis na peça. Ela se acomodara na última fila com a intenção de trocar mensagens de texto durante todo o tormento, quando um monólogo chamara sua atenção. Na verdade, chamar atenção fora pouco. O monólogo, proferido pela personagem Beverly, a agarrara pelo pescoço e a sacudira como um frasco de molho de salada.

No fim, ela ficara surpresa por encontrar lágrimas descendo pelas suas bochechas. Aquelas palavras — palavras sobre monotonia e aversão a si mesma — haviam despertado algo dormente dentro dela. Algo que ela normalmente mantinha escondido, fingindo que estava tudo bem. Demonstrando que não se importava. Não sobre a falta de interesse dos seus pais pela sua vida. Seu próprio vazio em relação a talento, direção ou propósito na vida. A maneira constante com que ela entrava em relações ruins com rapazes, somente para ter seu coração pisado por eles. Não. Roxy compreendia *aquelas* palavras, e *aquelas* palavras a compreendiam. Elas tiraram a sua permissão para ser indiferente, porque agora ela estava ciente de que outras pessoas experimentavam os mesmos sentimentos. De repente, ela não podia mais esperar por uma forma de se expressar. O uso de palavras de outras pessoas tornava aquilo mais fácil para alguém com a maturidade emocional de uma criança no jardim de infância.

Na tarde seguinte, o professor permitira que ela fizesse o teste depois que todo mundo tinha ido embora, entendendo a sua necessidade de se testar sem que alguém presenciasse. E se ela falhasse? E se os hippies que rodopiavam rissem dela? Pelo menos, dessa maneira, ela teria que cegar apenas um homem caso acabasse vomitando violentamente. Por um milagre, isso não aconteceu. As longas horas que passara ensaiando o monólogo na noite anterior valeram à pena. Ela finalmente era *boa* em alguma coisa.

O professor já tinha escalado os atores da peça, mas, mesmo assim, a nomeara atriz substituta para o papel de Beverly, deixando todos os geeks da vizinhança pasmos. O curioso foi que, durante os ensaios nas semanas seguintes, ela descobrira que os geeks até que eram bem divertidos. Eles viviam como se ninguém e todo mundo os estivessem observando ao mesmo tempo. Viviam pela vida *depois* do ensino médio.

O seu grande momento viera uma semana depois que a peça estreou. A atriz principal quebrara a perna enquanto praticava hipismo, e Roxy teve que assumir o lugar dela. Enquanto aguardava na beira do palco, esperando as luzes se acenderem, Roxy debatia se deveria fugir e nunca mais voltar. Haveria um auditório repleto de pessoas irritadas, mas quem se importava, quando o seu baço queria pular pela garganta? Então ela canalizara Marisa Tomei. Marisa não deixava ninguém menosprezá-la. Ela era uma atriz fodona do Brooklin que dominava a tela toda vez que aparecia em cena. Esse era o empurrão de que Roxy precisava para subir ao palco, porém, assim que chegou lá, ela se transformou em Beverly. A peça passara num piscar de olhos, como se tivesse sido encenada em menos de um minuto. Ela queria encenar de novo. E de novo. Como um vício.

Agora, enquanto voltava para a sala de estar cheia de homens decepcionados por ela não ter ficado nua para o divertimento deles, Roxy contava com Marisa mais uma vez. O braço reconfortante de Louis ao seu redor era apenas uma bengala, e bem confusa, por assim dizer. Ela precisava enfrentar a situação sozinha e sair dali com a cabeça erguida. Caso contrário, aquilo se tornaria um pesadelo recorrente toda vez que fechasse os olhos. De maneira alguma deixaria que aqueles babacas ficassem com pena dela ou a fizessem se sentir culpada. Se tentasse o bastante, poderia dominar a situação e então arquivá-la como se nunca tivesse acontecido.

Roxy avistou o grupo de homens que ficaram em silêncio assim que a viram. Sem nenhuma surpresa, o noivo para o qual ela tinha sido enviada para tirar a roupa parecia um pouco desapontado. Como se tivesse pago por um show que não tivesse acontecido. Isso a fez ter uma ideia.

Ela dispensou o braço de Louis. Depois de uma breve resistência, ele a soltou, apesar de que, baseado na carranca que direcionava aos homens na sala, ele queria tirá-la dali à força, debaixo de um cobertor.

— Senhores, me ouçam. Peço desculpas. Sou oficialmente a pior *stripper* do mundo, certo? Não me recomendem a todos os seus amigos de uma vez só. — Os homens riram, desconfortáveis. *Respire fundo. Você consegue.* Ela manteve contato visual com o noivo, sem se deixar levar pelo impulso de desviar os olhos. — Bom, acho que devo parabenizá-lo pelo casamento. Sua noiva, certamente, é uma moça de sorte.

Ele terminou de tomar a cerveja, engasgando um pouco com o último gole.

— Obrigado.

— Olha, é óbvio que não mereci meu pagamento por esta noite, mas espero que você me deixe compensá-lo de uma maneira em que eu esteja mais vestida. — Ela podia sentir o calor do corpo de Louis atrás dela, dando-lhe um pouco mais de confiança. — Qual o seu filme favorito?

O noivo pareceu confuso com a pergunta, mas finalmente respondeu:

— Não sei. Acho que *Wall Street.*

Que surpresa. De acordo com os ternos caros que os homens naquela sala usavam, ela deveria ter adivinhado.

— Por que não fingimos que o seu filme preferido é, não sei, *Pulp Fiction?* Todo homem gosta um pouco de Quentin Tarantino, não é?

— Ótimo filme — se intrometeu alguém. Outros engravatados concordaram.

— Tudo bem — concordou o noivo, encolhendo os ombros.

Roxy escondeu o imenso alívio. Usando o ombro de Louis como apoio, ela subiu no puff acoplado ao sofá, confiando que a camisa social comprida escondesse suas coxas da visão deles. Respirando fundo pelo nariz, ela agradeceu uma última vez à Marisa Tomei pela assistência, e então a trocou por Samuel L. Jackson. Enquanto todos os participantes, ligeiramente bêbados da despedida de solteiro, a observavam espantados, ela interpretava o famoso monólogo proferido por Jackson, em *Pulp Fiction*. Aquele em que ele cita *Ezequiel 25:17* antes de explicar que sua pistola nove milímetros é "o pastor protegendo sua bunda virtuosa no vale da escuridão". Era um monólogo incrível, de uma forma perversa. O mesmo que havia usado quando conseguira o papel no comercial de salgadinhos, há dois anos. Foi algo inesperado. E arriscado também. Mesmo assim, Roxy se sentiu verdadeira ao interpretá-lo. Como se, no fundo, ela fosse uma gângster e não uma atriz em dificuldades. O monólogo a fazia se sentir intocável. Um sentimento do qual ela precisava desesperadamente naquele momento.

Quase no meio da interpretação, o momento se tornou dela.

Ela não apenas sabia de cor o ritmo das palavras, como também havia forçado aqueles homens a prestarem atenção. Claro, eles provavelmente estavam apenas achando divertido, talvez estivessem um pouco impressionados por ela ter decorado aquele discurso cheio de palavrões pesados sobre violência, mas, para sua própria satisfação, ela consideraria os sorrisos de concordância como um sinal de respeito. O que fosse necessário para sair dali do mesmo jeito que se sentia quando havia chegado. Quase no fim, ela cometeu o erro de olhar para Louis. Lindo e sem camisa, o orgulho que irradiava dele quase fez com que se atrapalhasse com as falas, mas ela prosseguiu, finalizando a interpretação com um floreio de mão.

Roxy agradeceu os aplausos se curvando exageradamente, pouco antes de Louis tirá-la do puff e colocá-la de volta no chão. No entanto, ele não a largou, continuou segurando sua mão num aperto firme enquanto a guiava em direção à porta. Louis recolheu a bolsa e o sobretudo que ela havia largado no chão antes de entrar, e os entregou a ela antes de puxá-la para o corredor.

Ele segurou as bochechas de Roxy, levantando seu rosto.

— Ei. Você é incrível, sabia?

— É? Às vezes não tenho tanta certeza — respondeu ela, se surpreendendo com a franqueza da resposta.

Engraçado como as pessoas que Roxy conhecia não conseguiam receber uma reação honesta dela, mas esse cara, que a havia feito passar por poucas e boas, conseguia com pouquíssimo esforço. Ela não quis refletir sobre aquela descoberta por muito tempo, então fez o que fazia naturalmente. Mudou o foco. Com os dedos mais firmes, Roxy começou a desabotoar a camisa, que ainda estava usando, na intenção de devolvê-la para que Louis não tivesse que encarar a noite despido. Apesar de que a população feminina de Manhattan enlouqueceria com aquele abdômen convidativo. Deus, como ele era sexy. E ela realmente não deveria estar pensando sobre isso neste exato momento.

Antes que alcançasse o segundo botão, ele a parou, com a mão em seu pulso.

— O que você está fazendo?

— Devolvendo sua camisa.

Ele balançou a cabeça vigorosamente.

— Fique com ela.

Roxy apontou para o sobretudo que estava em cima da bolsa.

— Eu tenho um casaco. Vou ficar bem.

— Sim, mas para essa troca de roupa acontecer, ainda terei que vê-la naquele uniforme de líder de torcida. E não quero ficar excitado por causa disso.

Ela deu um sorrisinho de canto de boca.

— Você não *quer* ficar. Mas já está?

— Num grau alarmante.

Por que estou dando tanta atenção a esse cara? Qualquer outro ser humano que a tivesse visto descer tão baixo não somente uma, mas *três* excruciantes vezes, seria banido para os recantos mais distantes da sua mente e nunca seria ressuscitado, a não ser que ela bebesse muito vinho. No quarto, quando o acusara de ser mentiroso, ela estava falando sério, mas lentamente ele fora se redimindo. Roxy realmente acreditava que Louis fora surpreendido pela sua presença na festa, assim como ela. Por quê? Não tinha ideia. A única coisa que ela sabia é que sentia que Louis era mais como um aliado do que um inimigo. Não a magoava que ele tivesse recusado uma *lap dance* sensacional.

— O que você acha de me beijar agora, Louis?

O gemido que ele deu como resposta não terminou quando suas bocas se encontraram, pelo contrário, ficou ainda mais alto. Ou talvez tenha sido seu próprio gemido que se juntou ao dele. Roxy não conseguia formar pensamentos coerentes além de *mais* e *mais perto* enquanto Louis cobria seus lábios e a fazia esquecer tudo o que já tinha aprendido sobre beijos. A boca dele pressionou a dela, deixando-a entreaberta e, por um momento, os dois respiravam na boca um do outro, saboreando o momento. Saboreando a sensação que o aumento do ritmo de suas pulsações causava. Quando a língua dele traçou seus lábios e então deslizou, se enroscando com a dela, Roxy cambaleou um pouco com a explosão de calor. Ela envolveu os braços ao redor do pescoço de Louis para se equilibrar, unindo seus corpos. O que a fez se lembrar de que ele não estava usando camisa. Sem escolha a não ser se render ao impulso descontrolado, ela deslizou as unhas de leve pelo peitoral dele, arranhando mais forte quando passou sobre o abdômen, parando apenas quando atingiu a fivela do cinto.

— Mais para baixo, baby. Por favor. — A voz dele parecia áspera.

— Só uma apertadinha, assim eu posso finalmente saber como é ter suas mãos sobre mim.

Ah, ela gostava daquilo. Gostava de ouvir aquele fio de desespero na voz dele. Desespero por ela. *Força de vontade, você não tem lugar aqui.* Diminuindo o ritmo do beijo para poder olhar dentro dos olhos dele, Roxy deixou a palma da mão escorregar sobre o zíper avolumado da calça dele. *Ah, merda. Grande. Precisa das duas mãos.*

Quando Louis deu uma risadinha angustiada, ela percebeu que tinha manifestado o sentimento em voz alta.

— Faça isso então, Rox — falou ele, mordendo o lábio inferior dela e puxando-o entre os dentes. — Me deixe sentir as duas mãos.

— Não tente tirar sua camisa de mim — murmurou ela, antes de voltar ao beijo.

Quando ela segurou todo o comprimento em suas mãos, apertou e puxou para cima, o rosnado que ele soltou enviou ondas de calor para a junção das suas coxas. Como se tivesse sentido a reação química vindo dela, Louis inverteu as posições e a pressionou contra a parede. Mãos firmes deslizaram pela lateral das suas coxas, chegando até o quadril e apertando firme.

Arfando, Roxy inclinou a cabeça para trás, dando o espaço que ele precisava para trilhar os lábios pelo seu pescoço. Perdida no momento, ela entrelaçou os dedos no cabelo dele e arqueou as costas. Com a respiração cada vez mais ofegante, Louis lambeu por entre o decote de Roxy, deixando a língua mergulhar no espaço entre os seios antes de subir de volta pelo pescoço.

Um gritinho de surpresa escapou dos lábios dela.

— Ah, uau. Gostei disso.

— Você vai gostar de tudo que eu fizer com você. — Louis mantinha a orelha dela entre os dentes. — Vai me deixar te mostrar o quanto, Roxy?

— Não sei ainda. — Ela levantou uma das pernas e colocou ao redor da cintura de Louis. — Seja mais convincente, por favor.

Ele segurou o joelho dela com firmeza.

— Só um aviso, Rox. Se você colocar a outra perna ao redor da minha cintura, vou te levar direto para minha cama, onde posso te fazer gozar do jeito certo. — Ele flexionou a mão. — Se é o que quer, pule em cima de mim. Caso contrário...

— *Não* devo colocar minhas pernas ao seu redor? — ofegou ela.

Ele roçou os lábios nos dela.

— Eu não podia dizer isso em voz alta. É muito triste.

Ela queria ir para casa com Louis? *Com certeza.* No atual estado de excitação em que se encontrava, deixaria que ele a carregasse pela West Broadway no estilo bombeiro, sobre os ombros e com a bunda para cima. Tanta *confiança* irradiava dele. Não o tipo de confiança que alguém com o ego superinflado possuía, como já tinha visto em outros caras. Não, a confiança dele vinha de algo chamado maturidade. Apesar de Louis, obviamente, levar jeito com as mulheres, ele não parecia ser presunçoso em relação a isso. A autoconfiança parecia ser como uma segunda pele. Roxy queria aquilo direcionado para ela. Instintivamente, sabia que ficar nua e suada com Louis seria incrível.

Porém, depois da noite que tivera, ela não precisava de um herói. E era exatamente isso que Louis se tornaria se a levasse dali e a fizesse ter um orgasmo alucinante antes mesmo de tirar o uniforme de líder de torcida. Não importava como ela tinha ido parar ali naquela noite, ele evitara que ela fizesse um *strip-tease,* e agora a estava fazendo se sentir importante, desejável. Tudo bem, *gostosa.* Mas ela queria ser sua *própria* heroína esta noite. Queria sair pelos próprios méritos, lembrando a forma como voltara àquela sala de estar e encarara seus medos. Ele poderia ser o herói em outra noite. Hoje, ela seria a heroína.

Droga. Eu escolho agora para começar a tomar boas decisões?

Louis suspirou e soltou um palavrão.

— Você vai me deixar na mão, não é?

— Acho que nós dois vamos, literalmente, ficar na mão esta noite.

Já se arrependendo da decisão de partir, Roxy baixou a perna e começou a se afastar da atração magnética que vibrava entre os dois.

— Ah, não. — Os olhos castanhos dele escureceram. — Antes de você ir embora, vou te dar algo para pensar, linda.

Ela sentiu uma pontada no estômago.

— Você já não fez isso?

Ele soltou uma risada grave.

— Enquanto estiver deitada na cama hoje à noite, pense nisto.

Mãos grandes envolveram sua cintura e deslizaram até cobrir a parte nua do seu traseiro. Roxy não teve tempo de apreciar a onda de desejo que surgiu em sua barriga antes que ele agarrasse a carne com firmeza, e com um puxão a levantasse para a ponta dos pés.

— *Ah.*

Louis colocou a boca diretamente sobre a dela, como se quisesse absorver o gemido de choque que ela soltou.

— A primeira vez que você montar em mim, vou agarrar a sua bunda deste jeito. Vou te mover para onde eu quiser. Rápido ou devagar. Tudo vai depender de mim e deste aperto.

Ah, caramba. Ah, *Caramba*. Aquela promessa tinha um toque de luxúria que parecia chicotear freneticamente. *Respire fundo.*

— P-Parece um bom plano.

— Não é um plano. É uma promessa. — Ele deslizou a língua pela boca de Roxy, beijando-a de uma maneira que prometia... *tudo.* E mais um pouco. — Boa noite, Rox.

Quando Louis a soltou, foi extremamente difícil se afastar dele.

— Quando foi que começamos a nos chamar por apelidos?

Ele apoiou as mãos na parede e inclinou a cabeça para a frente, olhando para o outro lado.

— Desde que você começou a virar a minha vida de cabeça para baixo. É uma razão justa?

Roxy ficou grata por ele não poder ver sua expressão. Droga, ela estava grata por *ela* não poder ver. Tomar conhecimento de como estava tornaria tudo muito real.

As palavras dele abriram um buraco desconfortável em seu peito. Um que ela não podia fechar rapidamente, como de costume. Passando a língua sobre os lábios ainda sensíveis pelos beijos, Roxy rapidamente desabotoou a camisa e vestiu o casaco. Louis ainda estava na mesma posição, então ela colocou a camisa emprestada sobre os ombros dele.

— Ei, vista isto. Não acho que você era o que o pessoal dessa despedida de solteiro tinha em mente quando contrataram alguém para diverti-los tirando a roupa.

Lentamente, ele se virou para encará-la, vestindo a camisa com movimentos que pareciam controlados.

— Me desculpe por não rir.

— Se eu consigo rir disso, você também consegue — respondeu ela, séria.

Louis a observou por um momento e então assentiu com rigidez.

Roxy não podia deixar que as coisas ficassem esquisitas entre os dois. Isso a incomodaria até que o visse de novo. Por quê? Por que ele despertava essas reações estranhas nela? Se fosse qualquer outro dia, ela já teria saído correndo e pego um falafel do *food truck* que tinha visto lá fora. Cedendo ao impulso, ela se inclinou e beijou a parte de baixo do queixo dele.

— Te vejo no sábado, Louis. Pense em mim.

— Tente me impedir.

De alguma maneira, ela conseguiu esconder o sorriso até que as portas do elevador se fechassem.

Capítulo 7

— COMA. *COMA*!

Louis sentiu o estômago revirar quando a Sra. Ravanides colocou uma terceira porção de torta de espinafre em seu prato. Como a maioria dos rapazes com vinte e poucos anos, ele comia como se a comida pudesse desaparecer a qualquer momento. Mas, se ele se empanturrasse com mais uma porção da comida grega, seria capaz de passar mal. Se isso resultasse na ira de sua anfitriã empunhando uma espátula, que fosse. Ele queria estar vivo no sábado, droga!

Pensar em sábado o fez se lembrar da imagem de Roxy sentada sobre sua mesa, cheia de fome, porque não tinha tomado café da manhã.

Praguejando por dentro, pegou o garfo e comeu mais um pedaço.

Roxy. Ele não conseguira mantê-la no mesmo lugar por mais de dez minutos, e ainda assim, ela tinha se tornado sua maior distração. Se a estratégia dela era deixá-lo louco na intenção de que se tornasse mais interessante para o encontro de amanhã, estava funcionando. Nesse ritmo, Louis provavelmente tentaria de tudo, de balões de animais a leituras de poesias, desde que ela ficasse parada por, pelo menos, uma hora. Ele queria olhar para seu rosto. Queria fazê-la rir. E, pelo amor de Deus, queria levá-la para casa.

O que os dois tinham feito no corredor, do lado de fora do apartamento do seu futuro cunhado... mesmo com duas porções de *spanakopita* no estômago, Louis ainda sentia uma onda de desejo. Pulso acelerado, suor, desejo insaciável de tê-la por baixo dele. Não era uma sensação confortável quando dois idosos lhe lançavam sorrisos, na outra extremidade da mesa, comentando como ele comia bem.

Ele tinha aceitado o convite do seu cliente *pro bono* para jantar, na esperança de tirar a esquiva Roxy da cabeça por algumas horas. Sem mencionar o fato de que a esposa do homem tinha ido ao seu escritório e se recusado a receber um não como resposta, praticamente o arrastando pela gravata porta afora. Num primeiro momento, estava se divertindo. Ele se sentara no sofá coberto com plástico e olhara fotos antigas dos filhos deles. Ouvira histórias sobre a imigração para os Estados Unidos trinta anos antes, e a maneira como a loja de conveniências tinha exercido papel de grande importância no sucesso da família em Nova York. O casal não pensava no que tinha como algo garantido, e Louis ficava fascinado com aquilo. Ele vinha de um mundo em que privilégios eram a coisa mais normal do mundo. A regra. Seu pai, provavelmente, nem pisaria no pequeno estabelecimento da família grega com medo de sujar os sapatos, mas, para eles, a loja significava o mundo.

Louis sempre desejou algo assim. Algo que não fosse fácil de conseguir. Que exigisse trabalho, não dinheiro. Quando se recebia tudo de bandeja desde muito novo — férias de verão, roupas, aulas de vela —, sua ideia de valor fica distorcida. Será que o trabalho voluntário que estava fazendo era suficiente para compensar tudo o que havia recebido? Ele esperava que sim. Mas não conseguia desfazer a sensação de que precisava fazer mais.

Numa tentativa de afastar aqueles pensamentos, Louis convocou Roxy para bloqueá-los. A mistura de confiança e insegurança que ela escondia tão bem quanto podia. A maneira como olhara para ele, com os olhos verdes brilhando, e dissera: *Pense em mim*. Ah, tudo fazia sentido agora. Ela o havia amaldiçoado.

Ele se deu conta de que a primeira garota que o fez querer trabalhar duro — sendo duro a palavra-chave —— agia com indiferença. Esse era o castigo por nunca buscar um relacionamento fora dos limites do quarto. Como resultado, Louis não sabia como proceder. Ele era uma droga nisso.

E era realmente uma droga em ser uma droga nas coisas.

Sendo assim, ele passara o dia de hoje tentando se convencer de que não *queria* um relacionamento com Roxy. Ou com qualquer outra pessoa. Ah, e ele estava sendo *realmente* bem convincente, checando o celular para ver se não havia recebido uma mensagem dela antes mesmo de ter finalizado o pensamento. Claro, ela não tinha enviado nada. Patético.

Tá certo, é isso aí. Ele tinha resistido por dois dias. Abrindo um sorriso para o Sr. e a Sra. Ravanides, Louis se levantou da mesa.

— Podem me dar licença por um minuto? Preciso tomar um pouco de ar.

— Claro, claro. — A Sra. Ravanides, bastante eficiente, limpou o prato. — Vou embrulhar para você.

— Se não o fizesse, eu ia pedir. — Ele deu uma piscadinha para ela. — Esse será o meu almoço de amanhã.

As bochechas dela coraram.

— Como deveria ser. Só vou colocar um pouco mais de cordeiro e pão pita.

Louis caminhou para a varanda da frente da casa e se sentou nos degraus. Graças a Deus ele tinha planejado ir a um restaurante italiano na noite seguinte. Se visse mais um pedaço de queijo feta de novo, provavelmente fugiria gritando. Colocou a mão no bolso e tirou o celular, procurando pela foto de Roxy. Imediatamente, sua irritação com ela suavizou, e tudo o que ele queria era ter notícias suas.

Me ajude!

Em que posso ajudá-lo, senhor?

Ótimo. Ele já estava sorrindo. Por que tudo não poderia ser assim tão fácil com ela?

Comi demais. Preciso que alguém me leve rolando do Queens até minha casa. Um guindaste funcionaria também.

Que tipo de comida era?

Grega.

Valeu à pena.

Diga isso para a fivela do meu cinto.

Uma longa pausa o deixou agitado. Será que ela estava no meio de alguma coisa? Era sexta à noite. Será que ela tinha um encontro? Ah, cara. Ele realmente não gostava de pensar em Roxy saindo com outro. Isso o fez se sentir um pouco insano, na verdade. Finalmente, o celular vibrou.

Se eu chegar tão perto assim da fivela do seu cinto, tem certeza de que vai querer que eu continue falando?

Cacete. Aquele comentário tinha aumentado o seu atual status de sexualmente frustrado para um volume ensurdecedor. Mesmo sem vê-la pessoalmente, Louis sabia que ela tinha comentado aquilo para desestabilizá-lo. E funcionou. *Ótima observação. Mas não muito boa quando você está fora do meu alcance.*

Ajuda se eu disser que estou ansiosa para amanhã à noite?

Antes daquele último comentário, talvez. Agora? Definitivamente, não.

Não. Me distraia.

Neste exato momento, estou num teste para um comercial de tinta de cabelo. Eles convocaram garotas de vinte e poucos anos com visual praiano, castigado pelo vento. Uma garota trouxe o próprio ventilador. E outra está vestida de sereia.

Não acredito.

Uma foto chegou ao celular um minuto depois.

Tá, tudo bem, acredito em você.

Apesar de estarem brincando com a situação, saber ao que Roxy se sujeitava todos os dias só fazia justificar ainda mais o telefonema que ele tinha dado na noite anterior. Mesmo aquela curta atuação que ela havia apresentado na despedida de solteiro de Fletcher, *depois* de terem retornado do quarto, havia provado quanto talento Roxy tinha. Foi um arranjo fácil. Ela só precisava de uma chance. Em breve, não teria mais que encarar a constante rejeição. Não teria que tirar a roupa para sobreviver até o próximo teste, que provavelmente não daria certo. Não precisaria mais batalhar todos os dias. Pagamento a pagamento. Mas será que ela veria dessa forma?

Sou a próxima. Me deseje sorte.

Me dê seu endereço, Rox. Quero te buscar em casa amanhã à noite.

Passou tanto tempo que Louis achou que ela o havia ignorado. Que ele tinha forçado demais a barra e muito depressa. Seu palavrão de frustração foi interrompido pelo barulho do telefone. Ela enviou o endereço, número do apartamento e tudo o mais. Um sorriso foi lentamente se formando em seu rosto. Progresso. Finalmente.

— Qual o nome dela?

Louis se virou e encontrou o Sr. Ravanides parado atrás dele, recostado na casa. Jesus. Há quanto tempo ele estava ali? Tá vendo, isso era o que acontecia quando uma garota linda e complicada de 1,65m expulsava todos os outros pensamentos da sua cabeça. Você corria o risco de ser espionado por um homem estrangeiro peludo. E o olhar sábio do outro homem dizia que ele não aceitaria qualquer besteira como resposta.

— Roxy. Só Roxy. Nem mesmo sei o sobrenome.

— Você já foi conhecer os pais dela? Pediu permissão?

— Permissão pra quê?

As sobrancelhas grossas arquearam.

— Para sair com a garota.

Louis riu.

— Estou tendo dificuldades para conseguir a permissão *dela*.

— Ah. — O Sr. Ravanides assentiu, sabiamente. — Ela é uma dessas garotas.

— Não sei o que o senhor quer dizer com isso. — Louis se virou e voltou a olhar fixamente para a rua. — Mas acho que está certo. Ela é o pacote completo.

— Contanto que *você* não abra o pacote — respondeu o outro homem, seriamente. — Não até que você aperte a mão do pai dela. Olhe-o nos olhos.

Louis concordou, só para agradá-lo.

— Foi assim que o senhor fez com a Sra. Ravanides?

— Claro que não. Nós fugimos.

Com toda aquela comida no estômago, dar risadas doía, mas Louis não pôde evitar. Droga, ele realmente gostava do cara. De toda a família, na verdade. Da ligação fácil que existia entre eles. Isso o fazia desejar a mesma coisa. E imaginar como seria a relação de Roxy com a família dela. Deus, ele não sabia droga nenhuma sobre ela. Isso começaria a mudar amanhã. Tudo mudaria.

— Me deixe fazer uma pergunta — pediu Louis enquanto se mexia desconfortavelmente. — Quando o senhor conheceu a Sra. Ravanides, se existisse uma maneira de tornar a vida dela mais fácil, o senhor teria feito? Mesmo que isso significasse esconder a verdade?

— Meu advogado está *me* pedindo conselhos agora? — Ele se afastou da parede e se juntou a Louis no degrau mais alto. — Não se preocupe. Eu farei *pro bono*.

A risada de Louis se transformou em um gemido quando a *spanakopita* usou suas artérias como um tobogã.

— Obrigado.

O Sr. Ravanides entregou a ele uma embalagem de antiácidos que mantinha escondida na mão até o momento.

— Digo sempre para os meus filhos que honestidade é a melhor política. Sempre. Mas, às vezes, as pessoas são muito orgulhosas para pedir ajuda quando estão precisando. Essas pessoas precisam de um empurrãozinho. — Ele deu um tapinha no ombro de Louis. — Sei o tipo de homem que você é. Se está deixando a verdade de fora, é por uma boa razão.

Louis colocou um antiácido na boca. Pela centésima vez desde a noite passada, ele se perguntava se suas razões egoístas para querer que Roxy tivesse alguma segurança pesavam mais que suas boas intenções. Porém, agora, não havia mais tempo para arrependimentos. O estrago já estava feito.

— Vamos torcer para que o senhor esteja certo.

— Normalmente estou. A não ser que a discussão seja com a Sra. Ravanides. — O homem mais velho ficou de pé. — Agora, volte para dentro. Minha esposa assou duas travessas de *baklava*, e elas estão esfriando.

Deus do céu.

BISCOITOS. O CHEIRO de dar água na boca fez Roxy correr pelas escadas em direção ao apartamento. Ela jurava que já podia se sentir engordando mais de um quilo só com o cheiro. Se dependesse de Honey, ela *nunca* seria contratada nesta cidade. Não porque não pudesse se dar ao luxo de ter uns quilinhos extras, mas porque passaria todo o tempo em coma alimentar com o rosto lambuzado de manteiga e cobertura. *Que teste? Me passa logo esse pão doce, bobona.*

Infelizmente, dispensar comida grátis era um sacrilégio na sua religião pessoal. Comida de graça era para ser amada e tratada com respeito. Saboreando cada pedaço. Roxy já tinha comido muito macarrão instantâneo e pão de forma vencido para deixar passar a oportunidade de experimentar a última criação da sua colega de apartamento. Ela fora pega desprevenida pela boa vontade de Honey em dividir a comida, como se aquilo fosse uma conclusão óbvia. Com o sotaque sulista e a constante presença na cozinha, ela fazia Roxy se lembrar daquelas mulheres dos desenhos animados de antigamente, que deixavam as tortas de maçã esfriando no parapeito da janela. Uma provedora.

Ela afastou os pensamentos bizarros da cabeça. Pelo menos *desta* vez, ela tinha vindo preparada com uma garrafa de tequila para contribuir. Honey e Abby pareciam determinadas a criar uma espécie de ritual nas refeições. Aparentemente, Roxy fora morar com dois seres humanos funcionais. Essa merda deveria ter sido escrita no anúncio, sério.

Nas duas primeiras noites, ela pegara o prato e escapulira para o quarto, se sentindo uma aproveitadora. Havia escutado pela porta entreaberta as conversas sobre como as outras duas tinham passado o dia, querendo saber mais sobre elas, mesmo contra a própria vontade. Honey vinha para casa e cozinhava entre uma aula e outra na Columbia. Abby, como já havia afirmado, não possuía amigos, então havia se apegado à amigável e inocente Honey como uma abelha se apega ao mel. Mas onde Roxy se encaixava? Em se tratando de conversas, sua zona de conforto começava e terminava com um rápido cumprimento e uma saída estratégica. Nem uma atualização sobre o seu dia.

Estranhamente, ela meio que se sentia de fora enquanto suas colegas criavam um vínculo maior a cada dia. O que não fazia sentido, já que seu exílio era imposto por ela mesma. Ainda assim, o sentimento desconfortável permanecia. Por que todas não podiam simplesmente se comunicar por um quadro negro na cozinha e evitar uma à outra, como qualquer colega de apartamento típica de Nova York?

Esta noite, ela pretendia manter viva a tradição de pegar a comida e sumir, mas pelo menos tinha trazido um presente para aliviar a culpa crescente. Bebida por biscoitos. Uma troca justa, com certeza. Roxy esperava que isso distraísse suas colegas por tempo suficiente para que pudesse escapulir com a janta para a segurança do seu quarto. Talvez ela não tivesse uma melhor amiga, mas pelo menos tinha a vista da janela. Na noite passada, ela se pegara encarando a Nona Avenida. A onda de táxis que vinha a cada ciclo de luzes verdes dos semáforos e as pessoas saindo dos seus apartamentos por tempo suficiente para ir à loja de vinhos da esquina serviam de consolo.

Tudo bem, ela tinha *fingido* estar fascinada pelos hábitos dos seus novos vizinhos em Chelsea, mas sua cabeça, na verdade, estava no *Lower East Side*, com um certo advogado fisicamente abençoado. Roxy tinha debatido consigo mesma: uma metade determinada a ficar afastada dele até sábado, e a outra morrendo de vontade de pegar o trem e ir para o centro da cidade bater à porta dele. As imagens surgiram na sua cabeça enquanto ela tentava dormir. Imagens do que Louis faria se a encontrasse em sua porta à meia-noite, obviamente ali por razões sem-vergonha. Daria tempo de chegar até o quarto ou ela terminaria deitada no chão do corredor? Ou talvez ela ficasse por cima...

A primeira vez que você me montar, vou agarrar a sua bunda deste jeito.

O pescoço de Roxy ficou quente. A noite do dia seguinte parecia estar a dez anos de distância. Respirando fundo, pegou as chaves e abriu a porta.

— Honey, cheguei.

A moça deu um gritinho.

Biscoitos voaram para todos os lados.

Aconteceu em câmera lenta, como algo saído de um pesadelo. Um evento terrível estava acontecendo, mas os pés de Roxy não se moviam. Parada na soleira da porta, boquiaberta, ela permanecia totalmente inútil. Não que pudesse evitar a tragédia, mas, se tivesse sido mais rápida, poderia ter pego pelo menos *alguns* deles no ar, como se fossem pequenos *frisbees* de gostosura. Um por um, as pequenas perfeições de massa atingiram o assoalho de madeira, os sons sutis de *puff* que eles fizeram, uma prova escarnecedora da sua maciez.

Honey permaneceu parada na cozinha, a travessa na mão, parecendo estar em negação. Abby saiu do quarto e encarou a bagunça por um momento antes de dar de ombros e caminhar com propósito em direção ao armário de vassouras. Ela realmente pretendia varrer os danadinhos?

— Ah, não. Não faça isso. — Roxy deixou a porta bater atrás de si. — Regra dos dez segundos.

Ela avançou para o chão. Ao mesmo tempo, Honey jogou a travessa no balcão com um estrondo e ficou de quatro, se juntando a ela. Quando Roxy pegou o primeiro biscoito, percebeu que não tinha pensado direito na execução do plano de gênio. Saídos do forno, estavam quentes pra caramba. Ainda assim, de jeito nenhum ela os desperdiçaria. Não iria acontecer. Jogando o primeiro pedaço acidentado de uma mão para a outra como se fosse uma batata quente, ela bufou no caminho até o balcão, largou o biscoito e voltou para buscar mais. Depois de algumas viagens, notou que Abby tinha se juntado a elas também, transportando os biscoitos do chão para o balcão como se fossem soldados feridos no campo de batalha. A concentração delas e a expressão de quase dor foi o que finalmente atingiu Roxy. A situação era muito absurda. Ela se sentou no chão com as pernas cruzadas e começou a rir.

— O que você está fazendo? — perguntou Honey, bruscamente.

— Foi você que proclamou a regra dos dez segundos.

Roxy riu ainda mais.

— Eu sei, é só que... nem um biscoito deve ser deixado para trás... biscoitos ou a morte?

Foi uma divagação desconexa, mas Honey pareceu compreender a comparação militar. Ela largou o biscoito que passava de uma mão para a outra e deu uma risadinha.

Abby se levantou e pegou uma luva do balcão, carregando comida demais com uma graça casual.

— Acho que falei cedo demais no outro dia quando declarei que vocês eram relativamente normais.

— Demorou esse tempo todo pra você perceber? — Roxy alcançou a porta e resgatou a garrafa de tequila que tinha largado no chão para participar da *operação de salvamento dos biscoitos.* — Alguém se interessa por uma bebida?

Honey ficou de pé prontamente.

— Eu pego os copos.

Abby se sentou ao lado de Roxy em uma série de movimentos esquisitos, como se nunca tivesse se sentado no chão durante a vida toda. Talvez não tivesse.

— Acho que uma bebida não fará mal.

— Nunca faz. — Roxy pegou um copo que Honey oferecia e o encheu. A situação não parecia tão desconfortável quanto tinha antecipado. Possivelmente porque ela as havia tirado de suas zonas de conforto e as deixado presas na dela. Bebendo tequila, sentadas no chão.

— Então, o que há de errado com o cara do terceiro andar? Toda vez que passo pela porta dele, ele pigarreia. Bem alto, parecendo querer que eu perceba que está me espionando pelo olho mágico.

— Achei que fosse só comigo. — Honey tomou um grande gole sem gemer, subindo um ponto no caderninho de Roxy. — Você já o viu alguma vez, Abby?

— Não. — Ela encarava a bebida em sua mão com cautela. — Eu só vi uma única pessoa desde que me mudei. Tem um senhor mais velho no primeiro andar que usa um chapéu de capitão e fuma charutos. Ele sempre diz que meu sapato está desamarrado, mesmo quando não está. Ele acha hilário.

— Nós deveríamos levar biscoitos sujos do chão para ele — disse Honey. — Ele nunca saberia. Mas nós, sim.

— Ah, você é má.

A loira passou as mãos pelos cabelos.

— É o que dizem.

— Então... — Abby achou outra posição para sentar. — Como foi a semana de todo mundo?

Roxy bebericou a tequila, presumindo que começariam a tradicional conversa e a deixariam de fora. No entanto, quando o silêncio perdurou, ela percebeu que as duas a olhavam com expectativa. Rapidamente se tornou óbvio que as outras duas já tinham conversado o suficiente entre si. Agora queriam saber sobre a terceira e indócil colega de casa que havia hibernado durante a primeira semana de convivência. Ela havia iniciado a própria intervenção de amizade sem perceber? Merda. As garotas podiam até estar sorrindo, mas pareciam estar preparadas para algemá-la ao radiador se ela tentasse fugir. Mesmo no meio de um ataque de nervos por ser o centro das atenções — sendo ela *mesma*, não a personagem que fingia ser —, Roxy sentiu um senso de gratidão. No passado, não houvera muitas vezes em que tinha sentido que pessoas estavam verdadeiramente interessadas no que ela tinha a dizer. Interessadas *nela*.

Ela tinha uma decisão a tomar. Ou seria honesta e contaria à debutante corporativa e à animada intelectual como sua semana realmente tinha sido, ou poderia mentir e inventar alguma coisa. A não ser pela vaga explicação de que era atriz, as duas não sabiam mais nada a seu respeito. Seria tão fácil contar uma mentira e ganhar mais tempo. Mais tempo para se tornar alguém que valia a pena conhecer. Se ela fizesse isso, porém, estaria admitindo que atualmente era... nada?

Foda-se.

Roxy bebeu o que tinha sobrado da tequila.

— Conheci um cara.

Honey se iluminou.

— Ahh. Conte pra gente.

— O que ele faz? — perguntou Abby.

— É advogado. — Ela limpou a garganta. — Fui enviada ao apartamento dele para interpretar um telegrama cantado enquanto usava uma fantasia gigante de coelha. Nós nos beijamos. Trocamos mensagens. Então apareci em uma despedida de solteiro em que ele era um dos convidados. Eu estava lá como *stripper*. Nos beijamos mais um pouco. Trocamos mais mensagens. Vou encontrá-lo amanhã à noite. — As duas garotas ficaram em silêncio por uns instantes. Bem lentamente, Honey alcançou a garrafa de tequila e encheu novamente o copo. Alguma coisa sobre aquele gesto aliviou a pressão no peito de Roxy, mas não completamente. — E também fui chamada para interpretar Lassie em um projeto de cinema de estudantes *hipsters* que usam echarpes.

Abby franziu o cenho.

— Cachorros não falam.

— Eu sei.

O silêncio reinou no apartamento. Assim que Roxy se preparava para levantar e ir para o quarto, Honey disparou:

— Vou seduzir meu professor de inglês.

Abby ficou boquiaberta.

— Nós temos jantado juntas por dias. Você nunca disse nada. Eu *merecia* saber disso.

— Não é uma conversa educada para se ter durante o jantar. — Honey se esticou e pegou um biscoito do balcão da cozinha, mordendo-o com um sorriso nos lábios. — Ele vai ser um desafio. Posso sentir.

Roxy não conseguiu esconder seu divertimento.

— Isso não parece ser uma preocupação para você.

— Preocupação? — Ela colocou um pedaço de biscoito na boca. — É um requisito.

Abby parecia perdida. Não julgando, como Roxy havia previsto, embora ambas realmente parecessem estar olhando diferente para ela. Como qualquer um *olharia* após alguém ter jogado uma bomba como aquela. De acordo com as expressões curiosas, as perguntas também não tinham acabado. Mas as duas não estavam pressionando por mais no momento, e Roxy agradecia por isso. O que ela esperava dessas meninas? Que a colocassem para fora? Obviamente, não dera crédito suficiente a elas.

— Vamos lá, Abby. — Roxy apontou para a morena com o queixo. — Você deve ter um esqueleto escondido em um dos oito armários deste apartamento.

— Que nada.

— Nos dê alguma coisa. — implorou Honey. — Não pode ser tão ruim quanto o da Roxy.

— Valeu, *amiga*.

— Está certo, tudo bem. — Abby se engasgou com a tequila. — Só beijei dois caras na vida. E um deles era meu meio-irmão.

Todas ficaram em silêncio por alguns instantes devido ao choque.

— Tá bom então. — Roxy assentiu. — Me passa a porra de um biscoito.

Capítulo 8

LOUIS BATEU à porta do apartamento de Roxy e esperou. A luz que atravessava o olho mágico escureceu e então clareou de novo um segundo depois. Ele ouviu barulho de passos arrastados vindo de dentro do apartamento, mas, ainda assim, a porta continuava fechada. Quem abrira o portão do prédio para ele entrar, sabia que, eventualmente, ele subiria as escadas, certo? Chegar ao apartamento era um processo que levava apenas dois passos.

— Ele é gato — disse uma voz feminina abafada do outro lado da porta. Não era Roxy. Talvez uma das colegas de apartamento. — É, pelo menos, uma nota nove.

Nove? Ele lutou contra o desejo de se examinar e descobrir por que um ponto tinha sido descontado. Talvez ele devesse ter trazido flores. Isso o teria feito subir para, pelo menos, nove e meio.

— Ei, posso te ouvir daqui. Não quer abrir a porta?

— Sim, mas estou usando um quimono.

Pena que não era Roxy quem estava usando. Louis não se importaria de vê-la num robe de seda curto. Apesar de que, a esta altura, ele não se importaria de vê-la vestindo um saco de batatas.

— Quer ir se trocar?

— Sim, mas estou com medo de ir me trocar e perder o encontro de vocês.

Em horas como esta, ele era grato por ter crescido com duas irmãs. Louis falava fluentemente a língua feminina. Na maioria dos casos, de qualquer maneira. Aparentemente, Roxy falava num dialeto completamente diferente.

— O que você acha de me deixar entrar se eu fechar os olhos? Prometo não sair com a Roxy até que você tenha se trocado.

— Isso. Sim. — O olho mágico escureceu de novo. — Feche os olhos.

Louis obedeceu, imaginando quando exatamente apresentações esquisitas na porta de um apartamento tinham se tornado algo normal em sua vida. Ele ouviu dois trincos girando antes de a porta se abrir. Uma mão envolveu seu cotovelo e o puxou para dentro.

— Ela está aqui?

— Estamos *todas* aqui — falou uma voz diferente, vinda da sua direita. Ainda não era a garota que ele estava procurando. — Estamos aqui umas pelas outras. Quando as coisas dão errado. — Louis ouviu algo como o som da porta de um forno batendo. — Entendeu a minha indireta, advogado?

— Estou começando a me sentir numa imensa desvantagem por estar de olhos fechados.

— Honey, não assuste o rapaz — disse a garota do quimono. — Já volto. Não saia daí.

Ele queria abrir os olhos e se familiarizar com o ambiente e as potenciais ameaças de vozes malignas sem corpos, mas manteve a promessa e esperou até que os passos da garota do quimono desaparecessem. *Uau*. Louis se virou em um círculo. Levando em conta o que sabia sobre as dificuldades financeiras de Roxy, ele não esperava um lugar tão legal. Era maior do que o seu próprio apartamento. Para ser justo, o espaço precisava acomodar pelo menos três garotas doidas, enquanto no seu só tinha que caber um advogado sexualmente frustrado. Ainda assim, saber que Roxy morava num prédio seguro e com pessoas que aparentemente se importavam o bastante com ela para ameaçar desconhecidos bem-intencionados, fez algo relaxar dentro dele. Falando nisso...

Uma loira cortava cenouras na cozinha. Com uma faca de açougueiro reluzente.

— Oi. — Ele sorriu. — Sou Louis.

— Eu sei quem você é. — *Vap. Vap.* — Sou Honey. E esta é a Bubba, minha faca.

Louis assentiu.

— Rox? — chamou ele, direcionando a voz para o apartamento gigante. — Você está pronta?

— Atrás de você.

Todos os músculos do seu corpo se contraíram com o som daquela voz rouca atrás dele. Finalmente. Louis queria girar rapidamente e pegá-la de surpresa. Beijá-la com força para compensar os últimos dias em que *não* a esteve beijando. Mas ele precisava ser cuidadoso com a rapidez com que agiria com essa garota. Precisava conhecê-la primeiro. Se virou lentamente e ficou frente a frente com Roxy. O divertimento nos olhos verdes lhe dizia que ela tinha ouvido a conversa com as colegas malucas. Talvez tenha até apreciado seu esforço para interagir com elas. Foi tudo o que ele teve tempo de ler em seu rosto antes de Roxy começar a caminhar em sua direção e deixá-lo consciente das pernas dela. Dos seios. Dos quadris.

Russell tinha uma teoria de que toda garota possuía um vestido perfeito que poderia obrigar os homens a fazer qualquer coisa que elas quisessem. Louis sempre rira do amigo, convencido da sua habilidade de ditar as próprias ações. Tomar as próprias decisões. Especialmente sobre garotas. Porém, se Roxy pedisse que ele pulasse da janela, Louis viraria uma panqueca na Nona Avenida antes mesmo que ela terminasse de verbalizar o pedido.

O mais preocupante é que o seu primeiro pensamento não foi sobre como o tecido justo abraçava seus seios ou como a bainha do vestido flertava com o meio das coxas quando Roxy andava. Nem como seria fácil puxar o tecido fino em volta da cintura e chegar até a calcinha que ela usava por baixo. Não, o primeiro pensamento foi: *Quem mais a viu nesse vestido para que eu possa caçá-lo como um cão?*

A intensidade com que o pensamento tinha tomado conta da sua cabeça o preocupava. Era como se ele tivesse sido arremessado de um canhão, derrubando tudo pelo caminho. Louis queria levá-la de volta ao quarto, visível por trás dela, e se trancar lá dentro. Foda-se o encontro que tinha planejado. Por que ele não poderia ser o único a olhar para ela? Será que era pedir muito?

Ela parou em frente a ele, e o aroma de flor de cerejeira subiu diretamente para o seu cérebro, como se ele tivesse tomado algumas doses de *Jägermeister*. Ah, Deus. Porra. Ela era tão bonita assim de perto. Ele tinha se esquecido do quanto.

— Oh-oh. O que está passando por essa sua cabecinha, Louis McNally II?

De maneira alguma ele falaria a verdade. Ela se trancaria naquele quarto. *Sem* ele. Se isso acontecesse, ele poderia até se descontrolar e chorar. *Casual. Seja casual.*

— Sua colega de apartamento brandiu uma arma para mim.

— Ela é sulista.

— Quero arrancar esse vestido idiota do seu corpo — murmurou ele de forma que só ela ouvisse. *Muito casual. Só que não.*

Os lábios de tirar o sono se abriram num sorriso.

— Então o vestido está cumprindo sua função. — Roxy olhou em direção à cozinha. — Honey, você se importa de guardar a faca? Louis é um bom garoto. Ele não é uma ameaça.

Louis se virou bem a tempo de ver uma morena vindo apressada para a sala e desacelerando para uma caminhada casual quando viu que os dois ainda não tinham saído. Ela parecia familiar, mas ele não conseguia se lembrar de onde ou como poderia tê-la conhecido. A familiaridade talvez fosse pelo ar que ela exalava, semelhante ao das pessoas com quem ele havia crescido. Dinheiro antigo. Era como uma capa invisível sobre os ombros dela.

A garota se aproximou com a mão estendida, obviamente confortável com formalidades. Pelo menos, quando estava completamente vestida.

— Prazer em conhecê-lo. Sou Abby. Aonde você vai levar a nossa amiga?

Então é assim que a gente se sente do outro lado de um interrogatório.

— Primeiro, vou levá-la para jantar.

Honey cruzou os braços, ainda segurando a faca.

— Posso dar a ela de comer aqui e agora. O que mais você tem a oferecer?

Roxy se colocou ao lado dele.

— Está bem. Tem loucura suficiente nesta sala para fornecer energia elétrica para Nova York por uma semana. Vamos sair daqui antes que elas te perguntem sobre o seu histórico médico.

Abby correu à frente deles para abrir a porta.

— Divirtam-se. Quero saber tudo sobre o encontro quando você voltar.

Roxy tirou a jaqueta jeans do cabideiro de madeira e a vestiu, cobrindo parcialmente os seios. Louis não tinha notado uma tensão na nuca até que a sentiu desaparecendo. Deus, ele precisava se acalmar. Outros homens poderiam olhar para ela, mas ela estava saindo com *ele*. Se lembrasse a si mesmo desse fato de vez em quando, poderia evitar que ficasse completamente louco até o fim da noite.

— Você não deve deixar o cara saber que vamos falar sobre ele, Abby. — Roxy sorria enquanto abria a porta. — É melhor deixar que ele pense que tenho um encontro diferente a cada noite.

Abby concordou, como se estivesse catalogando aquela informação para usar depois.

— Certo. Mesmo que você não faça isso.

— Você é péssima nessas coisas.

Abby se tornou a primeira na corrida à colega de quarto favorita depois de deixar escapar aquela informação encorajadora. Louis sorriu para Honey, que fungou. Aparentemente ele teria que se esforçar mais com a sua assassina em potencial. Ele esperava poder ter essa chance. Arriscando-se, alcançou a mão de Roxy e a segurou. O sorriso dela diminuiu, mas ela não se afastou.

— Pronta?

— Claro.

No caminho para a saída, ele se virou e olhou diretamente para Abby.

— Estou contente com a nota nove, mas, só por curiosidade, por que eu perdi um ponto?

Ela gemeu.

— Não me faça dizer na sua frente.

— Diga — ordenou Honey, com a cabeça parcialmente dentro do forno.

— Você não fez a barba.

Ele deslizou a mão que estava livre pelo queixo.

— Eu fiz a barba esta manhã. Mas já cresceu de novo.

— Bom. — Abby entrelaçou as mãos em frente ao corpo, aparentando estar levemente envergonhada. — Da próxima vez, então.

Da próxima vez. Isso aí. Definitivamente a favorita.

O CALOR DA mão de Louis na sua parecia estranhamente natural enquanto os dois caminhavam pelo Eataly, o enorme espaço de gastronomia italiana de vários ambientes. Ela já tinha ouvido falar da movimentada Mecca da comida antes, mas nunca tinha entrado lá. O lugar, na verdade, era tão grande que cada seção ostentava seu próprio restaurante, com muitas pessoas na fila esperando para conseguir um lugar. Vozes ecoavam pelo teto em forma de redoma e combinavam com a ópera que tocava pelos corredores, criando uma mistura de sons. O lugar estava particularmente cheio para uma noite de sábado, mas Louis não parecia nem um pouco preocupado em conseguir uma mesa. Ele passeava contente pelos corredores, pegando amostras de comida de vez em quando e oferecendo a ela. Puxando-a para mais perto quando os dois precisavam se espremer por um lugar mais amontoado de gente. Roçando o corpo contra o dela de uma maneira que Roxy suspeitava ser estratégica. E, se fosse, estava funcionando. Seu pescoço estava sensível, e ela sentia como se os lábios estivessem mais cheios. E ele ainda nem a havia beijado. Por que ele ainda não a havia beijado?

Não seja lunática.

— Em qual restaurante você fez as reservas?

Ele sorriu de maneira sensual, e o estômago dela deu cambalhotas.

— Em todos.

Roxy se aproximou dele quando uma mulher pediu licença para passar. Louis, porém, não se moveu. Simplesmente deixou que ela fosse de encontro ao seu peito e a manteve no lugar, segurando-a com firmeza, com o antebraço. Ela tentou não pensar em quais partes do seu corpo estavam pressionadas em certas partes do corpo dele. Ele estava muito próximo e poderia perceber a reação em seu rosto. Abdômen convidativo. Abdômen convidativo. *Do que eles estavam falando mesmo?*

— Todos os sete?

Louis murmurou afirmativamente, e ela sentiu a vibração do som em seu próprio peito.

— A única coisa que sei que você com certeza gosta é de sanduíche de manteiga de amendoim com banana. Queria te dar opções.

— Você é meio perigoso, não é?

— Depende do que você quer dizer.

Ela umedeceu os lábios quando o olhar de Louis pousou na sua boca, mas ele não fez nenhum movimento para beijá-la, o filho da mãe.

— Você nem mesmo se abalou com as minhas amigas malucas. Agora, está me deixando com a sensação de estar no comando deste encontro, mesmo que você tenha planejado tudo. E estou quase caindo nessa conversa.

— Então meu plano maligno está funcionando. — Ele a apertou ainda mais. — Qual restaurante? Se você deixar que eu decida, vou escolher qualquer um que esteja bem cheio, só para ter uma chance de você ter que sentar no meu colo.

— Ah, aí está a pegadinha. Você fez reservas para apenas uma pessoa, não foi?

— Não. — Ele deixou a cabeça cair no ombro dela com um gemido. — Não pensei nisso. Está vendo? Não sou o grande mestre dos encontros que pensei que fosse. Está desapontada?

Roxy se livrou do aperto de Louis, embora ele não tenha facilitado. *Mantenha a cabeça no lugar, garota. Ele é muito melhor nisso do que os outros caras com quem você está acostumada, mas não é diferente. Não pode ser.*

— Só vou ficar desapontada se não checarmos a cervejaria no telhado. Vamos lá.

— Essa é a coisa mais linda que já escutei.

Os dois subiram as escadas para o Birreria, um restaurante com paredes de vidro no terraço da Eataly. A mesa — para dois — tinha vista para o horizonte, onde as luzes começavam a acender com a chegada da noite. Todas as mesas do lugar estavam cheias de casais e grupos de amigos rindo e bebendo. Os garçons se moviam graciosamente pelas fileiras de clientes sentados às mesas, distribuindo cervejas e refeições. Ela aproveitou o momento para se maravilhar com o jeito como tudo funcionava com a exatidão de um relógio. Assim como o resto da cidade, previsível em sua imprevisibilidade. Era bom ter um lembrete do quanto ela amava aquele lugar, quando, ultimamente, suas experiências ali a haviam feito se esquecer do porquê de ter vindo para cá.

Roxy sentiu Louis observando-a, seu olhar se movendo como se fosse a palma de uma mão áspera sobre a pele dela. Naquela iluminação, os olhos dele pareciam ainda mais escuros, a barba, ainda mais acentuada. Perdida no jeito *derrete-calcinha* com que ele a examinava, ela sentiu a súbita necessidade de jogar água gelada sobre a cabeça.

— Eu sei em que você está pensando — disse ela.

— Você pode até saber no que estou pensando, mas não sabe como estou pensando.

Deus do céu. Quanto mais tempo passava com ele, mais ela *queria* saber. Muito.

— Hum. Por que ontem você estava comendo comida grega no Queens?

Ele colocou a mão sobre o estômago, um olhar de sofrimento tomando conta do rosto.

— Um cliente meu... Ele e a esposa decidiram me alimentar por um ano inteiro numa única refeição. Ela acha que pessoas são como camelos, que armazenam comida nas corcundas até precisarem dela.

— Ela não quer me adotar? Eu ajudo nas tarefas da casa.

— Prometo falar bem de você. — Um garçom se aproximou, e eles pediram as bebidas. Roxy voltou a atenção para Louis e descobriu que ele a estava contemplando. — Onde estão seus pais, Rox?

Ela achou que a pergunta tinha vindo do nada até que se lembrou do comentário sobre ser adotada. A última coisa sobre a qual queria conversar era seus pais, mas supôs que seria melhor desfazer o mal-entendido de que era órfã.

— Nova Jersey. — E, então, mudou de assunto o mais rápido que pôde. — E os seus?

Ele parecia querer pressionar por mais detalhes, mas cedeu com um suspiro.

— Meu pai está em Manhattan, e minha mãe está morando na França com o advogado que cuidou do divórcio deles.

— Uau.

— Pois é.

Os dois tomaram um gole das cervejas recém-chegadas.

— E as suas irmãs, as gêmeas aterrorizantes? Elas vivem aqui também?

— Ah, sim, elas moram aqui. Estou surpreso que você não possa sentir a atração gravitacional do caos vindo delas.

— Então é isso o que estou sentindo? Pensei que a cerveja já tinha subido pra minha cabeça. — A risada baixa que ele deu viajou através da mesa e a acalmou, fazendo-a sentir como se os dois fossem as únicas pessoas no ambiente. — Me conte uma história sobre elas. A pior de todas.

Ele se inclinou mais para perto.

— Eu te conto uma história, mas, para isso, quero ter o direito de fazer três perguntas, e você vai ter que responder. Não pode mais mudar de assunto.

— Você não vai conseguir me impressionar com essa conversa sofisticada de advogado.

Quando ele continuou esperando, Roxy assentiu, com relutância. Não parecia certo continuar se esquivando das suas perguntas. Não quando ela sabia muito mais sobre ele, sobre a família dele. Não quando ela meio que *queria* que ele soubesse algo sobre ela. Que mal poderia fazer?

— Justo. Você pode fazer suas três perguntas.

O olhar de satisfação no rosto de Louis fez com que ela sentisse que a pele por baixo do vestido estava esquentando. Parecia que ele... queria recompensá-la por ter feito a concessão. Agora. De um jeito bem específico. Roxy quase cedeu e pediu que ele descrevesse o que estava pensando, mas o garçom apareceu à mesa e quebrou o encanto.

Mesmo sem ter dado uma olhada no menu, ela se decidiu rapidamente pelo peixe e entregou o cardápio de volta ao garçom.

— Tudo bem. Estou pronta. Tente me horrorizar.

Louis apoiou os dois cotovelos sobre a mesa e deslizou uma das mãos pelos cabelos. Sua pose para contar histórias?

— Lena nasceu três minutos antes da Celeste. Sempre foi um assunto doloroso, e falo isso pra não dizer coisa pior. — Ele mexeu distraidamente no copo de cerveja. — Quando elas tinham seis anos, Lena teve um estirão de crescimento e ficou dois centímetros e meio mais alta que a Celeste durante um ano. *Dois centímetros e meio.* A babá encontrou Lena amarrada no quarto. Celeste estava de pé sobre ela, segurando um serrote que tinha roubado do armário de ferramentas do zelador. Ela estava se preparando para cortar os centímetros extras de Lena.

Roxy colocou a mão sobre a boca para evitar que a cerveja escapasse.

— Não é possível. Isso não aconteceu.

— Tá bem, não aconteceu. — Louis se esquivou do guardanapo que ela jogou nele. — Está preparada para a história verdadeira?

— Vai ser uma decepção depois disso.

— Você acha? — Ela assentiu, o que o fez parecer ainda mais presunçoso. — Quando elas tinham dez anos, meus pais as mandaram para um acampamento de verão. Não do tipo que você está pensando. Elas não fizeram trabalhos manuais ou saíram em caminhadas. Basicamente tomaram banhos de sol e leram revistas por duas semanas à beira de um lago, num resort. Enfim, houve um show de talentos. Elas dublaram "The boy is mine"... Brandy e Monica... Você conhece?

— Sim, é um clássico. Continue.

— Bom, elas terminaram em segundo lugar. Acho que nem havia um prêmio de verdade para o vencedor, era só uma maneira de manter as crianças ocupadas por algumas horas. — O tom de voz dele ficou sério. — Elas não se vingaram na hora. Esperaram pelo momento certo. Esperaram seis anos até que pudessem tirar as carteiras de motorista. Então, dirigiram até a casa do vencedor, em Hamptons, e retalharam os pneus do carro dele.

Bem lentamente, Roxy colocou a bebida sobre a mesa.

— Por favor, me diga que essa é inventada também.

— Que nada. Eu estava no banco de trás do carro, ficando traumatizado pelo resto da vida.

O garçom chegou, trazendo a bandeja com os pedidos. Os dois se recostaram em suas cadeiras para que ele pudesse servir os pratos.

— Suas irmãs já encontraram maridos para aterrorizar?

Louis assentiu.

— Lena vai se casar na semana que vem.

— Pobre rapaz. — Ela pegou o garfo. — Vai ser um ritual de sangue?

— Ela não me envolveu no planejamento, mas eu não descartaria nada. — Ele ficou em silêncio até que o garçom fosse embora. — Na verdade, você conheceu o noivo na última semana, Rox.

Se sentindo confusa, Roxy pausou antes de dar a primeira garfada. Porém, o reconhecimento indesejado finalmente a atingiu, causando-lhe arrepios. Ela abaixou a mão até a repousar sobre a mesa, o coração batendo forte no peito.

— Aquela era a despedida de solteiro do noivo da sua irmã? Eu quase... — *Tirei a roupa para ele.*

— Quase. — Ele balançou a cabeça. — Mas não aconteceu.

Idiota. Ela era tão idiota que nunca juntara os fatos. Nunca perguntara a Louis como ele conhecia o convidado de honra. Em vez disso, evitara qualquer lembrança do que tinha acontecido, assim como fazia com qualquer coisa que achava desagradável. Somente fingira que não acontecera. Deus, o que ela estava fazendo ali com aquele cara? O que poderia sair daquilo? Ela nunca poderia aparecer para a família ou os amigos dele, senão seria julgada logo de cara. Toda associação entre eles estava condenada.

Louis esfregou a mão sobre o rosto.

— Eu deveria ter esperado um pouco mais para te contar.

Ela se forçou a comer um pedaço do peixe.

— Que diferença teria feito?

— Talvez, se eu tivesse esperado até que você me conhecesse melhor, você não estaria procurando pela saída mais próxima.

— Eu não estava.

— Rox.

— Tá bom, eu estava. — Ela tomou um gole da cerveja com impaciência. — Você ganhou suas três perguntas, Louis. Manda ver.

Ele a olhou fixamente por um momento, de um jeito que sugeria que queria colocar algum juízo na cabeça dela.

— Você é do tipo que cumpre a parte do acordo, não é?

Ela deu de ombros, imaginando aonde ele queria chegar com esse tipo de pergunta.

— Sim, eu sou.

— Ótimo. — Ele atacou a comida. — Então terei que garantir que essas três perguntas sejam bem espaçadas entre uma e outra.

Roxy arqueou as sobrancelhas. *Boa jogada.*

Capítulo 9

Louis observava a brisa levantar os cabelos da nuca de Roxy enquanto caminhavam pela East 37th. Desta vez, ela manteve as mãos firmemente nos bolsos, onde ele não podia alcançar, comunicando suas intenções de forma tão óbvia quanto um caminhão emitindo sinal de marcha a ré. Depois daquele momento tenso durante o jantar, ela se retraíra, fazendo perguntas sobre trabalho, contando histórias engraçadas sobre alguns testes. Mas a faísca nos olhos havia desaparecido. Ou, de certa forma, ele tinha lhe dado um banho de água fria com a sua estupidez. Se Roxy não tivesse dado a abertura perfeita para que Louis pudesse contar de quem era a despedida de solteiro, ele teria guardado a informação por um pouco mais de tempo. Mas, sendo assim, ele já tinha colocado um novo plano em ação, em que seria necessário omitir a verdade. A ideia de mentir duas vezes para ela o fazia se sentir o maior idiota do mundo, mas ele lidaria com aquilo.

A verdade o libertará? Aparentemente, aquilo não se aplicava a Louis.

No restaurante, ele fora capaz de ler os pensamentos no rosto dela. Horror tinha se transformado em resignação, bem em frente aos seus olhos. Agora, Roxy estava achando que aquele encontro era sem sentido. Pensava que *ele* era sem sentido.

Era absolutamente incrível.

Porque, enquanto Roxy provavelmente presumira que a mudança de humor o afastaria, isso não ia acontecer. Era agora que sua mente de advogado atuava em velocidade máxima, examinando as reações por cada ângulo, pesando cada palavra e cada ação. Atitudes irracionais normalmente o irritavam fora do trabalho. Esta noite, porém, eram essas atitudes que o deixavam cheio de esperança. Se Roxy achava que persistir em alguma coisa com ele agora era inútil, isso significava que ela *não* tinha pensado assim antes de descobrir sobre Fletcher. Antes de Louis revelar que seu futuro cunhado era o convidado de honra da despedida de solteiro, ela sentira algo por ele também. Esperava por algo *a mais* com ele. Ou não teria perdido as esperanças.

Certo?

Tudo bem, era essa explicação na qual ele acreditaria. Por enquanto. Senão, teria que encarar o fato de que não passaria mais nenhum tempo com essa garota que o fazia se sentir excitado e louco porém calmo ao mesmo tempo. E ele simplesmente não poderia deixar isso acontecer. Estar com Roxy parecia certo, como se fosse com ela que ele deveria ter estado esse tempo todo, mas tinha chegado absurdamente atrasado. Pois é, isso o assustava pra cacete. Louis nunca se comprometera com outra pessoa. Céus, ele não sabia como fazer isso. Que exemplos tinha para seguir? Seus pais eram mais comprometidos com os *personal shoppers* do que com o próprio casamento. A única coisa que ele sabia? Que a possibilidade de que ela, talvez, não se sentisse da mesma forma ou achasse que ele não valia o esforço o assustava ainda mais. Basicamente, em qualquer cenário, Louis estava na merda.

Ele só precisava de um pouco mais de tempo para conhecê-la. Precisava de mais tempo para entender por que, de repente, queria passar todas as noites com a mesma garota, quando os dois ainda nem tinham passado uma noite juntos. Falando nisso, o ar da noite balançava o vestido dela em volta das coxas, como se fosse uma bandeira de corrida da NASCAR. Pior, Roxy ficava puxando a jaqueta jeans com mais força ao redor do corpo, como se estivesse com frio, mas a vibração que ela emanava de *olhe-mas-não-toque* o impedia de tentar aquecê-la. Em seus braços, assim como tinha feito quando estavam dentro do Eataly, antes que ele tivesse apagado a faísca.

— Estamos caminhando para o leste já tem algum tempo. — Ela abriu um sorriso amarelo, que o fez ter vontade apagá-lo do seu rosto aos beijos. — Se continuarmos assim, vamos cair no rio.

— Estamos quase lá. — Louis ouviu a tensão na própria voz e tentou pigarrear. Piadas não surtiriam efeito. Seu instinto lhe dizia isso. Não, tudo tinha que estar esclarecido antes que ele entrasse em ação. Louis se preparou e fez a pergunta que estava martelando na sua cabeça há dias. — Você disse que quarta-feira era a sua primeira vez como *stripper*. Sei que você precisava de um dinheiro rápido, mas não havia ninguém para quem pudesse pedir ajuda?

— Isso conta como uma das suas três perguntas? — questionou ela, como se já esperasse por aquilo e tivesse uma resposta na ponta da língua.

— Sim. Se não tiver outra maneira de fazer você falar.

Roxy o olhou com cautela e então respirou lentamente.

— No dia em que apareci na sua casa, a garota com quem eu dividia o apartamento havia acabado de me colocar pra fora. Eu não tinha nenhum lugar para ir naquela noite, então passei a madrugada acordada num cyber café, procurando por um lugar que eu pudesse pagar. — O estômago de Louis revirou. Ele passara a noite fora, bebendo com seus amigos, enquanto ela estava praticamente sem casa. Desejou poder voltar no tempo e se chutar no saco, mas Roxy continuava falando, então ele colocou seus planos em espera. — Vi um anúncio de um quarto em Chelsea. Era... bem, você viu. Negociei com a Abby e passei um cheque sem fundo. Precisava dar um jeito e não tinha dinheiro suficiente no banco, então aceitei o trabalho. Seria somente uma vez.

— *Será* somente uma vez — grunhiu ele antes que pudesse pensar melhor no que estava fazendo.

Roxy franziu a testa.

— Não preciso de um herói, Louis. Estou me saindo bem por conta própria.

— Você deixou isso bem claro. — Não passou despercebido o fato de ela não ter respondido totalmente à pergunta. Ela *tinha* alguém para quem pedir ajuda? Ele diminuiu a distância entre os dois e colocou o braço em volta da cintura dela. Quando ela enrijeceu, ele a apertou ainda mais. — Pare com isso. Quero te conhecer, Roxy. Por que você simplesmente não deixa?

— Porque agora eu *sei* o que é isso. Percebo que tipo de cara você é. — Ela se aproximou. *Finalmente. Uma reação.* Ele queria gritar de alívio, mas achava que ela não ia gostar. — Você é decente, Louis... Talvez você se sinta mal por mim depois do que aconteceu na despedida de solteiro. Talvez queira provar a si mesmo ou a sua família que pode ver além do dinheiro, de empregos e coisas assim. Provar algo a alguém, entende?

Ai. Ele não estava exatamente esperando por aquilo. Se era assim que ela o enxergava, então ele tinha mais trabalho a fazer do que imaginava.

— Quer saber de uma coisa? Isso é um monte de besteira. — *Hora de jogar pra ganhar, por que não?* — Eu não preciso provar nada para ninguém, especialmente para a minha família. Na verdade, faço questão de *não* provar nada a eles.

— O que isso quer dizer?

— Espere. Vou chegar lá.

— Tudo bem.

Louis respirou fundo.

— A única opinião que me importa é a sua. Sim, você foi contratada para fazer uma *lap dance* para o meu cunhado. Coisas mais estranhas já aconteceram.

— E se as suas irmãs descobrirem?

— Nem brinque com isso. — Uma risada se formou na garganta dela, mas, ainda assim, Roxy parecia triste. Ele tirou o cabelo do seu rosto e decidiu focar na parte da risada. — Por que a sua colega de apartamento te colocou pra fora? Você tem algum hábito terrível que eu precise saber?

— Essa é a sua pergunta número dois. E não. Só atrasei o aluguel muitas vezes. — Ela franziu os lábios. — Embora eu tenha comido os salgadinhos de semente de linhaça dela. Mesmo tendo o nome dela escrito na embalagem. Acho que isso foi a gota-d'água.

— Esses salgadinhos são horríveis.

— Foi uma emergência.

Deus, ela era uma graça.

— Mesmo assim, amigos não jogam amigos na rua.

— Não éramos amigas, só dividíamos a casa. Assim como a garota antes dela era *somente* uma colega de casa. — Roxy desviou o olhar. — Você é o tipo de cara que faz amizades com facilidade, não é? Provavelmente para na rua, acaricia os cachorros de estranhos e conversa com eles sobre o tempo. Eu não faço isso. Nós somos muito diferentes.

Louis se aproximou até que ela foi forçada a inclinar a cabeça para trás. A percepção da situação brilhou nos olhos dela, e ele absorveu aquilo como se fosse uma droga. Isso significava que ele não estava imaginando essa atração entre os dois. Gradualmente, as curvas dela relaxaram contra o corpo dele, e um pequeno suspiro de alívio escapuliu pelos lábios entreabertos.

— Droga, Rox. Pare de querer arrumar briga para tentar se livrar de mim. Não vai funcionar.

— Funciona com todo mundo. — Louis se surpreendeu quando viu o leve pânico nos olhos dela. — É isso que eu ganho por estar pegando um advogado?

— Estamos nos pegando? — Ele deslizou os dedos pelos cabelos de Roxy e roçou os lábios nos dela. Deus, era fantástico tê-la assim tão perto. *Ah, sim*. Ela definitivamente tinha acabado de olhar para sua boca. — Vamos lá, linda. Me tira desse sofrimento.

— Hum. — Ela enrolou os dedos na gola da camisa dele e o puxou em sua direção.

— Por que não começamos com um beijo e vemos no que vai dar?

Seus quadris se encontraram num movimento simultâneo, e as pálpebras de Louis se fecharam como se pesassem duas toneladas cada uma. O corpo dela, deslizando contra o dele, esvaziou o ar dos seus pulmões e os preencheu com outra coisa. Necessidade. Determinação. Ela. Os dois estavam em uma rua movimentada, e ele não podia ver nem sentir nada além de Roxy. Por uma fração de segundo, a intenção dela de ser divertida se esvaiu, e Louis percebeu o que ela mantinha escondido até o momento. A dor que ele vinha sentindo desde que se conheceram estava presente nas feições dela também, dava pra ver. Memorizar. Ele saboreou aquele momento por alguns instantes antes que o desejo de aliviar a dor dela prevalecesse. Louis fizera aquilo. Ele causara aquela dor, e agora precisava desfazê-la.

— Por que você não tinha me beijado ainda? — Ela suspirou.

— Boa pergunta. — Foi tudo o que ele conseguiu dizer antes... Que ela vibrasse. Ela... *vibrou*?

— Merda. — Uma das mãos de Roxy largou a gola da camisa dele para mexer no bolso da jaqueta jeans. — Meu celular... tenho que atender. Pode ser alguma resposta sobre um teste ou...

Ele não conseguiu formar palavras, então só assentiu rigidamente. Perto. Ele esteve tão perto.

— Alô? — O olhar de desculpas que ela lançava congelou em seu rosto. — Sim, aqui é Roxy Cumberland. Quem v-você disse que era? — Um instante se passou. — Uau. Pensei ter ouvido errado.

Uma sensação de medo tomou conta do estômago de Louis. Não, não podia ser.

— Mas eu nunca fiz nem um teste para Johan Strassberg, como ele...? — Roxy parou de falar, assentindo um instante depois. Deus, não. Louis não deveria estar presente quando ela recebesse a ligação. Quem ligava num sábado à noite para agendar um teste? Ele não esperava que Johan entrasse em contato até segunda-feira, quando Louis estaria a salvo no escritório. *Pensando* nela, e não *olhando* para ela. E mentindo. Fingindo que não tinha nada a ver com a ligação para o teste de um papel no próximo filme dele.

Agora? Agora ele teria que sorrir e parabenizá-la. Esconder a verdade. De novo. Era por isso que ele detestava mentir, porque uma mentira sempre acabava levando a outra. E mais outra. Até você não conseguir encontrar uma saída.

Johan Strassberg era um amigo da família que havia se tornado um cineasta de sucesso ainda bem jovem. Eles tinham os mesmos amigos, frequentavam as mesmas festas, estudaram nas mesmas escolas particulares. Apesar de nunca terem sido próximos, era assim que as coisas funcionavam no mundo deles. O pai de Louis era um dos conselheiros legais dos pais de Johan. Louis havia telefonado pra Johan e pedido um favor, pois sabia o quanto Roxy era talentosa, sabia que, se ele pudesse colocá-la frente a frente com alguém com um pouco de influência, aquilo poderia ser o empurrão de que ela estava precisando. Contudo, ela nunca veria dessa forma, principalmente depois do que tinha dito para ele há alguns minutos. Seria caridade, na visão dela. Ele não tinha escolha senão lidar com aquilo e mentir.

Ou se arriscaria a perdê-la aqui e agora.

Quando o rosto dela se abriu no sorriso mais contagiante que ele já tinha visto, Louis decidiu que, talvez, pelo menos um pouco, a armação tinha valido a pena.

Por ora.

Roxy desligou o telefone e podia jurar que tudo a sua volta estava brilhando. Esta não podia ser a mesma rua em que estava caminhando há cinco minutos. Aquela rua não se parecia com nada além de uma calçada cinza, mas esta? Esta a lembrava daquele momento em *O Mágico de Oz* quando tudo ficava colorido. Só que, desta vez, não se tratava de algum sonho elaborado. Pelo menos ela achava que não.

Louis colocou as duas mãos nos bolsos.

— Está tudo bem?

Uma risada estremeceu dentro de Roxy vindo de algum lugar bem escondido. Como se ela estivesse guardando aquela risada para quando algo fantástico acontecesse. E tinha acontecido. Johan Strassberg, o cineasta *do momento,* queria que ela fizesse um teste para um de seus filmes. Segunda-feira à tarde. Em menos de quarenta e oito horas, ela estaria recitando falas enquanto ele observava. Tudo para o que ela havia trabalhado até então, toda a distância que percorrera naqueles saltos altos, seria posto à prova em alguns minutos.

Sim, tá certo, havia uma boa chance de que ela falhasse. Uma chance enorme. Mas, pelo menos, ela saberia se era boa o suficiente ou se aquilo era somente um sonho que compartilhava com milhões de outras aspirantes à atriz. Roxy tinha se dado um prazo de dois anos para correr atrás desse sonho, e o final do prazo já havia passado. Era agora. Era o seu momento de tudo ou nada.

— Rox. — Louis se abaixou e a olhou nos olhos. — Você está aí?

— Sim. — Ela confirmou com a cabeça vigorosamente. — Estou aqui. Eu...

Ah, dane-se. Roxy segurou duas mechas dos cabelos de Louis e o puxou até que seus lábios se encontrassem. Inesperadamente, ele hesitou. Apesar de ela ter sentido a respiração dele diminuindo no segundo em que suas bocas se tocaram. No entanto, ela não deixou que isso a parasse. Beijar Louis era a única maneira de saber se ela tinha batido a cabeça e havia imaginado aquela ligação.

Um gemido gutural sinalizou a mudança nele. Seus braços a envolveram como aço, puxando-a contra o seu corpo enquanto aprofundava o beijo. Ele atacou sua boca com tanta ferocidade que Roxy não teve escolha senão arquear as costas ou perder o equilíbrio. Ela podia sentir a fivela do cinto dele e os músculos por debaixo das roupas pressionando e se movendo sobre o material fino de seu vestido. Esfregando e aquecendo sua pele até que ela se sentisse excitada. Muito excitada. Começou com longas e suaves mordiscadas de lábios, mas acabou evoluindo para algo mais. Louis colocou a língua dentro da sua boca e a tirou bem devagar, o tempo todo apertando com firmeza partes do seu vestido, como se quisesse arrancá-lo. Ela meio que queria que ele fizesse isso. *Meio*?

Roxy subiu um dos joelhos pela lateral da coxa de Louis, sem qualquer pensamento consciente. Ela só sabia que queria chegar mais perto, queria senti-lo se mover contra ela da melhor forma possível. Da forma como, de repente, começou a desejá-lo, como se a boca de Louis fosse uma espécie de afrodisíaco.

Ele fez um barulho como se estivesse sendo torturado.

— Da próxima vez que você colocar uma dessas pernas ao meu redor, eu juro que vou te foder como louco. — Ele pressionou a testa na dela. — A menos que você queira o que eu posso te dar neste exato instante, aqui na rua, mantenha suas coxas embaixo do vestido.

Os joelhos de Roxy ameaçaram falhar. Esta não era a primeira vez que ela experimentava esse lado mais agressivo de Louis. Caramba, ela gostava. Gostava de ser a pessoa que o fazia cerrar os dentes, fazendo sua típica fachada de cara legal desaparecer. Ela queria mais daquilo, mas começou a tomar consciência da realidade ao redor. As pessoas cochichavam ao passar pelos dois, rindo quando achavam que não podiam ser ouvidas. Ela precisava parar de agir como uma estudante do segundo ano do ensino médio com os hormônios à flor da pele. Precisava se comportar como alguém do último ano, pelo menos.

— Eu me deixei levar. — Ela forçou os pulmões a aceitarem uma respiração mais lenta. — Me processe.

Quando a mão de Louis soltou o tecido do seu vestido, Roxy percebeu que ainda se agarrava com força a ele.

— Também me deixei levar. Não deveria ter dito aquilo.

— Não, foi bom. Eu gostei.

Com um gemido, ele deixou a cabeça cair no ombro dela.

— Você está tentando me matar, é?

— Isso seria péssimo. Eu meio que gosto de ter você por perto.

Era a mais pura verdade. Depois do jantar, ela evitara a razão do seu mau humor, mas o telefonema a sacudira e a fizera refletir sobre o que os dois estavam fazendo juntos. Ela havia pensado nos amigos e na família de Louis descobrindo sua identidade, o que ela quase fizera e, por um momento, sentira vergonha, algo que a deixava profundamente irritada. Ela se ressentia daquele sentimento. Não o queria. Infelizmente, ela queria *Louis*. Não só por ele ter uma boa pegada. Ela curtia estar com ele, conversar, ouvir suas histórias. Beijá-lo. Ah, sim, ela gostava disso também.

— Há alguns minutos, você estava tentando se livrar de mim — disse ele, olhando por sobre os ombros dela. — Alguma coisa mudou?

— Não. Só decidi admitir o que sinto.

— Está bem. — O pobre rapaz parecia rezar em silêncio, pedindo por paciência. — Você, é... tem certeza de que não tem a ver com o telefonema?

— *O telefonema.* — Deus, ela estava mais envolvida com ele do que tinha imaginado. — Você não vai acreditar nisto. Era a assistente de Johan Strassberg. O cineasta independente que escreveu *Bangkok Boogie*? Ele quer que eu faça um teste para um papel na segunda-feira. — A empolgação borbulhava como champanhe em seu peito, misturando-se com a sensação quente deixada pelo beijo que deram. A esta altura, ela ia precisar daquele mergulho no rio para se refrescar. Seguido de um banho gelado. — Algum diretor de elenco pra quem fiz teste me recomendou, enviou meu portfólio para ele... Não consigo acreditar. Esse tipo de coisa nunca acontece. Pelo menos, não comigo.

O sorriso de Louis parecia tenso. Frustração sexual? Devia ser. Ela não o conhecia há muito tempo, mas já sabia que ele era aquele tipo de cara que ficaria feliz por ela ter conseguido essa oportunidade. Ele tinha, literalmente, rosnado para ela no caminho até ali, quando Roxy dissera que poderia voltar a fazer *strip*.

Ele ajeitou uma mecha de cabelo rebelde atrás da orelha dela.

— Isso é ótimo. Eles vão morrer de amores por você.

— Você realmente acha que meu objetivo de vida é matar as pessoas, não é?

— Sou uma prova viva disso.

— Não por muito tempo. — Roxy deu uma risada maligna, o que aliviou um pouco a tensão em volta dos olhos dele. — E então, vou saber como vai ser o restante deste encontro?

— Sim, se não estivermos muito atrasados.

Louis segurou a mão dela e disparou em direção ao leste novamente, guiando-a. Ela teve que acelerar o passo para conseguir acompanhá-lo, mas decidiu não comentar sobre a súbita mudança de comportamento. Assim que os dois atravessaram a Segunda Avenida, ela viu um grupo reunido perto da entrada do túnel Queens Midtown. Estavam tirando fotos. Eles pareciam olhar por cima de um muro para algo que acontecia mais abaixo... algo que estava iluminado por vários holofotes gigantes. A gravação de um filme?

Um barulho muito alto, parecido com o de um animal, a fez tropeçar.

— Isso foi um elefante?

Louis se virou e sorriu por sobre o ombro enquanto alcançavam o grupo de pessoas.

— Isso mesmo.

Tudo o que ela podia fazer era encarar aquelas costas largas enquanto ele desviava do grupo e a guiava para uma área um pouco afastada da calçada, ocupada por bancos. Roxy não entendia porque ele a estava levando para longe da ação até que a ergueu e a colocou em cima de um dos bancos. Pela posição privilegiada, ela podia ver sobre o muro de contenção da entrada do túnel logo abaixo. Precisou de alguns segundos para acreditar no que estava vendo. Elefantes, andando em fila, saindo do túnel. Pelo menos dez deles já haviam saído, e outros mais vinham, um atrás do outro. Cada um preso pela tromba na cauda do animal da frente, formando uma grande corrente.

— O que é isso?

Roxy não percebeu que Louis também havia subido no banco e estava atrás dela até que ele falou em seu ouvido.

— Eles atravessam o túnel uma vez por ano quando o circo vem à cidade. É uma tradição.

— Não acredito que eu nunca tenha sabido disso — murmurou ela.

Ele deslizou um braço ao redor da sua cintura, puxando-a para si.

— Estou contente por você não saber, ou esta teria sido uma surpresa muito sem graça.

— Isto não tem nada de sem graça. É incrível.

Os dois permaneceram em silêncio por algum tempo, observando os elefantes terminarem a travessia pelo túnel. Ela se deixou relaxar contra o peito reconfortante de Louis, parando de pensar no que significava estar ali com ele, abraçados como se fossem um casal. Ou por que aquilo parecia tão bom e natural. Assim que o último elefante atravessou o túnel, os holofotes brilhantes começaram a se apagar, um de cada vez, e a multidão a se dispersou e tomou direções diferentes. Em questão de minutos, Roxy e Louis foram banhados pela escuridão, ficando praticamente sozinhos na rua. Afastados da calçada como estavam, o jeito como ele a segurava por trás passou de amigável a carinhoso e, depois, a algo completamente diferente.

A respiração dele em seu pescoço começou a ficar mais rápida. O braço ao redor da cintura desceu até os quadris, puxando-a para trás até que sua bunda fosse de encontro a pélvis dele. Um pequeno suspiro escapuliu pelos seus lábios quando Roxy sentiu o quanto ele estava duro, e ela mal conteve o impulso de se roçar ali. Soltando um palavrão, Louis se afastou. Ela já ia começar a protestar quando ele pulou do banco e a puxou de lá antes que tivesse a chance, mantendo o seu rosto ainda virado para a frente. O peitoral firme voltou a tocar em suas costas, e a boca quente de Louis encontrava seu pescoço enquanto a fazia andar para a parte mais escura em um canto na parede. Quando alcançaram o muro de pedra, Roxy não teve escolha a não ser usar as mãos para se apoiar e não bater com o rosto. A posição parecia perfeita e indecente ao mesmo tempo. As mãos dela se espalmaram no muro enquanto Louis beijava o seu pescoço e deslizava as mãos pelos seus quadris. Eles estavam praticamente escondidos pela escuridão, mas continuavam em público. No momento, ela estava excitada demais para se importar com isso.

— Vou colocar meus dedos em você, Roxy. Me diz que você quer isso.

As palavras proferidas bruscamente enviaram uma corrente elétrica que começou a percorrer sua pele.

— Eu quero.

Agindo por impulso, ela pegou a mão de Louis e a guiou para debaixo de sua saia. Deixou-a parada bem no alto da sua coxa, esperando que ele iniciasse o próximo movimento, que era tocá-la onde ela estava morrendo de vontade de ser tocada.

Os dentes dele arranharam a sua orelha.

— Não, você vai colocar minha mão aonde *deve* ir.

O calor percorreu o interior das suas coxas, sendo intensificado ainda mais pelo desafio. Ela deveria se preocupar com o quanto Louis ficava diferente quando eles se tocavam? Bem, não estava. Queria mais. Terminando de saborear o momento de antecipação, ela pegou a mão dele novamente e a guiou por entre suas pernas, respirando com dificuldade quando o desconforto aliviou e aumentou ao mesmo tempo.

Louis gemeu em seu cabelo.

— Você está quente e molhada por baixo desta calcinha? — Ele apertou a carne coberta pelo pedaço de pano com pressão suficiente para fazê-la revirar os olhos.

— Posso te assegurar que agora estou. — Ela soltou a respiração.

— Não consigo nem manter a porra das minhas mãos longe de você por tempo suficiente pra te levar para minha casa. — Os lábios dele traçaram a lateral do pescoço dela, terminando no ponto sensível atrás da orelha. — Eu *vou* conseguir te levar pra minha casa hoje, Rox?

— Sim. — Ela não tinha tomado a decisão conscientemente, mas aquilo era inevitável. Muito antes de o encontro ter começado. — Vou com você. E essa foi a sua terceira e última pergunta.

— Ótimo. — Roxy sentiu uma brisa enquanto ele levantava o seu vestido, mas um calor a substituiu imediatamente. Louis empurrou os quadris contra as nádegas dela, prendendo-a na parede. — Sinta o que você fez comigo, *garota-sexy-pra-cacete*. Eu preciso que você dê um jeito nisso.

— Vou cuidar muito bem de você. — A cabeça dela girou um pouco quando percebeu o que tinha acabado de dizer. Ela nunca dizia coisas assim. Nunca soara desse jeito. Foi excitante. E desconcertante pra caramba.

Seus pensamentos dispersos implodiram quando Louis puxou sua calcinha para o lado e colocou o dedo médio dentro dela. O súbito preenchimento foi tão inesperado que Roxy quase não conseguiu prender o grito na garganta. Seus dedos se curvaram contra a parede, arranhando em busca de um apoio, mas sem encontrar nada. Como se sentisse a falta de equilíbrio dela, Louis a segurou com o outro braço, apertando-a ainda mais, e mantendo-a presa contra o seu corpo.

— Peguei você. — Ele se inclinou um pouco para trás, levando-a junto. — Você só precisa me dizer do que gosta, e vou garantir que você receba. É assim que isto vai funcionar.

Quando Louis começou a massagear seu clitóris com o polegar, Roxy inclinou a cabeça para trás em direção ao ombro dele.

— Ah, caramba. Mais disso. Mais rápido.

Lentamente, ele lambeu a lateral do seu pescoço.

— Você vai querer a minha língua mais rápida também, não vai?

Ah, caramba.

— Sim.

Os quadris dele fizeram movimentos circulares de encontro ao dela, a calça social era a única barreira entre os dois. Louis colocou um segundo dedo dentro dela sem precisar parar a tortura perfeita em sua carne sensível. A ânsia dentro de Roxy se movia e se expandia, tomando conta de todo o seu corpo. Ela queria se contorcer contra ele, mas não queria se mexer, com medo de que a sensação estimulante fosse embora. Uma âncora. Ela precisava de uma âncora, então virou a cabeça e encontrou a boca de Louis, gemendo quando ele lhe deu exatamente o que ela precisava. Beijos quentes e furiosos.

Quando ele finalmente se afastou, seus olhos estavam tão escuros que pareciam pertencer a outra pessoa.

— Goza nos meus dedos agora, Roxy. Preciso te levar pra algum lugar onde eu possa estar dentro de você.

As duas palavras finais foram acompanhadas por fortes empurrões de seus dedos, deixando-a perto do limite. Ela mordeu o lábio para não gritar enquanto se remexia sobre a mão dele. A forma como Louis a segurava era a única coisa que a impedia de cair na calçada, seu corpo completamente dormente pelas sensações. Entre suas pernas, ele continuava a acariciá-la, mas o toque se tornou mais suave, gentil. Experiente. Caramba, ele havia conseguido, em dois minutos, o que normalmente levava dez, uma garrafa de vinho e um filme de Jason Statham para acontecer. Ela se sentia um pouco desnorteada com o quanto ele era bom nisso.

As carícias entre suas pernas foram se acalmando antes que o toque dele a abandonasse completamente.

— O que está se passando dentro da sua cabeça?

Pare de ser ridícula. Você interpretou um telegrama cantado sobre o pênis dele no primeiro dia. Isso não é novidade pra você. Nada mudou. Você não é a namorada dele.

Roxy se virou e encarou aqueles olhos questionadores.

— Nada. — Ela ficou na ponta dos pés e beijou seu queixo. — Me leve para sua casa.

Capítulo 10

PARABÉNS, VOCÊ É um babaca depravado.

Louis cumprimentou o porteiro enquanto entrava no prédio. Roxy caminhava ao seu lado, a mão entrelaçada à dele. Saber que o porteiro provavelmente queria parabenizá-lo por trazer outra garota para casa o fazia se sentir meio enjoado, mas não podia parar e explicar ao cara como esta era diferente. Como ele tinha esperanças de que ela entrasse por aquela porta muito mais do que uma vez. Não, ele não podia fazer isso, porque Roxy se isolaria em algum lugar dentro daquela cabecinha, e ele não sabia como trazê-la de volta. Não deveria estar tão focado em deixá-la nua, deveria estar *conversando* com ela.

Era nesse ponto que Louis se tornava um babaca depravado.

Se ele pudesse levá-la para cama, poderia *fazê-la* aceitar a conexão que existia entre os dois. Esse era um plano de gênio. Não sabia se aquela certeza vinha da arrogância, mas que era algo que se debatia dentro dele, fazendo com que uma conversa sincera e amigável parecesse uma opção inviável. Esse sentimento, essa necessidade de estar o mais perto dela possível, era completamente estranho. Sim, ele já havia saído com várias garotas. Tá bom, muitas. Confiança não era um problema quando o assunto era sexo. E, neste momento, quando percebeu que ela se afastava, Louis sentiu que a confiança era tudo o que lhe restava.

Naquela rua, quando ele a estava tocando, tudo se juntara por um tempo. Roxy estava confiando nele, se deixando levar e sendo sincera. Ele só queria voltar para aquele ponto, pois assim poderia... o quê? Fazê-la prometer que não fugiria? Fazê-la jurar que não o faria esperar outra semana para vê-la de novo?

É, isso praticamente resumia tudo.

Desde que ela fora se fechando, aos poucos, no caminho para casa, depois que Louis se comportara como um louco por sexo, talvez nem isso funcionasse. Poderia afastá-la ainda mais. Por quê? Essa única palavra corria de um extremo ao outro em sua cabeça. Roxy tinha gostado do que ele fizera com ela. Não havia como fingir aquele tipo de reação. Então por que se recusava a olhar para ele enquanto estavam no elevador? Louis pensou na rua escura, nas coisas que dissera. Talvez ele tivesse falado coisas muito fortes, mas não conseguira evitar. Quando estavam se tocando, ele perdia o controle do que falava. Perdia a capacidade de filtrar as palavras em seu cérebro e decidir se elas deveriam ser ditas. Esses... sentimentos por Roxy passaram tanto tempo trancafiados que talvez seu subconsciente os tivesse disfarçado de outra coisa.

Tudo bem, então ele havia descoberto uma maneira distorcida de se desculpar pelo plano de transar com ela no intuito de fazê-la ficar. E quanto ao resto? E quanto ao fato de ter olhado diretamente para aqueles olhos verdes excitados e ter mentido? Mesmo que ela nunca descobrisse sobre o favor que Louis pedira, ele sempre estaria lá, lembrando-o de que a enganara para conseguir o que queria: ela. E a fim de *tê-la* e manter a sanidade mental, tirar a roupa dela no apartamento de um estranho não podia estar nos planos.

Esse negócio de mantê-la por perto seria complicado, mas não tê-la seria pior. Por ora, ele focaria nisso e deixaria para se preocupar com o restante depois.

— Você ficou quieta de repente.

Roxy se remexeu e ajeitou uma mecha de cabelo atrás da orelha.

— É? Bom, da última vez em que estive neste elevador, eu estava usando uma fantasia de coelha.

Louis suspirou.

— Pensei que tínhamos concordado em não falar mais nisso.

— Concordamos em não falar sobre a *música* — corrigiu ela, finalmente esboçando um sorriso.

— E, mesmo assim, você acabou de falar.

— Bem, já que quebrei o acordo... — Ela pigarreou e começou a cantar: — *Para o meu coelhinho conquistador...*

Ele correu para o lado dela do elevador e a calou, colocando uma mão sobre sua boca.

— Isso não é legal.

Com o impacto, seu corpo registrou a proximidade e começou a se contrair. *Caramba.* Bem desse jeito. Quando o riso no olhar de Roxy diminuiu e as pupilas começaram a dilatar, Louis soube que ela também sentira algo. Aquela reação, sincronizada com a dele, deu o empurrão que faltava. Levá-la para casa e colocá-la debaixo dele era a coisa certa a se fazer. Estar com Roxy de qualquer maneira não poderia ser errado. Não quando ela o fazia se sentir daquele jeito. Talvez suas razões não fossem tão honrosas como deveriam ser e, sim, ele mentira para ela. Mas isto, *isto*, era a coisa mais sincera do mundo. Assim como as palavras que se seguiram.

— Roxy, mesmo com aquele traje, você estava muito linda. Acho que não consigo respirar de forma decente desde aquele dia.

Um barulho escapou pela mão de Louis, lembrando-o de que ela ainda estava com a boca coberta. No segundo em que ele tirou a mão, ela jogou os braços ao redor do seu pescoço e colou o corpo sexy contra o seu. Ele só teve uma fração de segundo para saborear o fato de que a tinha distraído de qualquer pensamento que ela estava tendo antes que suas bocas começassem a se tocar. Lambendo, mordendo, e então devorando. Em algum lugar distante, Louis ouviu um apito, e as portas do elevador se abriram. *Leve-a para sua cama, babaca depravado. Agora.*

Interrompendo o beijo com um gemido, ele agarrou o traseiro bonito e firme de Roxy e a impulsionou para que ela pudesse envolver sua cintura com as pernas. Ela completou o movimento com um desespero tão faminto que seus pensamentos se confundiram por um instante, e ele cambaleou para fora do elevador, ainda com ela no colo. Os dois se chocaram contra a parede oposta do corredor, as bocas se encontrando mais uma vez em um emaranhado sensual de línguas e lábios. O calor entre as coxas de Roxy irradiava diretamente em cima de seu pau duro, sem lhe dar outra escolha senão impulsioná-lo contra o corpo dela. *Porraaaaa.* Saber que tudo o que ela usava por baixo daquele vestido era uma calcinha fina o deixava louco para rasgá-la. Louco para abrir o zíper das próprias calças e se afundar nela. Se os dedos puxando seu cabelo eram alguma indicação, Roxy também queria a mesma coisa.

— Espere só um pouco, baby. Me deixa só te levar para dentro do apartamento. — Ela cruzou o olhar com o dele e gemeu, mexendo com os quadris e deixando-o mais perto do limite. *Inacreditável. Talvez eu não consiga me segurar até a porra da porta.* — Meus dedos não foram o suficiente? — Ele a levantou ainda mais de encontro à parede com um forte impulso do quadril. — Você quer isso, não quer? Você quer tudo?

— Sim. — Os seios de Roxy pareciam inchar sobre o topo do vestido a cada arfada que ela dava. — Por favor, Louis.

— Ah, *porra*, gosto quando você fala o meu nome. — Com toda a força de vontade que ainda restava dentro dele, Louis a afastou da parede e seguiu em direção ao apartamento com ela ainda envolta em sua cintura. Ele usou uma das mãos para tirar as chaves do bolso, uma tarefa difícil quando a respiração dela acelerava contra o seu ouvido, o corpo subindo e descendo sobre o dele a cada passo que dava. Finalmente, ele colocou as chaves na porta. — Roxy, eu vou te fazer se sentir tão bem...

As luzes de seu apartamento estavam acesas. Mas que diabos?

— Lou-is!

A voz chorosa familiar o atingiu com o impacto de uma marreta. Não, não, não. Isto não podia estar acontecendo. Não era possível que a vida pudesse ser tão cruel. Roxy não estava se soltando dele com um gritinho alarmado e se escondendo em suas costas. Definitivamente não. Se ficasse ali parado, sem falar, aquele pesadelo se dissiparia, e ele poderia voltar a beijar Roxy. Por favor. Por favor. Por favor?

Numa última tentativa de banir a cena que se desenrolava à sua frente, Louis fechou os olhos e os abriu de novo lentamente. Não, sua irmã, Lena, ainda estava lá, sentada no sofá.

No modo desequilíbrio total.

O rímel todo borrado nas bochechas, o cabelo escuro bagunçado no alto da cabeça. Seus olhos deslizaram rapidamente pela sala, em busca de mais pistas. Merda, ela tinha encontrado a tequila. Isso não seria nada bonito.

Ele virou a cabeça de leve para poder falar com Roxy sem precisar tirar os olhos de Lena.

— Não faça movimentos bruscos.

— Quem é essa?

A pontada de ciúmes na voz dela o surpreendeu. E se deu conta de que não deveria. Que conclusões ele tiraria se encontrasse um homem no apartamento dela quando, supostamente, ela morava sozinha? Também foi um pequeno alívio saber que ela se sentia no direito de reivindicá-lo de alguma forma. Parece que havia conseguido algum progresso esta noite.

— Minhas irmãs.

O corpo de Roxy relaxou de leve contra suas costas.

— Irmãs... no plural?

— Onde uma vai, normalmente a outra...

— Lou-is!

— Vai atrás.

Celeste saiu do banheiro aos tropeços, acendendo um cigarro.

— Onde você estava? Estamos famintas. A única coisa que tem no seu freezer é lasanha congelada e queijo cheddar, seu otário. — Ela se jogou no sofá ao lado de Lena, que encarava intensamente a parede como se estivesse em um transe. — Quem é a garota? Posso te ver, menina. Espero que ele tenha te levado para jantar, porque não tem merda nenhuma neste lugar.

Louis ouviu Roxy respirar profundamente antes de se mover e ficar ao seu lado. Deus, mais do que nunca ele queria fugir com ela dali e não voltar mais.

— Oi, sou a Roxy. Nós jantamos comida italiana, então está tudo bem.

Celeste gesticulou violentamente com o cigarro.

— Bom, sorte a sua. Vou me sentar aqui e morrer de inanição, pessoal! Escolham um assento e observem enquanto as minhas costelas ficam mais pronunciadas.

Louis apertou a ponte do nariz.

— Por que vocês não pediram comida?

— Lena jogou nossos celulares na privada.

— Os dois?

A outra irmã ficou de pé abruptamente.

— Sim, os *dois*. Quer saber por quê?

Roxy deu um tapinha no ombro dele.

— Quer saber? Acho que vou embora.

— *Não*. — Louis se enfiou na frente da porta. Fantástico. Barrando a saída dela pela terceira vez desde que se conheceram. Foda-se. Ele se preocuparia sobre estar se tornando cada vez mais patético depois. Se a deixasse ir agora, talvez perdesse a chance. E, *Deus*, ele a queria tanto que chegava a doer. — Vou me livrar delas. Você fica.

— Sabe por que eu joguei nossos celulares na privada, Louis? — falava Lena atrás dele, com dificuldade. — Para que o desgraçado do meu noivo parasse de tentar entrar em contato comigo. Uma *stripper*! Teve uma *stripper* na despedida de solteiro dele.

Ele se virou para Roxy.

— Ei, talvez você devesse ir embora.

Louis alcançou a porta, na intenção de abri-la, mas Lena parou na frente dele.

— Olha! Encontrei a blusa dela debaixo do sofá.

Sua irmã balançou uma camiseta branca em frente ao seu rosto. Cheirava a flor de cerejeira. Uma visão de Roxy abotoando sua camisa social sobre o sutiã e a saia veio à sua cabeça. Sem camiseta por baixo. Definitivamente era dela. Bem sutilmente, Louis se colocou na frente de Roxy, que estava com os olhos arregalados.

— Sabia que tinha algo estranho, então perguntei a todos os amigos idiotas dele.

Celeste se colocou bem ao lado de Lena.

— *Amigos. Idiotas* — repetiu ela, como se fosse a garota de uma propaganda psicótica.

— Nenhum deles me disse a verdade.

Lena puxou um objeto de dentro do bolso. Um isqueiro amarelo. E então ateou fogo à blusa.

— Você vai me dizer a verdade, não vai, Louis? Você estava lá. — As chamas subiam pela camiseta, transformando-a em um pedaço de pano preto chamuscado. Lena parecia estar perfeitamente contente em se queimar caso precisasse. Talvez até gostasse. — Sempre posso contar com o meu irmão, não é?

— Ela pode? — ecoou Celeste. — Pode, Louis?

— Devo fazer as pazes com Deus? — sussurrou Roxy atrás dele.

— Lena, olha pra mim. — Observando com atenção o progresso das chamas, ele ergueu as duas mãos num gesto para acalmá-la. — Você se lembra daquelas férias quando você deu ré na Mercedes novinha do papai, e ela caiu no lago? — A irmã concordou com a cabeça, e ele sentiu o nó em seu peito aliviar um pouco. — Quem levou a culpa por você?

— Você — respondeu ela de má vontade.

— Quem te disse, no nono ano, que o seu permanente parecia com um poodle morto?

Ela esfregou as marcas de rímel na bochecha.

— Você disse.

— Certo. Então você pode confiar em mim quando eu digo que nem uma *stripper* sequer passou pela porta da casa do Fletcher naquela noite. Nem umazinha. — Pelo que ele sabia, Roxy era atriz. Ele já tinha contado mentiras demais por uma noite. Não iria acrescentar mais uma na lista. Especialmente quando sua irmã poderia tacar fogo no apartamento se percebesse que ele não estava falando a verdade. — Seu futuro marido passou a noite sem qualquer *lap dance*. Você tem a minha palavra, como seu irmão.

Lena semicerrou os olhos para ele.

Louis esboçou o sorriso de irmãozinho inocente.

— Acho que acredito em você. — Ela apontou para Roxy com o queixo. — Vai me apresentar?

— Por que não nos livramos da camiseta em chamas primeiro? — Sem escolha a não ser deixar Roxy parada frente a frente com a irmã, do contrário todos morreriam num incêndio épico, ele arrancou a camiseta das mãos de Lena e correu para a pia da cozinha. Depois de abrir a torneira para apagar o fogo, voltou rapidamente em direção às garotas. — Ouçam, vejo vocês amanhã, no almoço de domingo na casa do nosso pai, certo? Vocês se importam...

— Você não está nos colocando pra fora, está? — Celeste se jogou de volta no sofá. — Acabamos de chegar.

— Isso, vamos lá, irmãozinho. — Com o drama da *stripper* varrido da memória, Lena segurou a mão de Louis e o puxou em direção ao sofá. Ele quase cedeu ao impulso de se segurar em Roxy, cujo medo tinha se transformado no que parecia ser divertimento. *Ah, que bom.*

— Não nos mande embora. Precisamos de uma noite com Louis.

— Eu trouxe pipoca — acrescentou Celeste.

— Então por que não comeram se estavam com tanta fome? — A voz dele se elevou para quase um grito, um tom muito mais alto do que normalmente usava com as irmãs. Ele tinha culpa? Não. A garota que ele queria mais do que oxigênio já estava com uma das mãos na maçaneta. *Elas precisam de uma noite com Louis*, murmurou Roxy baixinho.

— Queríamos esperar por você — explicou Lena.

As irmãs baixaram a cabeça, como se fossem duas crianças repreendidas. Louis soltou uma respiração frustrada em direção ao teto e passou os braços ao redor dos ombros delas. Aproveitando a deixa, as duas se aconchegaram nele e ronronaram como se fossem felinas. Ele tinha gatas como irmãs. Duas gatas extremamente malucas, com problemas de temperamento.

Ele sabia que seria inútil, mas, com um olhar, implorou para Roxy.

— Fica?

Ela já estava a meio caminho fora da porta antes mesmo que ele terminasse de falar.

Aparentemente, correr atrás dela teria que esperar até o dia seguinte.

Capítulo 11

RUSSELL QUASE DERRUBOU a sexta cerveja na tentativa de pegar o celular de Louis.

— Não liga pra ela, cara. Se você ligar, juro por Deus, vou chutar tão forte esse seu iPhone que ele vai parar em Nova Jersey.

Louis se desvencilhou das mãos do amigo.

— Estou verificando meus e-mails. — Ele encarou o celular. Ou celulares. Como tinha conseguido dois aparelhos? Ele fechou um dos olhos. *Ah, aí sim.* Voltou a ser um. — Relaxa, tá?

— Você está checando demais esse e-mail para um domingo à noite — contestou Russell. — E você não sabe mentir, McNally. Se ela não te ligou até agora, não vai ligar mais.

— Ignore-o — interrompeu Ben, falando alto, colocando outra rodada de cerveja na mesa e cambaleando um passo para trás. — O que quer que ele esteja dizendo, está errado. Esse é o mesmo cara que nos disse que mulheres que comem salada no primeiro encontro vão nos matar durante o sono um dia.

Russell deu de ombros e tomou um gole da cerveja recém-chegada.

— Continuo afirmando isso.

— Onde estão suas estatísticas? — Ben precisou de três tentativas para conseguir dizer *estatísticas* corretamente. — Você não tem nem uma. Porque isso é devaneio de uma pessoa maluca.

— Não sei não, Ben. — Louis colocou o celular no bolso, embora quisesse jogá-lo do outro lado do bar. — A teoria dele sobre o vestido se provou correta.

— Teoria do vestido? — Russell se esticou na cadeira. — Ela usou o artifício do *vestido* no primeiro encontro?

Na tentativa de bloquear a imagem de Roxy envolta naquele material florido e macio e de como foi senti-lo em suas mãos, Louis deixou a cabeça cair sobre a mesa com um ruído.

— Usou.

— Ela é má — anunciou Russel. — Você precisa fugir como se um bando do *Real Housewives* estivesse te perseguindo.

Ben e Louis se entreolharam.

— Ao que você anda assistindo, cara?

— Ligo a TV nesse programa quando estou passando roupa. Não tente mudar de assunto. — Russell remexeu os ombros. — Uma garota que usa *o vestido* no primeiro encontro tem algum tipo de vingança contra a sua família que você não tem conhecimento. — Ele estalou os dedos. — Ou ela tem mais de um vestido. Nem quero imaginar o que ela deve ter reservado para o segundo encontro.

— Eu quero. — Louis assentiu vigorosamente. — Quero saber.

— Não — insistiu Russell, batendo com a cerveja na mesa. — Você não quer. Olha pra você, cara. Nem fez a barba hoje. E o que é isso? Uma camisa havaiana?

— Hoje foi dia de lavar roupa — resmungou Louis. — Já mencionei a puta sorte que tenho por sermos amigos?

— Acabou de mencionar.

Ben olhou com desgosto para Russell antes de se virar para Louis.

— Escuta, você não pode culpar a garota por ter se mandado quando suas irmãs apareceram. Eu conheci as duas. Elas não são exatamente o melhor comitê de boas-vindas do mundo.

— Tem certeza? — Louis soluçou. — Lena tacou fogo na camiseta dela com um isqueiro. Isso conta como "bem-vinda à família" em alguma cultura, certo?

Ben e Russell se inclinaram para a frente lentamente.

— Ela fez o quê?

— É uma longa história.

De jeito algum ele contaria aos melhores amigos o motivo pelo qual a tal camiseta fora queimada. Não porque o que Roxy fizera o envergonhava, mas porque ele não queria que os amigos pensassem nela sem roupa. O que não fazia sentido algum, já que os dois nem mesmo sabiam como ela era. Mas Louis não queria nem que eles *imaginassem* ou mentalizassem uma Roxy nua. Tá bom, aparentemente ele estava mais bêbado do que pensava.

O dia tinha sido uma merda por duas razões. Primeiro, ele tinha acordado com as irmãs roncando no chão do seu quarto em vez de com Roxy na cama, ao seu lado. Depois, o pedido para acrescentar mais horas *pro bono* no contrato com a Winston e Doubleday fora rejeitado. Num domingo. Por e-mail. Havia algo um pouco *mais* do que ultrajante em ter suas expectativas frustradas quando elas eram seguidas de uma mensagem de *Enviado do meu iPhone*.

Onde isso o deixava? Permaneceria no emprego confortável que o pai arrumara para ele, deixando-o com uma reputação que nunca tinha desejado? Se não tivesse o trabalho *pro bono* para manter os pés no chão, ele seria como todo mundo naquele escritório, correndo atrás de dinheiro e se esquecendo de por que escolhera trabalhar com Direito em primeiro lugar. Ele não queria esquecer. Não queria deixar que os limites ficassem indistintos até que o objetivo do emprego passasse a ser apenas vencer e nada mais. Mas que escolha ele tinha? Jesus, seu pai teria um ataque do coração se soubesse que Louis ainda não dera uma resposta direta a Doubleday. Louis podia ouvir sua voz agora. *Quem, em sã consciência, desistiria de um emprego assim?* De fato, quem?

Ben parecia querer pressionar para saber da história completa, mas, graças a Deus, não o fez.

— Meu voto é para você ligar. Talvez ela tenha ficado traumatizada.

— Não. *Nada* de ligações enquanto eu estiver de guarda.

Louis ignorou Russell.

— Traumatizada? Ela saiu de lá sorrindo.

— Má.

Ben também não deu atenção a Russell.

— Ei, isso é uma coisa boa. Não são muitas as garotas que entram em contato com as gêmeas do terror e sobrevivem para contar a história, muito menos rir disso.

— Pois é, eu sei.

Algo comprimia seu peito. Droga, ele deveria ligar para ela. Talvez ela atendesse no terceiro toque e o chamasse pelo nome todo. *Oi, Louis McNally II*. A esta hora da noite, talvez até estivesse na cama, então ele a imaginou de pijama e com o cabelo molhado, aconchegada em um travesseiro enquanto conversavam. A voz dela estaria toda suave e sonolenta.

Deus. Ele estava se tornando um bobalhão. Alguma coisa precisava acontecer. Ele queria poder pegar o telefone e ligar para Roxy quando bem entendesse, sabendo que ela ficaria feliz em ouvir sua voz. Esse lance de tentar supor o que estaria acontecendo com ela começava a cansar. Talvez ele nunca tivesse corrido atrás de uma garota assim antes, mas achava que tinha feito um trabalho decente até ali, apesar da sessão de amassos ter sido interrompida por uma situação de vida ou morte, por assim dizer.

Mas Ben estava certo. Roxy poderia ter ficado um pouco assustada com a chegada inoportuna das suas irmãs, mas parecia que ela estava se divertindo mais do que qualquer coisa. Ela tinha jogo de cintura. Deus, ele adorava aquela característica dela. Era uma habilidade que Louis precisava adquirir, não só para a profissão, mas também porque sua família criava drama em qualquer lugar que ia. Era *nesse* ponto que ele e Roxy teriam um problema. Louis percebera a cautela no olhar dela quando Lena pedira que ele a apresentasse. Roxy não saíra correndo do apartamento porque ficou com medo de

Lena e Celeste. Ela ficou com medo de conhecê-las. Algo que uma namorada poderia vir a fazer.

Roxy parecia determinada a manter as coisas leves e casuais entre os dois. Em qualquer outro momento, ele estaria agradecendo a sorte por encontrar uma garota que não queria a garantia verbal de um compromisso. Um status definido, completo com um anel de noivado e apresentação aos pais. A porra de uma viagem de fim de semana para Vermont da qual os dois se gabariam para os amigos durante o almoço. Ele e Roxy não se conheciam há muito tempo, então Louis sabia que essa necessidade irracional de que ela fizesse promessas não era realista. Isso não mudava o fato de que ele queria abraçá-la e exigir que ela concordasse em vê-lo sem essa grande data de validade pairando sobre sua cabeça. Isso estava lá também. Ele podia sentir toda vez que estavam juntos.

Quando Russell deu um soco em seu ombro, Louis percebeu que esteve, na verdade, olhando fixamente para o teto.

— O quê?

— Estabeleci um limite para o seu visual de turista com a barba por fazer. Falar com o teto é entrar num território novo e assustador.

Ben bateu com um porta-copos de papelão na mesa.

— Liga logo pra ela. O que poderia acontecer de tão ruim?

A gargalhada de Russell fez algumas cabeças virarem para eles.

— Essa pergunta é clássica. Quando alguém fala isso, sempre acontece algo errado. Não acredito que você está encarregado da educação da nossa juventude. — Ele olhou para Louis com uma expressão acusadora. — O que de pior poderia acontecer? Assim que ela souber que você está correndo atrás, vai amarrar suas bolas.

— Ah, é seguro dizer que ela sabe que estou correndo atrás.

— Nunca é tarde demais, cara. Você ainda pode mudar o rumo dessa história. — Russell empurrou alguns copos de cerveja vazios para o lado e se inclinou. — É como se você fosse o leão, e ela, a gazela. Só que, no momento, me desculpe, mas você está meio que sendo a gazela.

— Estou bêbado demais para metáforas.

— Eu *nunca* estou bêbado demais para metáforas. — Ben balançou a cabeça para Russell. — Só para as ridículas.

— O que eu estou dizendo é para você esperar alguns dias. — Russell cruzou os braços sobre o peito. — Você vai me agradecer, meu amigo.

Louis tomou um bom gole da cerveja.

— Mencionei que ela tem duas colegas de apartamento bonitas?

Sem perder tempo, Russell jogou o próprio celular sobre a mesa.

— Foda-se. Ligue para ela agora.

Louis não tinha ligado.

Não que ela estivesse esperando uma ligação. Ou até mesmo *precisasse* de uma. Ela só achara que ele ligaria. Até chegarem ao inferno das irmãs no sábado à noite, as coisas foram muito bem. Se eles tivessem entrado num apartamento vazio, Roxy tinha quase certeza de que teriam comido panquecas juntos na manhã seguinte. Então. Mas que merda? Ela deveria ter ficado e esperado que uma das irmãs dele começasse a fazer perguntas? Não, obrigada. Ela gostava dos globos oculares *dentro* das órbitas. Se ele ficara furioso por ela ter ido embora, que seja. Ela não precisava daquele príncipe encantado estúpido, babaca e planejador de primeiros encontros perfeitos.

O problema é que ela queria ouvir a voz dele. Meio que *ansiava* por aquele som.

Em cinco minutos, ela sairia do apartamento e pegaria o metrô para o teste mais importante da sua vida. As palmas das mãos estavam suando, o figurino estava todo errado, e, de alguma maneira, Roxy sabia que Louis diria exatamente a coisa certa para acalmá-la. Como sabia disso? Não tinha ideia. Há uma semana, ela teria tido uma conversa motivadora consigo mesma, e não gostava dessa súbita dependência em relação a ele para se sentir confiante. Esqueça isso, ela *tinha* confiança. Só precisava de uma dose extra naquele momento. Uma tonelada.

Será que Louis já havia seguido em frente? Mesmo sem terem feito sexo? Isso seria uma novidade. A não ser que ele tivesse decidido que ela não valia a pena. Roxy fez uma autoanálise, olhando para o espelho no outro lado do quarto e se perguntou o que ele via. Se talvez... ele a achasse desinteressante. Menos sofisticada do que as outras garotas com quem normalmente saía. A mágoa que aquele pensamento causou dizia que ela já havia se deixado envolver um pouco demais.

Uma batida à porta do apartamento a trouxe de volta ao presente. Quando ia chamar por Honey para que atendesse a porta, lembrou que a colega já tinha saído para a aula de física do período da tarde. Com um suspiro, jogou o rímel sobre o gaveteiro de segunda mão e cruzou o apartamento com os saltos altos.

— Quem é?

— O entregador.

Louis. De repente, Roxy sentiu um frio na barriga. Ela já ia abrir a porta quando decidiu que não queria parecer tão ansiosa.

— Como conseguiu entrar no prédio?

— Um cara com um chapéu de capitão no andar de baixo.

Ela balançou a cabeça, mesmo que ele não pudesse vê-la.

— A segurança já era.

— Sou persuasivo. — Uma longa pausa. — Você percebeu que ainda não abriu a porta, não é?

— Talvez eu esteja de toalha.

— Já volto.

Ela decidiu dar uma espiada nele pelo olho mágico.

— Aonde você vai?

Louis olhou diretamente para ela.

— Buscar um pé de cabra.

Os lábios de Roxy se abriram num sorriso, mas rapidamente ela diminuiu a intensidade dele e abriu a porta.

— Oi — disse casualmente, tentando não encarar a sacola de compras na mão dele.

— Oi? — Ele deu uma risadinha baixa. — É só isso que eu ganho, é?

— Eu já estava de saída para o teste. — Uau. Ela era mais mesquinha do que pensava. Sendo dura com o rapaz por ele não ter ligado no domingo. No que ela estava se transformando? — O que tem na sacola?

Louis deu um passo à frente até que ela não teve saída a não ser se deslocar e deixá-lo entrar no apartamento, ou ele lhe daria um encontrão. Tentador, mas Roxy teve a sensação de que, se ele se aproximasse tanto assim, ela chegaria muito atrasada para a maior oportunidade de sua vida profissional. Ela fechou a porta e se virou, pronta para explicar que só tinha dois minutos e que ele não viesse com nenhuma ideia.

Imediatamente, Louis a colocou contra a porta, seu corpo musculoso se alinhando com o dela. Pressionando, pressionando, até que ela encolheu a barriga para poder deixá-lo mais perto.

A respiração dele soprava em sua orelha, elevando sua pulsação a níveis estratosféricos.

— Irritada comigo por não ter ligado?

— Não — respondeu ela, rápido demais.

— Sim, você está. — Ele deixou a sacola cair com um ruído surdo ao seu lado e então levantou uma das mãos para segurar sua nuca. — Ótimo.

— Ótimo? — A irritação fez sua pele formigar. Era irritação. *Não* consciência. Certo. — Você está fazendo joguinhos comigo, Louis? Pensei que esse era o meu trabalho.

— É o seu trabalho. E você é boa nisso. — Ele se afastou para poder olhar fixamente para a sua boca, mas não a beijou. — Não faço joguinhos. Mas também não vou ser o tipo de cara em quem você vai ficar dando o fora.

Roxy sentiu a garganta apertar.

— Não te dei um fora.

Louis a ignorou, massageando a nuca dela com o polegar. Puta merda, aquilo era muito bom. Tudo naquela situação era ótimo. Tê-lo por perto. Sentir seu cheiro. Ela queria mergulhar nele e nunca mais voltar à superfície para respirar.

— Quero saber que você não vai desaparecer toda vez que passarmos por um mau momento ou minhas irmãs aparecerem como se tivessem saído de uma casa mal-assombrada. Preciso que você fique por perto. — As coxas dos dois se juntaram, e a fivela do cinto de Louis cutucava o estômago dela. — Você tem me deixado acordado todas as noites desde que nos conhecemos, e, até agora, eu realmente não sabia se você sentia alguma coisa por mim. Então você está irritada comigo por eu não ter ligado? Ótimo.

Santo Deus. Ela nunca esteve tão excitada na vida. Tudo que Louis dizia era justo. Ele jogara em sua cara todas as besteiras que ela tinha feito, e Roxy gostou. Havia até mesmo uma pequena parte dela que se animou em saber que ele ficava acordado por sua causa.

— Terminou?

O hálito mentolado dele aqueceu seus lábios.

— Por quê?

— Para eu poder beijar você.

Louis mordiscava o lábio inferior enquanto ela observava com um fascínio vergonhoso. Deus, ele realmente tinha a boca mais maravilhosa de todas.

— Sem beijos esta manhã.

O quê? Ela havia escutado direito?

— Se quiser ser beijada, vai ter que me encontrar depois. *Você vem até mim.*

— Isso definitivamente parece um jogo — disse ela secamente.

— Talvez. Mas é um jogo em que nós dois podemos ganhar se não formos teimosos.

Antes que Roxy pudesse responder, ele afastou a boca. Apoiando as mãos nos batentes da porta, Louis começou a se abaixar lentamente em direção ao chão em frente a ela. Antes de se ajoelhar, ele deslizou a boca, parcialmente aberta, entre os seus seios e sobre a barriga, os gemidos profundos vibrando por cada ponto que passava. Quando finalmente ficou de joelhos, ele agarrou seus quadris e encostou a boca entre suas pernas, fazendo com que ela batesse as costas contra a porta por causa da sensação. Ela só teve meros segundos para sentir, através do vestido, o calor que ele emanava antes que se afastasse.

— O que você está fazendo? — perguntou Roxy, com a respiração acelerada.

Louis pegou a sacola de compras.

— Desejando sorte no teste.

Enquanto ela o observava através de olhos semicerrados, ele tirou uma caixa de sapatos da sacola e a colocou no chão. Com um movimento do pulso, levantou a tampa e revelou um par de sapatos pretos de couro. Anjos cantaram a distância. Eram os sapatos mais bonitos que Roxy já tinha visto na vida.

Mesmo sem experimentar, ela também sabia que eram do seu tamanho.

— Tive que sair para comprar sapatos com as minhas irmãs ontem para conseguir esses daqui. Agora que você já as conheceu, deve imaginar o inferno que foi.

Roxy não podia ficar com os sapatos. Podia? O seu já estava muito desgastado, mas pelo menos era *dela*. Ela mesma pagara por eles. Não, não podia aceitar. Especialmente depois de enrolá-lo.

— Louis, eu não posso...

— Ah, pode. Depois de eu ficar quatro horas na Bloomingdale's numa tarde de domingo, você vai ficar com eles.

Ele colocou a mão em seu tornozelo e tirou o sapato que ela usava antes de colocar o novo. Senhor, parecia que uma nuvem se moldava em volta do seu pé cansado e cheio de bolhas.

Roxy não teve escolha senão deixar que ele repetisse o processo com o outro pé. Precisava saber como era calçar os dois. As mãos grandes de Louis, segurando seu pé com tanto cuidado, também podiam ter algo a ver com sua relutância em se afastar.

Vê-lo ajoelhado na sua frente, a frustração evidente em cada linha do corpo dele, despertou uma dor profunda dentro dela. Se ela se juntasse a ele no chão agora, poderia fazê-lo desistir da proibição de beijos com extrema facilidade.

Mas seria uma vitória vazia.

Por alguma razão irritante, Roxy queria lhe dar a vitória que ele tanto precisava, então esperaria até mais tarde.

Por mais difícil que fosse.

— Como você sabia o meu número?

Louis deixou as mãos descansarem sobre os joelhos dobrados, analisando os sapatos nos pés dela.

— Minhas irmãs são boas para algumas coisas. Elas te olham só uma vez e já sabem todas as suas medidas.

Ela se recusou a ficar magoada com seu tom.

— Você parece estar furioso comigo.

— Estou olhando para as suas pernas nuas, de uma posição privilegiada, e não há nada que eu possa fazer sobre isso agora, ou nós dois vamos nos atrasar. — Ele passou a mão pelo cabelo. — Ah, foda-se, preciso de *alguma coisa*. — Sem aviso, ele se inclinou e beijou a parte de trás do joelho dela, como se não aguentasse mais ficar longe nem por um segundo. A respiração de Louis soprava a pele sensível enquanto os lábios iam subindo para a parte interna das coxas. A onda de calor a atingiu com tanta força que Roxy teve que se segurar nos ombros fortes dele para que não caísse. Louis moveu a boca para a outra perna, desta vez usando a língua para provocá-la, dando mordidinhas entre uma lambida e outra. Ela ouviu um barulho alto e percebeu que sua respiração tinha começado a arfar. Louis apertou a parte de trás das suas coxas e soltou um rosnado irritado antes de voltar a ficar em pé. Os novos saltos a deixavam na mesma altura que a boca dele, e ela queria beijá-lo mais do que qualquer outra coisa. Queria tanto que suas mãos tremiam. O som que saiu da garganta de Louis, dizia que ele sabia como ela estava se sentindo, mas o queixo demonstrava determinação. *Quem era o teimoso agora?*, queria perguntar ela. — Tenho que ir para o centro da cidade. Vou passar a tarde toda no tribunal e já estou dez minutos atrasado. Mas quero te ver esta noite, Roxy. Venha até mim.

Era uma ordem, não um pedido. Parte dela estava irritada com aquilo. Ela decidia onde e com quem passaria seu tempo. Ah, mas havia a outra parte, a metade mais significativa, que gostava que Louis tomasse as decisões por ela. Meio que amava. Poderia também ser o tom de desejo na voz dele que fazia isso. Ele precisava dela. Ela precisava dele. Sério, não havia decisão a tomar.

— Te vejo à noite, Louis.

Ele tentou esconder o alívio, mas ela percebeu mesmo assim.

— Está pronta para o teste?

— Com estes sapatos novos e elegantes? Vou chegar lá com o pé direito.

O rosto dele se transformou, com um sorriso relutante.

— Pare de bancar a engraçadinha ou vou quebrar minha resolução de não te beijar.

— Não podemos fazer isso. — Roxy soltou a respiração de maneira dramática, abrindo a porta para ele sair.

Quando estava saindo, Louis a olhou de cima a baixo com um olhar penetrante.

— Calce os sapatos para mim essa noite.

Ela deslizou as unhas pelo peitoral dele.

— Só se você usar gravata.

Quando fechou a porta, Roxy o ouviu resmungando um palavrão alto o suficiente para ecoar pelo corredor. Apesar disso, ela não podia perder tempo rindo. Estava oficialmente muito atrasada.

Capítulo 12

DEVO ESTAR NO *lugar errado.*

Dois pares de olhos críticos se viraram na direção de Roxy quando ela abriu a porta de entrada, lançando aquele olhar obrigatório de escrutínio que toda atriz mantinha durante uma competição. De um jeito estranho, isso a irritava mais do que o normal. Na maioria dos testes a que comparecia, ela era cumprimentada por quarenta, às vezes cinquenta pessoas. Nunca, *nunca*, só duas. A falta de concorrência, de alguma forma, tornava a leitura que estava prestes a acontecer ainda mais preocupante. Quando você não tinha chance alguma, não se sentia pressionada. Mas, com apenas duas garotas para derrotar, a pressão aumentava muito. Principalmente quando as duas garotas pareciam ter saído das páginas da *Entertainment Weekly*. A loira não havia participado daquele seriado com o Neil Patrick Harris? *How I met your brother* ou coisa parecida?

Ela resistiu ao impulso de ajeitar o cabelo e, em vez disso, caminhou até uma cadeira na sala de espera, onde se sentou e imediatamente puxou o roteiro da bolsa. À sua esquerda, a porta do escritório pela qual ela estaria passando em apenas alguns minutos permanecia fechada, e nem um som vinha do outro lado.

Na tarde anterior, ela recebera por e-mail as duas "partes" e havia ensaiado o roteiro em frente ao espelho do banheiro durante a maior parte da noite. O mais novo filme de Johan Strassberg era centrado numa jovem mulher que foi forçada a largar a faculdade em Nova York para cuidar da mãe doente no centro-oeste do país. Embora só tivesse recebido uma pequena parte do *script*, Roxy já estava intrigada com a personagem, Missy Devlin. Havia muito ressentimento, vulnerabilidade e angústia naquele pequeno texto, e ela estava ansiosa para ver o resto. Ansiosa para mergulhar no papel se tivesse a chance. *Por favor, que eles me deem uma chance.*

Uma jovem ruiva usando um *headset* saiu de dentro do escritório, segurando uma prancheta. Roxy respirou fundo, rezando para que chamassem outra pessoa primeiro. Ela precisava de um minuto para organizar os pensamentos, principalmente depois da cena que acontecera mais cedo com Louis. Felizmente, a garota do *headset* chamou por um nome diferente, e a loira se levantou e a seguiu em direção ao escritório.

Roxy respirou fundo. *Tudo bem. Tudo bem, você pode fazer isso. Você é Missy. Você acabou de ser tirada da escola dos seus sonhos e se afastou do seu namorado e dos seus melhores amigos para cuidar da sua mãe. Você deveria estar ansiosa para estar ao lado dela. Para ficar com a sua mãe nos últimos momentos dela. Mas você não está. Nem um pouco. Vocês nunca se entenderam. Ela te largava com estranhos quando você era mais jovem para poder passar a noite com a última conquista da semana... e você está furiosa. Está tão furiosa que cuidar dela é difícil. Mesmo que saiba que é o seu dever, você não consegue esquecer o passado de merda. Você se sente culpada. Desamparada. Está enfurecida.*

Uma voz invadiu a consciência de Roxy, fazendo-a levantar a cabeça e voltar à realidade. A ruiva estava parada na porta do escritório, irradiando impaciência.

— Sim. Roxy Cumberland? Estamos prontos.

— Ótimo. — Roxy pronunciou a palavra com firmeza, do modo como Missy faria.

Neste momento, ela podia sentir as emoções necessárias borbulhando dentro de si. Se ela pudesse simplesmente entrar naquele escritório e deixá-las fluírem, eles a *veriam*. Veriam a Missy, morrendo de vontade de sair. Roxy colocou o roteiro de volta na bolsa. Não precisava mais dele. *É como qualquer outro teste. Você já entrou em centenas de salas como essa. Pegue o medo e faça com que ele seja da Missy, não seu. Pelos próximos quinze minutos, viva a personagem.*

Ela atravessou a porta a passos firmes e se deparou com uma visão familiar. Três expressões entediadas, com anotações em frente a elas sobre a mesa. Uma câmera portátil suspensa por um tripé, apontada em sua direção. A única coisa que não era familiar era o famoso cineasta, Johan Strassberg, esparramado em um pufe redondo no canto da sala. Ele segurava uma caneta laser, que acendia e apagava em rápidas sucessões apontando para a cabeça da assistente de produção ruiva, rindo. Ele estava descalço. Fones de ouvido gigantes estavam em volta do seu pescoço. Não era tão bonito, mas simpático. O sorriso amplo e juvenil e os olhos reluzentes haviam conquistado muitos corações entre o público. Se não era exatamente assim que Roxy tinha imaginado o comportamento do brilhante cineasta, talvez fosse porque fazia parte do seu processo de criação. Ele podia se dar ao luxo de ser um pouco excêntrico.

— E essa, quem é? — perguntou Johan, sem nem mesmo olhar para ela.

Um homem barbudo, usando um boné de beisebol da peça *Book of Mormon*, consultou o bloco de anotações.

— Essa é... Roxy Cumberland.

— Nunca ouvi falar dela — murmurou a loira de aparência exausta do lado direito dele enquanto tomava uma Coca-Cola zero.

Johan saiu de sua posição mais casual e se ajeitou na cadeira, olhando-a com curiosidade.

— Ah, Roxy Cumberland. Ouvi muitas coisas boas sobre você.
— Ele apontou o laser para o chão e arqueou uma das sobrancelhas
escuras. — Você está aqui para nos deslumbrar?

— Esse é o plano.

O cara barbudo deu uma risadinha de escárnio.

Ótimo. Era exatamente isso de que precisava. Que eles a subesti-
massem. Isso a deixaria sem nada a perder, assim como a personagem
que ela precisava representar. Eles estavam preparados para se decep-
cionar? Bem, então era hora de acordar esses filhos da puta.

A loira pegou uma folha de papel.

— Vou passar o texto com você — falou ela, de forma monóto-
na. — Diga seu nome para a câmera e comece quando estiver pronta.

Roxy respirou fundo, aproveitando o momento para incorporar
Missy e bloquear tudo ao redor, exceto sua mãe, sentada à mesa da
cozinha em frente a ela. Cinco... quatro... três... dois...

— Panquecas, mãe?

— Não estou com fome — retornou logo a loira.

Roxy balançou a cabeça vigorosamente, no intuito de retratar a
frustração de Missy.

— Alguma coisa que você gostaria de fazer hoje?

— Nada em particular. Não vejo motivo.

— Quer saber? Eu também não. — Ela deu dois passos em direção à mesa. — Por qual razão, exatamente, você me trouxe para casa,
mãe? Achou que seria mais fácil vasculhar os destroços se eu estivesse
mais maleável? Se eu estivesse triste por te ver desse jeito? Hein? Que
droga foi essa? — Em sua cabeça, Roxy substituiu a loira por uma
mulher mais velha. Uma mulher frágil, mas teimosa. — Quer que eu
me sinta culpada, não é? Devo usar uma maldita coroa de espinhos
na cabeça e me pendurar numa cruz para absolver você do passado? Não *funciona* desse jeito. Não sei como *sentir* qualquer coisa por
você. — Roxy pegou uma embalagem de medicamentos imaginária
e balançou. Mergulhou fundo em si mesma, encontrou um poço

cheio de desamparo e se afundou nele. — Isto não *muda* nada. *Nada. Nunca. Muda. Aqui.*

Roxy precisou de um momento para se dar conta de que a cena tinha terminado. Com o pulso acelerado, ela se arriscou a olhar para a mesa cheia de executivos. O tédio havia desaparecido e sido substituído por interesse. Até mesmo a loira que fez o papel da mãe de Missy parecia um pouco surpresa. Deus do Céu, ela esperava que aquilo não significasse que ela tinha sido terrível o suficiente para deixá-los sem fala. Por favor, que seja o oposto. Roxy engoliu o nó de inquietação na garganta e deu uma espiada em Johan. Em algum momento durante a apresentação, ele se levantara e se posicionara atrás da câmera, talvez para analisá-la ao vivo e na tela ao mesmo tempo.

— Cumberland, você se importa de esperar no corredor? — perguntou Johan. — Nós te chamaremos de volta em um minuto.

— Claro.

Tudo bem, aquilo era incomum. Mas, de novo, ser *contratada* era incomum para ela, então esse procedimento pouco ortodoxo poderia ser positivo. Assim ela esperava. Colocando-se em movimento, Roxy se abaixou e pegou a bolsa antes de sair da sala. Fechou a porta e se sentou em uma das cadeiras de plástico duro da sala de espera, desejando que pudesse ouvir a discussão que acontecia do outro lado da porta. A garota que ainda restava e que, obviamente, viera para o teste, a olhava desconfiada. Outro bom sinal? Ou eles já estavam ao telefone com o *Screen Actors Guild* para barrar sua entrada para o resto da vida?

Cinco minutos se passaram antes que a porta abrisse. Os três executivos deixaram a sala, o cara barbudo até mesmo sorriu para ela enquanto saíam pelo corredor em direção à entrada. Onde estavam indo?

Johan apareceu na porta sem os *headphones* gigantes. Ele indicou com a cabeça a sala vazia atrás dele.

— Venha comigo, Roxy.

Ela queria perguntar o que estava acontecendo, mas sua garganta estava tão tensa que Roxy tinha medo de falar e sair algo no idioma suaíli. Johan a guiou até a área de atuação novamente, embora ela notasse que a câmera havia sido desligada. Ele puxou uma cadeira de detrás da mesa e se sentou, mas não ofereceu um lugar para que ela se sentasse, deixando-a de pé a alguns passos de distância. Por longos e torturantes instantes, ele não disse nada, simplesmente ficou balançando a cabeça de um lado para o outro, examinando-a minuciosamente com um meio-sorriso. Uma lasca de desconforto começou a se formar em seu estômago devido à sensação de estar exposta, mas Roxy se recusava a quebrar o contato visual primeiro. Já tinha sido cutucada e provocada antes. Isto não era diferente. Se a situação parecia mais do que o habitual olhar de cima a baixo, talvez ela estivesse imaginando coisas.

— Você não é o que eu esperava — disse ele, finalmente. — Não mesmo.

Ela ordenou a si mesma a parar de se remexer sobre os saltos.

— Igualmente.

Johan caiu na gargalhada.

— É. Definitivamente inesperada.

Roxy franziu o cenho. Sua atuação não tinha sido fora do normal para ela. Por que ele parecia tão surpreso?

— Você se importa se eu perguntar que diretor de elenco me recomendou? Sua assistente não mencionou um nome quando me ligou.

Ele deu de ombros, evidenciando a camiseta vintage que usava.

— Quem se importa? Você conseguiu o papel.

Luzes brancas piscaram por detrás dos olhos de Roxy.

— Eu... o quê?

— Você nos impressionou. Ou você acha que aqueles três babacões perdem a fala por qualquer um?

A risada que ela deu como resposta soou um pouco histérica. Aquilo realmente estava acontecendo. Ela não tinha entendido errado. O papel de Missy Devlin era dela. Ela estrelaria uma grande produção. Se estivesse tendo essa conversa com qualquer outra pessoa, teria pedido mais provas, conversaria com alguém que ocupasse um cargo mais alto. Mas Johan havia escrito o filme e também seria o diretor. Ele era o mais alto na cadeia alimentar. Não tinha como ser mais do que isso.

— Obrigada — conseguiu dizer ela. — Você fez a escolha certa.

Johan parecia estar se divertindo.

— Vou adorar trabalhar com você. — Ele ficou de pé e caminhou até ela. — E faremos muito isso. Trabalhar juntos — disse.

Roxy sentiu uma inquietação. Não queria sentir, não queria que um sexto sentido irritante estragasse a perfeita realização do seu sonho. Mesmo assim, o sentimento persistia, avisando para que mantivesse os olhos bem abertos.

— Espero que sim — brincou ela. — Afinal, você vai dirigir o filme.

— Verdade. — Ele a observava de perto. — Nosso ator principal, Marcus Vaughn, vai ficar em Los Angeles por mais uma semana. Já passamos o roteiro com ele diversas vezes. Quando ele voltar à cidade, gostaria que você estivesse pronta para o trabalho e, assim, poderemos começar imediatamente.

Roxy assentiu, ansiosa.

— Claro. Posso levar o roteiro comigo pra casa hoje e...

— Não, não. — O sorriso dele tinha uma insinuação de condescendência. Ela não podia deixar de pensar que talvez *esse* fosse o verdadeiro Johan. Não o cara amigável e irreverente que ele queria retratar. — Nós dois vamos precisar ensaiar algumas vezes. Preciso que você esteja completamente pronta.

A inquietação inicial se transformou. Agora, parecia um alarme alto que havia acabado de disparar. Ela não era ingênua. Nem de longe. Depois de dois anos esperando em filas de testes e escutando as garotas contarem histórias sobre os testes de sofá, Roxy sabia como era o esquema. Mesmo que ele não tivesse dito claramente que queria outra coisa em troca do papel, estava lá, nas entrelinhas. O sonho que ela pensara estar realizando desmoronou um pouco, mas não completamente. Ainda não. Se Johan pensava que ela dormiria com ele para conseguir o papel, estava muito enganado. Ela só precisava se manter de pé e jogar corretamente.

— Ótimo. Sou totalmente a favor de ensaios. A última coisa que quero é ficar para trás. — Ela puxou a bolsa mais para cima do ombro, gemendo internamente quando percebeu que a estava usando como um tipo de escudo. — Há algum documento que eu precise assinar?

Johan franziu o cenho.

— É um pouco cedo para isso. Precisamos ter certeza de que você e o Marcus terão a química perfeita na tela. Estou confiante que sim — ele se apressou em dizer. — Mas precisamos ter certeza de que você conhece Missy por dentro e por fora antes de gravarmos os testes de câmera. — A mão dele tocou o ombro dela e ali permaneceu. — Por que não começamos amanhã à noite? Vamos nos encontrar aqui por volta das seis horas.

— Seis horas. — Roxy se afastou sutilmente até que ele fosse forçado a retirar a mão. — Estarei aqui.

— Ótimo. — O sorriso genuíno dele estava de volta. — Estou ansioso por isso.

Roxy deixou o escritório, notando no caminho que a outra garota aparentemente tinha desistido e ido embora. Quando chegou à calçada, parou, se sentindo perdida. Em conflito. Em questão de cinco minutos, ela fora de um extremo a outro. Do ânimo ao desânimo. Agora, flutuava em algum lugar pelo meio. Ela encontraria uma maneira de garantir esse papel. Precisava. Mas em hipótese nenhuma se comprometeria pela chance de realizar seus sonhos. Isso só os contaminaria.

O que significava que havia todas as chances de que ela perdesse o grande papel de sua vida.

Caminhando em direção ao metrô, Roxy se sentia exposta. Vulnerável. A ideia de ir para casa e ficar em seu quarto se sentindo assim até que a noite chegasse parecia uma ideia de merda. Ela se concentraria apenas no ensaio que estava por vir e enlouqueceria. Comeria todas as sobras de comida que Honey guardava, de forma organizada, em vários *tupperwares* dentro da geladeira. E esconderia o controle remoto de si mesma para ter a desculpa para assistir ao canal *Lifetime*.

Não, ela precisava se sentir melhor. Agora. Quando pensava no que a havia deixado feliz ultimamente, no que a tinha feito se sentir segura e aquecida... pensava em Louis. Não lhe caía bem essa ideia de precisar de Louis — um cara — para apagar a repulsa que Johan espalhara por todo o seu corpo, mas era a verdade. Conversar com Louis, ver seu rosto, a fazia... feliz.

Em vez de pegar a linha dois do metrô de volta para Chelsea, ela mudou a direção e se encaminhou para a linha cinco, que levava ao centro da cidade. Para o tribunal.

Capítulo 13

Louis piscou para um dos garotos que estava sentado na primeira fila do tribunal, se esforçando ao máximo para irradiar confiança, embora não estivesse necessariamente se sentindo assim. As duas primeiras filas estavam ocupadas com integrantes de um centro comunitário juvenil do *Lower East Side*. Cada um deles usava uma camiseta verde brilhante para representar o grupo, uma organização que fornecia um programa de complementação escolar para as crianças de escolas públicas da cidade. Infelizmente, ela também corria o risco de ser despejada graças a uma grande quantidade de aluguéis atrasados. Eles estavam trabalhando com afinco para conseguir uma concessão do governo para manter as portas do centro abertas, além de correr atrás de doações de empresas privadas, mas o tempo acabara antes que pudessem arranjar o montante total. Louis aceitara o caso, esperando que pudesse conseguir uma extensão do prazo. Do contrário, todas as crianças que o observavam com tanta seriedade na primeira fila não teriam para onde ir depois da escola. A maioria dos pais confiava no centro para mantê-los seguros e ocupados com atividades positivas até que chegassem em casa depois do trabalho.

O juiz indicou que ele deveria falar. Louis passou os quinze minutos seguintes dando um esboço detalhado de tudo o que os administradores do centro comunitário estavam fazendo para pagar os aluguéis atrasados. Apresentou todos os documentos necessários, a todo momento sentindo o peso de trinta pares de olhos em suas costas. Ele já havia se apresentado várias vezes perante esse juiz, e o homem era difícil. Então, quando a prorrogação foi concedida, Louis quase perguntou se ele tinha certeza.

Louis se sentiu aliviado quando ouviu as comemorações atrás de si. Ele se virou para cumprimentar as crianças, mas alguém chamou sua atenção. Roxy? Ela estava parada bem no fundo da sala, parecendo um pouco desconfortável e completamente confusa enquanto o observava. Antes que pudesse ordenar que seus pés se movessem, ele já havia cruzado metade da distância que os separava. Depois de uma pequena balançada de cabeça, ela o encontrou no meio do caminho.

— Rox. — Louis estendeu a mão e acariciou a bochecha dela. Não conseguiu se controlar. Ela parecia tão pura e linda, parada no tribunal empoeirado, cheio de pessoas sofridas, em sua maior parte. Também havia algo na forma como ela o fitava. Como se o estivesse vendo pela primeira vez. Isso era uma coisa boa ou ruim? — O que está fazendo aqui? Está tudo bem?

— Tudo bem.

Ela o surpreendeu, virando o rosto na direção da mão dele e roçando os lábios na palma. Parte de Louis queria desfrutar do fato de ela ter vindo encontrá-lo no trabalho em vez de esperar até à noite. Não só isso, mas ela parecia... *aliviada* ao vê-lo. Aquilo deveria fazer com que ele batesse no peito como uma versão moderna de Tarzan, certo? Essa garota, que o fazia correr em círculos, estava ali, parada bem em frente a ele, aceitando seu toque.

Então por que a felicidade que sentiu estava temperada com preocupação?

Roxy caminhava com os ombros jogados para trás. A palavra *caminhava* realmente não podia descrever aquilo. Ela deslizava, com um gingado dos quadris depois de cada passo. Louis sabia disso porque fizera um estudo de como ela se movia, principalmente quando estava se *afastando*. Agora, um pouco daquela confiança havia desaparecido, e ele tinha uma boa ideia do porquê. O medo tomou conta dele. Louis queria chutar a própria bunda por sentir uma faísca de prazer pelo fato de Roxy ter ido à sua procura depois de um teste ruim, mas o sentimento estava lá, crescendo a cada segundo. Ele queria fazer com que tudo melhorasse para ela. Agora.

Ela espiou sobre seu ombro, olhando na direção das vozes animadas das crianças.

— Não sabia que era isso que você fazia. — Quando os olhos dela encontraram os seus, estavam especulativos. Um pouco impressionados, talvez. — Aquilo foi incrível, você salvou o centro da juventude.

— Por enquanto. — Ele coçou a nuca, perguntando-se por que ouvir um elogio vindo dela o fazia se sentir muito melhor sobre aquilo. Talvez porque ninguém em sua família ou na empresa o tivesse feito antes. As únicas pessoas com quem conversava sobre o assunto eram Ben e Russell. — Ainda precisam arrecadar uma grande quantidade de fundos.

— Mas você vai ajudá-los.

— Vou. — Ah, cara, era muito bom receber aprovação dela. Mas ele tinha que mudar de assunto, mesmo que fosse para um desagradável. — Como foi o teste? — perguntou, certo de que já sabia a resposta.

Era óbvio que ela não tinha conseguido o papel.

— Conto sobre isso depois.

Roxy jogou o cabelo sobre o ombro e olhou para ele de um jeito provocante, a boca carnuda ensaiando um sorriso. Ele quase esfregou os olhos, se perguntando se tinha imaginado a falta da ousadia habitual quando ela chegara. Agora, a ousadia definitivamente estava de volta e com força total... e direcionada a ele. Não eram muitas as coisas que poderiam deixá-lo excitado neste cenário. Dentro das paredes do tribunal, Louis se concentrava no trabalho. Ele levava aquilo muito a sério. Não havia nada de sensual em papeladas, juízes e café de merda.

No segundo em que Roxy fixou aqueles olhos verdes nele, Louis percebeu o que ela queria. Sabia por que ela tinha vindo. Seu pulso começou a acelerar, cada músculo abaixo do seu cinto começava a se contrair. *Não, não. Aqui, não. Por que ela está fazendo isso comigo?* Ele parecia estar sem sexo por muito mais que apenas onze míseros dias. A boca dele ficou seca, as palmas das mãos estavam em chamas com a necessidade de tocá-la.

Roxy deve ter percebido a transformação, porque o seu sorriso se alargou. Com um único dedo, ela traçava a fivela do cinto de Louis.

— Há algum lugar onde podemos conversar? — Quando ela umedeceu o lábio inferior, ele soltou um gemido. — Por favor, Louis?

Com um olhar rápido por cima do ombro, ele se assegurou de que ninguém poderia ouvir a conversa.

— Você vai para a minha casa hoje à noite, Roxy. — Sua voz se tornou tão grave que estava quase irreconhecível. — Eu já estava pensando em transar com você por horas. Depois disso, depois de você vir aqui e fazer isso comigo, vou te fazer gritar até perder a voz.

As bochechas de Roxy ficaram vermelhas, mas ela não parecia envergonhada. Parecia excitada. Por ele. Para ele.

— Não posso esperar até à noite — sussurrou ela. — Não posso.

Aquela necessidade que ele sentia de querer tornar tudo melhor para ela não foi embora, apenas se transformou. Agora, estava fora de controle. Ele estava parado no meio de um tribunal lotado, seus colegas e conhecidos de trabalho vagavam pelos corredores ao redor, mas Louis não via nada, nenhum deles. Só conseguia ver Roxy, com seus olhos suplicantes e os lábios entreabertos. De manhã, ele ficara de joelhos na frente dela, e agora seu corpo exigia que ficasse novamente. *Cuide dela.*

E no meio de tudo isso, havia aquela parte agressiva dele que só Roxy parecia conseguir trazer à tona. Louis queria ficar zangado com ela por deixá-lo nesse estado. Dias de beijos avassaladores e toques roubados o impediam de dizer não. Ele não podia deixar passar a oportunidade de tocá-la, mesmo se tentasse. Não importava onde os dois estivessem. E, sim, ele meio que *queria* ficar zangado com ela para ter uma desculpa para possuí-la com força. Do jeito que estava se sentindo, não poderia ser diferente. Não seria o que ela merecia, mas o corpo de Louis doía, e sua capacidade de pensar em outra coisa que não fosse ficar sozinho com ela começou a desaparecer junto com sua determinação.

— Louis — murmurou Roxy, ficando na ponta dos pés para poder tocar os lábios dele com os dela. — Prometo ficar quietinha, mas preciso que você me foda por horas *agora*.

Foi a gota-d'água. A imagem mental dela lutando para conter um grito fez Louis segurar sua mão e arrastá-la para a escada mais próxima. Ao descerem, ele diminuiu ligeiramente o passo por causa dos saltos altos que ela usava, mas, assim que completaram dois andares, ele a puxou para fora da escada, direto para um andar cheio de escritórios administrativos. Então a velocidade dos seus passos aumentou de novo. Felizmente, a maioria das portas estava fechada, uma vez que a presença dele e de Roxy no andar seria incomum. Não que ele se importasse, com o coração batendo contra as costelas como uma bola de demolição. Ele precisou de cada pedacinho de força de vontade para não se virar e empurrá-la contra a superfície mais próxima naquele exato momento. *Só não olhe para ela. Ainda não.*

No meio do corredor, Louis avistou uma porta com janela de vidro fosco. Atrás do vidro, ele podia ver que as luzes estavam apagadas, então foi direto para lá. Roxy caminhava atrás dele com aqueles saltos altos que faziam as pernas dela parecerem dez centímetros maiores. Os sapatos que ele tinha comprado. Deus, saber que ela usava algo que ele comprara só o deixava mais desesperado para levá-la para dentro daquela sala. Louis girou a maçaneta e empurrou. Seu cérebro só teve uma fração de segundo para processar que estavam em uma sala de arquivos antes que a necessidade de tocá-la substituísse todo o resto.

Louis agarrou os quadris de Roxy e empurrou-a contra o gabinete de arquivos mais próximo, ouvindo o chacoalhar das gavetas como se estivesse atravessando uma névoa. Ele podia sentir o hálito dela enquanto aproximava os lábios. Pouco antes de suas bocas se juntarem, ele viu a arrogância dela desaparecer. A mesma expressão perdida que vira em seu rosto quando ela entrara na sala do tribunal cobria os traços bonitos mais uma vez, e isso acelerou ainda mais a necessidade de fazê-la se sentir bem. Ela se restabeleceria com ele. Louis poderia deixar tudo melhor.

A boca de Roxy se movia com a dele, quente, desesperada, perfeita. Pequenos sons vibravam na garganta dela, terminando onde os lábios trabalhavam em conjunto furiosamente. Louis tentou se concentrar no beijo, no deslizar da língua dela na sua, mas era demais. O desejo bombeava em suas veias, e ele precisava de mais. As duas mãos estavam plantadas nas laterais do gabinete, mas, agora, desciam pelas coxas dela, puxando o vestido para cima e sobre a bunda dela. Ele enganchou os polegares na calcinha e a puxou para baixo, deslizando-a pelas pernas de Roxy. Quando ela se abaixou para ajudá-lo, Louis gemeu em sua boca. Ela queria aquilo tanto quanto ele.

— Eu ia usar minha boca em você na primeira vez. Como você *se atreve* a tirar isso de mim? — Ele alcançou o espaço entre seus corpos e tocou o calor úmido entre as pernas dela. *Caramba.* Sua cabeça girou com a sensação. Com o dedo do meio, ele encontrou a entrada de Roxy e empurrou profundamente, amando o modo como ela reagiu, cravando as unhas em seus ombros. — Como você se atreve a me deixar tão louco que preciso transar com você encostado na porcaria de um gabinete de arquivos?

— Pare de falar e aja, Louis. Não posso esperar mais.

Ela tirou as mãos dos seus ombros para abrir a fivela do cinto, beijando seu pescoço enquanto puxava e empurrava. Quando finalmente conseguiu libertá-lo, os joelhos de Louis quase se dobraram diante do alívio de não estar mais confinado dentro da calça. Mas o alívio durou pouco, pois sua cueca foi empurrada para baixo, e as mãos macias de Roxy tocaram seu pau. Ela o segurava com força e as movia para cima e para baixo, circulando na base, preparando-o. Aquilo era a última coisa de que ele precisava.

Na verdade, ele só precisava estar dentro dela, mas aquilo era tão gostoso.

— Chega disso — falou Louis, levando a mão ao bolso da calça para encontrar a camisinha.

Ele a colocara ali de manhã, antes de sair para ver Roxy, só por precaução, tendo consciência do que ela fazia com ele. Como agora, quando ele mal conseguia respirar ou pensar em outra coisa que não fosse penetrá-la com força, rápido e perfeitamente. Tão perfeitamente que ela voltaria para buscar mais. Esta noite.

Louis rasgou o pacote com os dentes, agradecendo quando Roxy fez o resto, rolando o látex com os dedos trêmulos por todo o seu membro. Assim que terminou, ela olhou para ele com aquela expressão novamente. A expressão de *me tome agora* que havia feito com que descessem para esta sala de arquivos pouco iluminada. Enquanto aqueles olhos semicerrados o deixavam ainda mais excitado, ela desabotoava os três botões do vestido, permitindo que ele tivesse uma boa visão do sutiã preto por baixo, um modelo que empinava os seios, fazendo parecer uma oferta.

Seu corpo se moveu como um relâmpago para prendê-la, com força, contra o gabinete.

— O que eu falei sobre a próxima vez que você colocasse essas pernas ao redor da minha cintura? — Ele se inclinou e beijou seu decote. — Você se lembra?

Ela assentiu, fazendo com que seus lábios deslizassem juntos.

— É isso que você quer?

— Sim — sussurrou ela. — Eu preciso disso.

Ele segurou a bunda de Roxy, alisando a carne arredondada e apertando com força.

— Então, coloque-as aqui em cima. Agora.

Roxy colocou os braços ao redor do pescoço dele para poder se apoiar. As coxas deslizaram ao redor da sua cintura com uma perfeição tão suave que ele teve que morder o ombro dela para se impedir de gritar. Porém, nada comparado à fricção do seu pau no ponto que ele tocara com as mãos e sonhava em tocar com a boca enquanto deslizava entre as pernas dela. Nem uma das suas fantasias se comparava à sensação. Aquilo o levava para além do seu limite. Sem perder outro segundo saboreando a sensação, ele se preparou e a penetrou profundamente.

Ah, droga. Era muito bom. *Apertada, molhada e minha.* Roxy. Roxy. Ele observou os dentes dela mordiscarem o lábio inferior para evitar que um grito escapasse com a sensação que era tê-lo dentro de si. E ele enlouqueceu. Sua atenção se resumia a uma pessoa, uma necessidade. Nada mais existia para ele. Louis se afastou um pouco, depois a penetrou novamente com mais força. Os gemidos dos dois foram interrompidos pela sua boca. Mais perto. Ele tinha que tocar todo o corpo dela, ficar o mais perto possível. Mantendo a língua na dela, ele ajeitou seus quadris contra o armário e começou a estocar. Não havia outra maneira de descrever o ritmo rude e obsceno do que fazia com Roxy. O movimento ficou mais intenso quando ela começou a se mover junto, abrindo mais as coxas e mexendo os quadris em movimentos circulares, como se aquilo não fosse o suficiente.

— Como você se atreve a me fazer precisar te foder com tanta vontade assim, Roxy? — rosnou ele contra os lábios dela, os quadris bombeando furiosamente. — Como você *ousa?*

Ela segurou o cabelo dele e puxou.

— Posso dizer a mesma coisa — ofegou ela. — Não pare. *Por favor.*

— Quer com mais força, linda? É só dizer, e então, vou te possuir mais fundo se você aguentar.

— Sim, *mais forte.*

Uma maré subia dentro dele, cada vez mais alta. Pedindo para ser libertada. Sem controle... Essa falta de contenção nunca tinha acontecido com ele, e Louis se sentia fantástico. Ele não queria controle se isso significasse parar. As pernas de Roxy apertaram ao redor dele e começaram a tremer, alertando-o de que não estava sozinho. Estavam nisso juntos. Ela queria mais forte, e ele não conseguia pensar em nada além disso. Seus quadris a guiaram de volta contra o armário com uma *pancada,* e algo selvagem se libertou dentro dele. Louis enterrou o rosto no pescoço de Roxy para se manter equilibrado enquanto a estocava sem parar, puxando as coxas dela para cima cada vez que deslizavam para baixo em seus quadris.

— *Louis* — gritou ela.

Alguma parte de seu cérebro ainda devia estar funcionando, porque ele usou a própria boca para cobrir a dela e impedi-la de fazer mais barulho. Louis tentou aprofundar o beijo, mas ela inclinou a cabeça para trás e se contorceu lentamente contra ele, apertando onde seus corpos se conectavam. Pulsando, estremecendo.

— Ah, caramba.

— Gozou, linda? — Ele gemeu. — Preciso tanto gozar, Rox. Você está me apertando com tanta força. Mantenha as pernas ao meu redor um pouco mais, certo? Me deixa te foder mais um pouco.

A testa dela começou a suar. Ele adorou. Era muito bom ver como ele a afetava. Ela assentiu, encaixando os tornozelos nas suas costas.

— Vamos, Louis — arfou Roxy. — Tome o que você precisa.

— Preciso de você — disse ele no pescoço dela. — De *você.*

Segurando sua bunda, ele a puxou para baixo, em direção ao seu membro ereto, e impulsionou os quadris com movimentos rápidos. E mais rápidos, até que tudo parecia embaçado. Os pequenos sons sensuais de surpresa que ela fazia o guiavam mais para o alto, e ele finalmente deixou a maré tomar conta. Ele impulsionou os quadris uma última vez contra o armário e empurrou profundamente, rosnando o nome de Roxy contra os cabelos dela.

— Ah, porra. *Porra.* Roxy, é muito bom. Você é tão gostosa. Segure-se em mim.

— Estou aqui.

Ele queria ficar lá o dia todo, abraçando-a deste jeito, enterrado dentro dela. Com os tornozelos de Roxy cruzados na parte baixa das costas dele e os braços em volta do seu pescoço, os dois não tinham como ficar mais próximos. Ela se encaixava nele com perfeição. Droga, Louis adorava a sensação de tê-la agarrada a si, os músculos do corpo dela parecendo bambos contra os seus. *Precisando* que ele a segurasse. Isso agitava algo no peito dele. Algo feroz e protetor. Agora que a urgência havia passado, ele se lembrou da relutância dela em falar sobre o teste. Aquele vislumbre de incerteza que ele vira antes que ela o escondesse. Louis tentara deixá-la feliz, ajudá-la a ter a oportunidade que merecia, mas tinha falhado.

Louis pressionou os lábios na testa dela.

— Sinto muito pelo teste.

O corpo de Roxy enrijeceu um pouco, mas depois relaxou. Os olhos verdes se abriram para encontrar os dele.

— Por que você sente muito? — Um sorriso surgiu nos lábios dela. — Eu consegui o papel.

— O quê? — O alívio tomou conta dele. — Isso é incrível. Por que você não disse nada?

— Acabei de dizer. — Roxy desencaixou as pernas da cintura dele e ficou de pé. Se ela tivesse tirado os braços de seu pescoço, ele poderia ter entrado em pânico. Mas ela não o fez; os manteve lá. — Acredito que as palavras exatas de Strassberg foram *você nos impressionou.*

Louis queria sorrir junto com ela, não queria nada além de ficar feliz por ela, especialmente sabendo que Johan não distribuía elogios como esse, a menos que estivesse falando sério. Não, ele era mais do tipo que recebia elogios. Porém, algo ainda o incomodava. Ele sentia como se estivesse faltando alguma coisa. A felicidade dela parecia... tensa.

— Tem certeza de que está tudo bem, Rox?

— Acabei de conseguir o papel dos meus sonhos e um orgasmo. Tudo antes da hora do jantar. — Ela ajeitou uma mecha de cabelo que caía no rosto dele. — Dizer que estou "bem" é subestimar muito a situação.

Ele se inclinou e a beijou lentamente, gemendo quando ela abriu a boca sem hesitar.

— Ainda quero te ver hoje à noite — disse Louis contra os lábios dela.

— Acho que posso dar um jeito nisso.

Capítulo 14

ROXY USAVA o dedo para mexer o gelo dentro do copo de Coca-Cola zero. Ela estava sentada num banco alto, com os cotovelos sobre a bancada da cozinha. Em algum lugar do apartamento, a televisão zumbia com os aplausos do público em um estúdio. Os seus movimentos eram letárgicos, como os de quando ela estava no ensino fundamental e se esgueirava até o quintal dos vizinhos para se sentar na *jacuzzi* deles. Eles a ganharam no programa *The Price is Right*, transformando-os em celebridades na vizinhança durante uma boa parte do ano, mas nunca usavam aquela porcaria. Roxy ficava observando através de uma cerca quebrada que separava os quintais e esperava, se perguntando quando eles acenderiam aquelas tochas estúpidas de bambu que compraram na farmácia e beberiam daiquiri enquanto a água quente faria redemoinhos ao redor deles, assim como as modelos de biquíni fizeram no programa. Finalmente, ela se cansara e, enquanto eles estavam na igreja, pulara a cerca, enchera a *jacuzzi* com a mangueira e ligara o aquecedor.

A primeira vez que ela afundara e deixara a água quente cobrir a cabeça... era como se sentia naquele exato momento. Intoxicada, à deriva e sem preocupações. No fundo da sua mente, havia um relógio marcando o tempo enquanto a realidade não se fazia presente de novo, mas, no momento, ela estava contente por estar ali e curtir o calor que borbulhara dentro dela durante toda a tarde.

A porta da frente bateu com um estrondo, fazendo-a pular no banco e derrubar Coca-Cola sobre todo o balcão. Abby entrou pisando duro no apartamento e lutou para tirar o sobretudo cor de camelo antes de jogá-lo num amontoado sobre o chão. Ela cumprimentou Roxy com um grunhido nada feminino enquanto se encaminhava para a sala e se jogava no sofá.

Tá bom, aparentemente nem todo mundo teve a sorte de ter um orgasmo no meio do dia. *Peraí*. Se Abby estava em casa, deviam ser mais de cinco horas. Há quanto tempo ela estava sentada ali? Roxy devia ter entrado numa espécie de coma induzido pelo orgasmo que Louis lhe dera, porque nem se dera ao trabalho de tirar os sapatos ou o casaco. O metrô de volta para Chelsea fora somente um borrão de rostos e vozes. Com uma careta, ela se lembrou de que tentara entrar no apartamento errado, no andar de baixo.

Louis. *Deus do Céu*. Ela não fora ao tribunal na intenção de transar, nem tinha algum desejo secreto de fazer algo em um lugar público. Embora isso talvez tenha mudado drasticamente depois desta manhã, porque, *puta merda*. Enquanto ela observava Louis trabalhando e via como ele argumentava em favor daquele grupo de crianças e de seus professores, ela ficara meio *deslumbrada*. E Roxy não estava acostumada a ficar deslumbrada. O jeito como aqueles garotos observavam Louis, andando de um lado para o outro no tribunal, era como se ele usasse uma capa de super-herói em vez de um terno. Ele era confiante, mas não arrogante. Nem mesmo o juiz fora capaz de esconder o carinho óbvio que sentia pelo advogado.

Até esta manhã, quando imaginava Louis trabalhando, ele estava enterrado nos livros, procurando por brechas legais para ajudar babacas corporativos de terno. Ela nunca pensara em perguntar o que ele realmente fazia no escritório, então fora pega de surpresa. Vê-lo tão apaixonado e competente a deixara muito empolgada. Está bem, ela também era mulher suficiente para admitir que ouvi-lo pronunciar terminologias legais com tanta facilidade a deixara excitada.

Inacreditável. Ela estava se apaixonando por um advogado da *Ivy League*.

Isso não é bom. Não é bom mesmo, entoava um sotaque anasalado de Jersey em sua cabeça. Por mais que quisesse esquecer disto, ela o havia conhecido na manhã seguinte a uma transa de uma noite. Uma transa à qual ele agira de modo totalmente indiferente, sequer se lembrando do nome da garota. Caras como Louis saíam com várias mulheres. Por que não deveriam? Ele tinha tudo a seu favor: um emprego que pagava bem, um ótimo apartamento, boa aparência. É, ele poderia estar interessado nela agora, talvez excitado pela sua recusa em deixar as coisas acontecerem como ele gostaria. Mas o que aconteceria se ela parasse de induzi-lo a correr atrás? Se suas experiências passadas com outros caras servissem como exemplo, Louis se interessaria tão rápido pela próxima garota de saia curta que ela se engasgaria com o rastro do perfume Armani deixado por ele.

Roxy detestava pensar dessa maneira. Era por isso que não queria ter se envolvido com ele. Agora, em vez de ficar feliz com uma sessão erótica na sala de arquivos, ela estava se preocupando com outras coisas. Com o *depois*. Esse desejo surgira do nada. *Louis* surgira do nada. Ela estava se abrindo para ter o coração destruído, e isso a fazia querer pular fora. Agora. Antes que tudo ficasse pior. Mas, então, se lembrava de como fora bom ser preenchida por ele repetidas vezes. Como se sentira quando ele ficara feliz por ela ter conseguido o papel de Missy. Ele pedindo para vê-la de novo mesmo *depois* de terem transado.

Quando ela pensava nessas coisas, não queria pular fora.

Queria entrar de cabeça.

— Por que está sorrindo? — resmungou Abby do sofá.

— Ah, por nada.

— Você se importa de parar um pouco então? — A colega agarrou o controle remoto e apertou os botões com impaciência. — Está me estressando.

Roxy arqueou uma das sobrancelhas.

— Quer conversar sobre isso?

Deus, quando ela começara a fazer ofertas como essa?

— Conversar sobre o quê? — praticamente gritou Honey, entrando na sala como um furacão, carregando um pacote de Doritos debaixo do braço. Ela se jogou no sofá ao lado de Abby, que ainda estava atacando o controle remoto. — Se estivermos falando sobre pedir comida chinesa, estou dentro.

Roxy tirou os sapatos novos, se esforçando para que eles caíssem gentilmente no chão.

— Acho que vou encontrar Louis esta noite, então podem pedir o que tiverem vontade.

— Ah, certo. Claro.

— Que ótimo.

— O que aconteceu? — perguntou Roxy. — Comi o salgadinho de semente de linhaça de vocês ou algo parecido?

— Por que sempre tem que haver alguma coisa errada? — lamentou Honey enquanto enchia a boca de Doritos.

— Por que esperam que a gente esteja sorrindo o tempo todo?

Abby jogou o controle remoto no sofá com tanta força que ele quicou uns bons centímetros no ar.

— Pois é! É exatamente isso o que estou falando. Talvez eu só queira ficar chateada. Não posso simplesmente ficar chateada?

Ah, merda. Roxy recuou para a cozinha, posicionando-se atrás da bancada. Ela previu que isso aconteceria, mas não tão cedo. Era apenas uma questão de tempo até que fosse sugada para o vórtice que ataca todas as mulheres que dividem a mesma casa pelo mundo inteiro. No entanto, adiaria aquilo o quanto fosse possível. Seria a última sobrevivente.

Seu celular tocou dentro da bolsa, e ela correu para atender, mas continuava de olho em suas colegas.

— Alô?

— Quando posso te ver?

A voz de Louis viajou pelo telefone e foi como receber um soco com punho de seda. Droga, Roxy queria que ele estivesse ali, parado em frente a ela. Queria tocá-lo, vê-lo, sentir o cheiro dele. Por que isso tinha que acontecer agora?

— Oi. Não tenho certeza se vou conseguir sair hoje à noite. Precisam de mim no apartamento.

— Não faça isso comigo, Rox. Nós mal começamos esta manhã.

Ela apertou as coxas uma na outra sem perceber. Esse cara ia transformá-la numa maníaca por sexo se não tomasse cuidado. Mesmo que esse fosse um caminho tentador.

— Escuta, provavelmente esta é a última coisa que você gostaria de escutar, mas minhas colegas de apartamento... elas sincronizaram.

Uma pequena pausa.

— Você quer dizer que elas ficaram menstruadas?

— É. — Ela riu. — Você ganhou uma estrela de ouro por dizer isso sem gaguejar.

— Irmãs gêmeas — lembrou ele. — Por que elas precisam de você aí?

— Estou com medo que elas mutilem o entregador de comida chinesa com o controle remoto.

Louis suspirou alto. Ela escutou um leve barulho ao fundo, como se ele tivesse batido a cabeça contra a parede.

— Não vá a lugar algum, tá bom? Chegarei aí assim que puder.

Roxy se esticou, saindo da posição em que estava, inclinada sobre a bancada.

— Tem certeza? Você pode estar colocando sua vida em risco.

— Vou te ver esta noite. — Roxy ouviu o barulho das chaves do outro lado da linha. — Mas, em todo caso, vou escrever um testamento às pressas.

— Posso ficar com o seu apartamento? — Roxy gemeu internamente, desejando que pudesse retirar o que havia dito. Ele provavelmente pensaria que ela estava se insinuando para morar com ele. Fabuloso. — Quero dizer, sem você dentro. Só eu e a TV gigante.

— Se você já me deseja morto, estou fazendo algo errado. — Uma porta abriu e se fechou. Barulho de fechadura. — Se eu conseguisse te manter no meu apartamento por mais do que alguns minutos, nós poderíamos assistir à TV juntos.

— Podemos pensar sobre isso. Qual a sua série favorita?

— Adivinha.

— *Law and Order?* — Ele soltou uma risadinha. Então Roxy pensou por mais alguns momentos e tentou de novo. — Você é daqueles que gosta de reprises, não é? *Arquivo X... The Wire?*

— Menos alienígenas. Mais humor.

— *Arrested Development.*

Louis soltou uma gargalhada.

— Estou assistindo à segunda temporada de novo. Assista comigo.

Ela percebeu que as bochechas estavam doloridas por conta do sorriso.

— Vou pensar no seu caso.

— Ela vai pensar no meu caso — resmungou ele. — Te vejo em breve, Roxy.

— Está bem, Louis.

— Ei. — A voz dele ficou mais grave, causando uma vibração em sua barriga como reação. — Mesmo com suas amigas aí, vou pensar em transar com você. Vista uma saia pra mim.

Ele desligou antes que ela pudesse responder.

QUANDO LOUIS BATEU à porta uma hora mais tarde, Roxy já havia tomado banho e trocado de roupa. Ela ia vestir uma calça jeans surrada, mas soltou um palavrão e colocou a saia envelope vermelha que estava guardando para uma ocasião especial. Passou pela sua cabeça que vestir uma roupa vermelha perto das suas colegas seria o equivalente a agitar a cor em frente a dois touros, mas, ei, o que seria da vida sem correr alguns riscos?

Honey e Abby olharam atravessado para a porta, embalagens vazias de comida chinesa espalhadas ao redor delas como pequenas lápides brancas. Descanse em paz, *Lo Mein de carne*.

— Vocês duas, comportem-se. — Ela deslizou a corrente que trancava a porta. — Tenho quase certeza de que vocês deslocaram a clavícula do entregador quando arrancaram a sacola das mãos dele.

— Ele era convencido — balbuciou Honey. — Sobrou algum rolinho primavera?

Abby vasculhou a sacola e pegou o rolinho.

— Como recompensa, quero a metade.

Roxy riu das colegas e se virou, preparando-se para abrir a porta. Isso era ridículo. Como aquele cara podia deixá-la nervosa e segura ao mesmo tempo? Ela queria vê-lo, mas também queria fugir para o quarto e se esconder embaixo da cama. Uma reação totalmente inaceitável. Ultimamente, os caras tendiam a ser apenas uma distração quando tinha tempo, mas Roxy nunca ficava fascinada por eles. Era o oposto, na verdade. Ela ficava desejando que o tempo que passava com Louis fosse mais longo. Desejando saber mais sobre ele.

Roxy disse a si mesma: *seja forte*. E abriu a porta. Ah, céus. Ele estava muito bonito. O cabelo ainda molhado do banho, enrolando nas pontas, provavelmente jogados para trás com mãos impacientes. Camiseta branca simples sobre uma calça jeans desgastada. Recém-barbeado. Os lábios imediatamente se abriram num sorriso quando ele a viu, mas se tornaram um pouco sombrios quando a olhou de cima a baixo. Ela sentiu os mamilos enrijecerem por baixo da regata que usava e soube que Louis percebeu. Sempre havia uma corrente elétrica pulsando entre os dois, mas, depois desta manhã, parecia que ela havia se rompido e soltava faíscas, liberando calor pelo espaço que os separava. Aproximando-os ainda mais.

Louis avançou lentamente em seu espaço pessoal antes de se inclinar e beijar a pele atrás da sua orelha.

— Está me imaginando sem roupa, Rox?

Os lábios dela se curvaram num sorriso.

— Essa fala é minha.

— Sim, mas *você* me perguntar *isso* é perda de tempo. A resposta é quase sempre sim.

— Quase sempre?

Ele roçou os lábios nos dela.

— Não vou mentir. Durante uns trinta segundos hoje cedo, eu pensei no café da manhã.

Ela franziu os lábios.

— Que tipo de café da manhã?

— Waffles. Mirtilo.

— Está perdoado.

Um braço forte a envolveu pela cintura e a puxou para mais perto.

— Muito bem. Esse é um jeito muito melhor de me cumprimentar do que aquele de hoje de manhã, mas você ainda não me beijou. Estou aqui para encantar suas colegas de apartamento ranzinzas. É o mínimo que você pode fazer.

— Você não acalmou as feras ainda. — Ela se esquivou do beijo dele, mesmo que quisesse desmaiar em seus braços e implorar para ser carregada como em um daqueles filmes em preto e branco. — Os beijos só devem ser entregues quando o trabalho estiver concluído. Você é advogado, deve entender.

— Eu poderia argumentar que um pagamento adiantado não seria negligente.

— Pare. Sem papo jurídico. Só descobri recentemente a minha fraqueza por isso.

Roxy sentiu-se ruborizar. Admitindo fraquezas agora? Se ela continuasse cometendo deslizes com esse cara, ele passaria por cima dela como um trator.

Ela tentou bater nele de brincadeira, mas Louis agarrou seus pulsos e a puxou para mais perto. Os olhos castanhos passaram de divertidos para intensos, obrigando-a a recuperar o fôlego.

— Tenho uma fraqueza por *tudo* que vem de você. Ainda está com a vantagem. Certo?

Inacreditável. Como ele sabia exatamente o que se passava pela sua cabeça? Mais do que isso, como ele sabia a única coisa a dizer que não iria desmerecê-la, a única coisa que a faria relaxar? Roxy começou a fazer algum comentário indigno do momento, um que os levaria de volta para onde estavam quando ela abriu a porta, mas ele a beijou no rosto e entrou no apartamento.

— Ah, você já acabou de molestar a nossa amiga? — perguntou Honey, balançando uma metade de rolinho primavera em direção a ele.

— Nem de longe — respondeu Louis, sem perder tempo. Pela primeira vez, Roxy notou que ele carregava uma sacola de compras de plástico em uma das mãos. Ele a colocou sobre a bancada da cozinha e puxou algo de dentro.

— Chocolate com nozes e marshmallow ou nozes com baunilha?

Suas colegas se entreolharam.

— Hein?

— Sorvete. — Ele segurava dois potes da *Haagen-Dazs*. — Qual sabor?

— Chocolate com nozes e marshmallow — falou Abby alto.

Honey fez um som de contrariedade.

— Nozes com baunilha, mas vamos trocar quando chegar à metade.

— Combinado.

Enquanto Louis mexia nas gavetas procurando pelas colheres, Roxy se deu conta de que ainda estava parada feito um dois de paus, com a porta aberta atrás de si. Rapidamente a fechou, bem a tempo de ver Louis entregar a cada uma de suas colegas um pote de sorvete com uma colher encaixada no topo.

— Querem que eu coloque no micro-ondas? — perguntou ele, com uma expressão séria.

Abby sorriu para ele.

— Não, está perfeito. Obrigada.

Honey gesticulou com a colher em direção à cozinha.

— O que mais tem nessa sacola, Mary Poppins?

A curiosidade de Roxy levou a melhor, então ela sentou em um dos bancos e pegou a sacola.

— Três... não, *quatro* barras de chocolate Snickers — anunciou ela. — Uma garrafa de vinho. Tylenol. *People Magazine*. — Ela remexeu até o fundo. — E um DVD de *Missão Madrinha de Casamento*.

Abby pegou a sacola.

— Pode continuar a molestar nossa colega agora.

— Parece que eu também posso ser comprada. — Honey suspirou. — Ligue o aparelho de DVD.

Louis se virou para Roxy, parecendo tão satisfeito com ele mesmo que ela teve que rir. Ela pensou em como ele conseguira acalmar as irmãs naquele sábado à noite, o jeito como conduzira a situação difícil com tanta facilidade. Até mesmo a maneira como conversara com ela no quarto de Fletcher depois da fracassada tentativa no mundo do *strip-tease*. Quem diabos era esse cara? O domador de vaginas?

— Agora imagino que você queira um tipo de recompensa? — perguntou ela, de forma que só ele escutasse.

Louis parou em frente ao banco em que ela estava sentada e colocou a mão quente sobre o seu joelho.

— Recompensa? Não. — O toque dele disparou uma reação elétrica em cadeia, subindo pelas suas coxas até a barriga. A piscadinha que Louis deu dizia que ele sabia exatamente o que estava fazendo. — Mas aceito uma cerveja, se você tiver.

— Desculpe, só tomamos tequila. — Ela colocou a mão sobre a dele e puxou um pouco mais para cima. — Mas Abby tem *pinot grigio* na geladeira. Eu diria que você é a pessoa favorita dela no momento, então, definitivamente, ela dividiria com você.

Ele fez uma careta.

— Se um cara bebe *pinot grigio*, seus peitos crescem. É ciência.

Roxy começou a rir novamente, mas ele a silenciou com os lábios, capturando sua boca em um beijo demorado e entorpecente.

— E quanto a você? Quem é sua pessoa favorita no momento, Roxy?

— É uma decisão difícil. — Ela queria revirar os olhos quando percebeu que estava sem fôlego. — Tenho que pensar nisso.

— É mesmo? — Ele roçou os lábios sobre sua mandíbula, traçando uma linha até a orelha. — Quer me mostrar onde você dorme enquanto pensa no assunto?

— Você tem as melhores ideias.

Ela desceu do banco, lançando um olhar de desafio pra Louis, que se recusava a sair do caminho para deixá-la passar. Ignorando os sorrisos de orelha a orelha que Abby e Honey jogavam na direção deles, ela levou Louis até o quarto. Quando entraram, ela tentou ver através dos olhos dele. Não havia muito o que olhar, principalmente comparando-se com o apartamento dele, mobiliado com móveis caros. Sua cama era rente ao chão, praticamente um *futon*. O rádio-relógio e o carregador de celular estavam plugados na parede e jogados pelo chão, já que ela não tinha uma mesinha de cabeceira. Uma cômoda que havia encontrado num mercado de pulgas estava encostada num canto do quarto. Maquiagem e joias espalhadas por cima. Ela tinha dois pôsteres emoldurados pendurados na parede, dos quais se orgulhava. Um pôster vintage de *King Kong* que conseguiu com uma colega de quarto em troca do box de *Sex and the City*. O outro, de um filme de Tom Hanks, o clássico *Splash – Uma Sereia em Minha Vida*.

Ela se virou, esperando vê-lo balançando a cabeça por causa do seu gosto eclético para filmes, mas, em vez disso, o encontrou examinando o quarto com um olhar preocupado. Assim que percebeu que ela o observava, a preocupação desapareceu. Louis lhe dera apenas um vislumbre. Ainda assim, aquela ponta de pena fez com que Roxy se empertigasse. Talvez seu quarto fosse pequeno, mas ela estava feliz ali. Tinha orgulho do espaço, por mais simples que fosse. Ela sentiu a súbita necessidade de recuperar a vantagem sobre Louis. O sentimento não era bem-vindo, Roxy queria simplesmente deixar pra lá. Fingir que não era tão evidente o quanto ele aparentava estar deslocado em seu quarto, mas não podia.

Na esperança de distraí-los de seu quarto e, ao mesmo tempo querendo recuperar um pouco do orgulho de volta, Roxy diminuiu a distância entre os dois. O olhar dele se tornava mais intenso a cada passo que ela dava em sua direção, e suas bocas se encontraram em um lento deslizar de lábios e línguas. Os corpos se pressionaram e moldaram um no outro, curva sobre músculo. Ela deixou as mãos escorregarem para a barra da camisa dele, antes de deslizar por baixo do pano e traçar com os dedos o abdômen rígido.

— Rox, espera. — Ele quebrou o contato, balançando a cabeça como se quisesse clarear os pensamentos. — Eu, é... gosto do seu quarto.

— Obrigada. — *Mentiroso.* Ela levantou mais a camisa para revelar o peitoral firme e depositou um beijo sobre a pele quente com os lábios semiabertos. — Ele ficaria ainda melhor se você tirasse a camisa.

Um gemido escapou dos lábios de Louis.

— Você está com pressa ou algo parecido?

A impaciência fez com ela rangesse os dentes.

— Por que você simplesmente não pega o que veio buscar, Louis?

Ele levantou o queixo dela com a mão firme; todos os vestígios de carinho haviam desaparecido.

— Como é que é?

Roxy afastou a mão dele, sabendo que estava sendo insegura e criando conflitos que não precisavam existir, mas era incapaz de parar. Além da preocupação de estar se tornando muito conectada a um sem-vergonha em potencial, ela não gostava de se sentir inadequada. Louis até poderia não jogar na cara dela as diferenças econômicas entre os dois, mas não havia como negá-las. Ela percebeu isso enquanto ele olhava ao redor do seu quarto pouco mobiliado.

— O seu showzinho não foi pra isso? Trazer sorvete para as minhas colegas e bancar o herói? Você mesmo disse ao telefone que mal havíamos começado esta manhã.

— Sim, e eu estava falando sério também. — Os olhos dele brilhavam com fúria. — Mas não vim aqui somente para "receber minha recompensa" como você, sutilmente, insinuou. E tenho certeza absoluta de que não vou transar com você enquanto suas amigas estão escutando no corredor.

Dois pares de pés descalços se afastaram da porta, fazendo Roxy estremecer.

— Uma pena. É onde moro. Sinto muito que as acomodações não sejam boas o suficiente.

— Não faça isso. — Ele parecia desapontado. — Não me venha com essa merda.

Louis a compreendia com facilidade. Isso a fazia se sentir agitada. Ela cruzou os braços sobre o peito com um movimento bruto.

— Pra que você *veio* aqui então?

— Pra *ver* você — gritou ele, olhando para o teto. — Pra te levar para *sair*. Por que você continua esperando que eu seja um babaca, Roxy? Eu não entendo. É como se você estivesse contando com isso.

Droga, ele estava certo. Ele estava cem por cento certo. Ela queria que ele fosse um babaca, pois, assim, teria um motivo para *não* dar nenhuma importância quando ele parasse de ligar ou de aparecer com sapatos, sorvete e sanduíches de banana com manteiga de amendoim. Ela só queria que tudo acabasse antes que os seus sentimentos ficassem mais profundos do que já estavam. Isso envolvia afastá-lo *antes* que ele fizesse algo errado. Mas o que Roxy realmente queria era se jogar nos braços dele e pedir desculpas. Infelizmente, ela estava um pouco enferrujada quando se tratava de se desculpar. E isso quase empatava com a incapacidade de admitir que estava errada. Então, ela simplesmente permaneceu onde estava e deixou que Louis tirasse as próprias conclusões.

Quando um minuto inteiro se passou sem que ela respondesse, ele assentiu, resignado.

— Certo. — A mandíbula dele flexionou. — Se eu tiver que ir embora para provar que não estou nesta só pelo sexo, eu vou. Aproveite sua noite.

Ele bateu a porta do quarto com força quando saiu, mas Roxy ainda pôde ouvir a porta do apartamento bater segundos depois. Numa onda de raiva direcionada a si mesma, ela pegou a escova de cabelo de cima do gaveteiro e atirou contra o King Kong.

Capítulo 15

LOUIS ESTAVA SENTADO em seu escritório, tentando assassinar uma bolinha anti-stress azul com a mão direita. Já fazia mais de uma hora que havia chegado ao escritório, mas nem tinha se dado ao trabalho de ligar o computador ainda. A noite passada fora do mesmo jeito, com exceção da bolinha anti-stress e do café de merda. Ele andara de um lado para o outro em seu apartamento, convencendo a si mesmo a não voltar para a casa de Roxy e tentar colocar algum juízo naquela cabeça. *Não*, argumentara sua outra metade irritantemente sã. *Essa é a coisa certa a se fazer. Ela acha que já sabe como você é? Bom, foda-se.*

A ideia fora mostrar que Roxy estava errada. Provar que ele queria passar um tempo com ela que não necessariamente precisasse terminar numa posição horizontal. Ou vertical, dependendo da proximidade do gabinete de arquivos. Agora, Louis se perguntava se a decisão precipitada de ir embora fora um grande erro. Deixá-la para trás e dispensá-la na frente das colegas pode não ter enviado a mensagem que ele pretendia. Pode ter sido apenas a gota-d'água.

Louis estava completamente furioso. A faculdade de Direito o havia preparado para todo e qualquer argumento que precisasse enfrentar, mas ele não podia argumentar com alguém que se mantinha cética em relação ao seu caráter. Sobre ele como pessoa. Não fora fácil presenciar aquilo. Em algum momento na noite passada, perto de uma hora da manhã, ele se dera conta de que talvez não fosse capaz de fazê-la mudar de opinião. Aquela revelação caíra como uma bomba. Havia uma solução para tudo, não havia? Ele sempre dava um jeito de encontrar respostas e resolver problemas. Mas e se essa situação não tivesse conserto? Sim, Louis não estava procurando por um relacionamento. Mas, agora que tinha conhecido aquela garota que o fazia se sentir de mil maneiras diferentes ao mesmo tempo, desenvolvera uma espécie de vício nela. Vício naqueles sentimentos arrebatadores. Que agora poderiam ter chegado ao fim.

Esse era o seu castigo, não era? Estava sendo punido por levar garotas para casa sem saber o nome delas e não se importar em pegar seu número de telefone. Ele mesmo havia atraído essa punição e, agora, Roxy conseguira acertá-lo com apenas um olhar. Deus, talvez ela estivesse certa. Talvez, ela estivesse melhor sem ele.

Uma ligação do seu pai esta manhã também havia contribuído para amenizar sua fúria. Ele ainda não havia respondido a Doubleday sobre a assinatura do novo contrato sem as horas de trabalho *pro bono*. Obviamente o chefe devia ter alertado seu pai sobre o atraso. Era provável que estivesse se perguntando sobre que diabos ele precisava pensar. Louis não conseguiria outro emprego como este. Se largasse o trabalho em uma das firmas mais conceituadas de Nova York por vontade própria, empregadores em potencial presumiriam que ele havia surtado. Louis pensou em Roxy, na maneira como ela parecia lidar com tudo por conta própria. O que ela faria nesta situação? Um sorriso se insinuou em seus lábios. Ela mostraria o dedo do meio e nunca mais voltaria.

Algo parecido com o que *ele* tinha feito ontem. A bolinha anti--stress em sua mão chiou em protesto. Pois é, ele dissera a ela que não fazia joguinhos, mas talvez isto não fosse um jogo. Na verdade, talvez fosse um plano genial. Ela mudaria de opinião. *Tenha fé, garoto*. Louis pegou o celular e fez uma careta para a tela em branco.

Aparentemente havia chegado ao estágio de dor, induzida por Roxy, onde começava a se iludir. Pensou nela com a saia vermelha curta, o jeito como a boca se movia sobre a pele dele... e, com um gemido, deixou a testa bater na mesa. Por que ele simplesmente não a levara até a cama, jogara-a sobre ela e transara até não aguentarem mais? E daí se as colegas estavam escutando? Ele provavelmente já tinha feito coisas piores.

Mas Louis sabia por que não tinha feito isso. Era Roxy. Ela era diferente. Ele sentia isso, ele *a* sentia em todos os lugares. Tomando conta dos seus pensamentos e do seu peito, arruinando-os para qualquer outra pessoa.

Deus, por favor, que tenha sido a coisa certa.

Alguém bateu à porta de seu escritório, tirando-o da fantasia que envolvia a barriga de Roxy e sorvete de chocolate com nozes e marshmallow derretido.

— Entre — falou ele, fazendo uma careta quando escutou a tristeza em sua voz.

A tristeza deu lugar à surpresa quando seu futuro cunhado entrou. Louis quase ficou agradecido pela distração, até se lembrar de que Fletcher quase ganhara uma *lap dance* de Roxy. Isso o fez ser mandado de volta para a vila da tristeza com uma passagem só de ida e uma escala na cidade *Quero-te-Dar-Um-Soco-No-Saco*. Ainda assim, por que a visita inesperada? Fletcher nunca fora ao seu escritório antes, e, até onde Louis sabia, não estava precisando de conselhos legais. A não ser, claro, que Lena tivesse cometido algum crime, o que não era algo tão distante da realidade.

Louis se levantou e apertou a mão do homem, fazendo o melhor que podia para não usar força o suficiente para quebrar seus dedos.

— Como está, Fletch?

— E aí, cara. — Fletcher se jogou na cadeira e afrouxou a gravata. — Sua irmã me mandou aqui. Ela vai fazer um jantar amanhã à noite e quer que você vá.

— Minha irmã vai cozinhar? — Louis engoliu em seco. — Você diz... com fogo e facas?

— É.

Os dois estremeceram.

Louis não precisava pensar se tinha ou não planos para a noite seguinte. Não. Seu calendário esta semana estava dolorosamente vazio, graças a uma certa atriz teimosa de olhos verdes.

— Tudo bem. Vou mais cedo, caso seja necessário reconectar membros ou...

— Pedir pizzas.

Louis deu um meio-sorriso.

— Por que você veio até aqui? Poderia ter telefonado.

— Você está certo. Eu poderia. — Fletcher se remexeu na cadeira. — Ouça, queria te agradecer pessoalmente por não contar para a sua irmã sobre a *stripper*. Ela teria cortado as minhas bolas fora.

Louis se forçou a não pular no pescoço de Fletcher por se referir a Roxy como a *stripper*. Seu tom de voz o deixou enjoado, como se estivessem conspirando. Ele queria tirar o cara do escritório o mais rápido possível, então descartou a desculpa.

— Sem problemas. De qualquer maneira, não aconteceu nada.

— Tem certeza disso? — Fletcher inclinou a cabeça para o lado e deu um sorriso malicioso, obviamente sem se tocar que Louis indicara que mudassem de assunto. — Vocês dois pareciam bem íntimos. Está comendo *aquelazinha*?

O sangue subiu à cabeça de Louis, escurecendo sua visão. Quando sentiu uma dor irradiando pelos braços, percebeu que estava segurando a beirada da mesa com tanta força que ela rangeu.

— *Aquelazinha*? Eu tô comendo *aquelazinha*?

Fletcher devia estar tentando bater o recorde de homem mais desatento do mundo, porque seu sorriso doentio só fazia aumentar. Ele ainda não havia percebido o desejo crescente de Louis de se lançar sobre a mesa e arrancar o sorriso dele com os dois punhos.

— Olha, cara, eu não te culpo. Estou pensando em ligar para a agência e conseguir um show privado, talvez no escritório. Você viu aquela bundinha? Caramba. Acha que ela me cobraria a mais para deixar dar uns tapas nela?

— *Cai fora.*

Finalmente, o reconhecimento surgiu no rosto do outro homem. Ele se colocou de pé com uma risada desconfortável.

— Eu só estava fazendo uma piada, cara. Fica calmo.

Se Louis tivesse que passar mais um minuto na presença daquele babaca, ia precisar de um advogado. Criminalista. Ele contornou a mesa e abriu a porta.

— Não me diga para ficar calmo. Eu disse pra você cair fora daqui, *porra.*

Como Fletcher só aparentava estar incrédulo, Louis o agarrou pela gola e o empurrou em direção à saída.

— Eu juro por Deus que se você falar sobre ela desse jeito de novo ou ligar para aquela agência para pedir *qualquer coisa*, Lena vai ser a última pessoa com quem você vai precisar se preocupar. Eu vou fazer você se arrepender muito.

Fletcher ergueu as mãos, se desvencilhando do aperto de Louis durante o processo. Os movimentos eram confiantes, mas a expressão estava bem longe disso. Ele empalidecera.

— Te vejo no jantar?

Louis bateu a porta na cara dele.

Tudo em seu escritório parecia estar banhado pela cor vermelha. Louis andou de um lado até o outro, respirando fundo, lutando com o impulso de pegar o taco de beisebol, autografado por Derek Jeter, que estava pendurado na parede e quebrar tudo a sua volta. Sua pele parecia estar formigando, então ele arrancou a gravata e a jogou na lixeira. Ele queria voltar cinco minutos no tempo e apagar tudo que o noivo da irmã dissera, mas era impossível. Então ele repassou a cena na cabeça várias vezes, até que soubesse que nunca a esqueceria.

Ao se lembrar do jeito como estava fantasiando com o corpo de Roxy antes de Fletcher entrar, teve vontade de se chutar. Se fosse analisar a situação, ele não era melhor que o noivo de Lena, era? Roxy o conhecera na manhã seguinte a uma transa de uma noite, pelo amor de Deus. Ele nunca mantivera em segredo o fato de que queria dormir com ela. Droga, ele contara isso para as amigas dela antes de saírem para o primeiro encontro. Esse era o motivo. Esse era o motivo para a reação natural dela ser acreditar no pior. Ela não era teimosa, era esperta. Levaria um pouco mais do que duas semanas para confiar nele. E daí? Louis gostava disso. Gostava que ela o fizesse trabalhar duro para conquistá-la. Mesmo assim, ele gritara e fora embora como um idiota? Droga. *Droga.* Tudo o que ele queria no momento era poder olhar para o rosto dela, sentir o cheiro dos seus cabelos e pedir desculpas. Não só pelos seus atos, mas por todos os filhos da puta no mundo que a fizeram ser tão cautelosa.

Louis ouviu uma batida à porta, porém isso não o ajudou a se acalmar. Muito pelo contrário, o deixou ainda mais zangado. Fletcher provavelmente voltara para implorar que ele não contasse à irmã o que havia falado. Ou para dar alguma desculpa esfarrapada que deveria ser direcionada a Roxy, não a ele. Louis se levantou e andou a passos largos até a porta.

— Eu te disse para dar o fora daqui.

Ele abriu a porta.

Roxy estava parada do outro lado, com a mão suspensa no ar como se fosse bater outra vez. Com base nos olhos arregalados, ouvira o que ele disse.

— Não é um bom momento?

O coração de Louis começou a bater contra as costelas a uma velocidade de cento e sessenta quilômetros por hora. Ele sequer queria perguntar *por que* ela estava ali, a única coisa que importava era que ela *estava* ali. Depois de toda a merda que ele tivera que aguentar, vê-la era um alívio. Algo na aparência de Roxy estava diferente, mas ele não conseguia desviar os olhos do rosto dela por tempo suficiente para descobrir. Ela parecia cansada, provavelmente refletindo a exaustão no próprio rosto. Ele realmente não gostava de vê-la assim, exausta. E odiava saber que tinha uma parcela de culpa naquilo.

— Hum. — Ela olhou de soslaio para o corredor. — Você vai me deixar parada aqui? Está ocupado, por acaso?

O toque de insegurança na voz dela despertou Louis do transe.

— Entre aqui — resmungou ele, segurando seu pulso e puxando-a para perto de si. Ele fechou a porta com um chute e a envolveu em seus braços num abraço apertado, deixando que o aroma de flor de cerejeira limpasse a sua mente. — Não esperava te ver aqui.

O corpo dela foi relaxando aos poucos.

— Não planejei vir. Mas acabei parando na porta.

Ela colocou a mão sobre o peito dele e gentilmente o afastou. Louis aproveitou a oportunidade para descobrir o que havia de diferente nela, ou enlouqueceria tentando descobrir por que ela não queria ser abraçada. Será que Roxy aparecera ali para oficializar o término?

Louis respirou fundo e a estudou. Roupas. As roupas estavam diferentes. Os saltos altos, que ela nunca tirava, foram substituídos por um par de tênis All Star branco. Ela estava com uma calça preta larga e um suéter fino na cor creme. Sexy como sempre, mas conservadora em comparação com o traje habitual.

— Fico contente por você ter vindo. — Ele ajeitou o cabelo dela atrás da orelha. — Se não tivesse aparecido, eu ia te procurar.

Roxy examinou o seu rosto como se estivesse tentando decidir se acreditava nele ou não.

— Estou aqui para dizer que sinto muito pela noite passada. Você levou sorvete para as minhas colegas que estavam na TPM, e eu agi como uma idiota.

Louis começou a dizer que estava tudo bem, mas ela colocou a mão sobre os lábios dele.

— Se você ainda não decidiu que sou problemática demais, quero te levar para sair hoje à noite para compensar. Num encontro de verdade.

Os lábios de Louis se abriram num sorriso lento sob a palma da mão de Roxy. Quando essa garota pararia de pegá-lo desprevenido? Ele esperava que a resposta fosse nunca. Dez minutos antes, ele estava preparado para bater a cabeça contra a parede. Inacreditável como as coisas haviam mudado tão rapidamente. No momento, ele não podia estar mais agradecido por não ter provocado uma concussão em si mesmo. Roxy tinha acabado de chamá-lo para sair. Ela retiraria o convite se ele fizesse a dancinha do MC Hammer?

Lentamente, ela tirou a mão da sua boca.

— E então? O que acha, McNally?

— Estamos nos tratando pelo sobrenome agora? — Ela analisava as unhas, parecendo entediada, o que só fez aumentar o seu sorriso. — Aonde você pretende me levar nesse encontro de verdade?

— Não vou dizer. — Ela empurrou o ombro dele. — Isso é um sim?

— É claro que é um sim. — *Não tente tocá-la. Não faça isso. Espere até o encontro.* — Que horas devo te buscar?

— Eu vou te buscar. É o meu show.

Os instintos antiquados de Louis rosnaram em desaprovação, mas ele lhes mostrou o dedo do meio imaginário para fazê-los calar a boca. De jeito algum ele criaria problemas quando finalmente havia conseguido que ela voltasse. *Não a beije, mesmo que agora ela esteja jogando os cabelos como se estivesse pedindo por isso.*

Não. A. Beije.

— Muito bem, Rox. Que horas devo lavar o cabelo?

— Muito engraçado. Tenho ensaio mais tarde, então devo chegar ao seu apartamento por volta das oito.

— Ensaio — repetiu ele. — Já?

Por que ela se recusava a olhar para ele?

— É. Johan só quer me ajudar a ficar confortável com o roteiro. — Ela jogou o cabelo uma última vez e esperou, mas Louis não mordeu a isca. Apesar disso, suas entranhas se agitaram por não tocá-la como estava claro que ela queria. — Bem. Se é assim que estamos brincando... — Ela se encaminhou para a porta com um sorriso malicioso brincando em seus lábios. — Vejo você mais tarde, Louis.

— Merda — murmurou ele quando a porta se fechou.

Ele teve a sensação de que havia acabado de propor um desafio que não tinha força de vontade suficiente para encarar. Mal podia esperar para começar.

Capítulo 16

Roxy saiu do elevador no edifício de Louis. O corredor de mármore e as janelas panorâmicas com vista para a Stanton Street já pareciam familiares, embora ela só tivesse ido lá duas vezes. Ela quase cancelara o encontro da noite, mas, de alguma forma, se forçara a ir ao metrô e pegar o trem para o *Lower East Side*. Esse encontro fora ideia dela, sua oferta de paz, e ela não podia dar um bolo, mesmo que quisesse rastejar para a cama, colocar os fones de ouvido e ouvir música no volume mais alto possível.

Seu ensaio com Johan até havia começado bem. Meia hora depois, ela se convencera de que estava errada a respeito dele. Os dois riram juntos, e Johan comprara uma Coca zero da máquina de refrigerantes para ela. *Ele estava flertando muito durante o teste,* pensou Roxy. *Grande coisa.* Não seria a primeira vez que se depararia com um cara desse tipo na indústria. Contudo, à medida que o ensaio se desenrolava, os toques amigáveis começaram a durar um pouco mais. Em sua cintura, nos ombros. Ele se aproximava dela quando a cena não pedia por isso, obrigando-a a começar tudo de novo quando se sentia bastante desconfortável e não conseguia interpretar suas falas corretamente. Roxy conseguira completar o ensaio sem precisar se esquivar com um evidente *"qual é"*, mas era só uma questão de tempo. Amanhã, os dois se encontrariam de novo, e seria um momento decisivo.

Ela se sentia um pouco exposta demais, muito agitada para curtir um encontro. Porém, assim como naquela manhã, ela se vira andando na direção de Louis. Querendo vê-lo, ainda assim, sem entender por que tinha tanta certeza de que ele faria tudo parecer melhor. Na noite anterior, ela se enfiara entre as duas colegas, que estavam menstruadas, e tomara sorvete suficiente para afundar a balsa Staten Island, mas a atitude só fizera as coisas piorarem. A cada colherada que dava, ela se lembrava do quanto Louis fora adorável tentando animar Honey e Abby. De como ele parecia verdadeiro quando tentava convencê-la de que tinha ido lá para passar um tempo com ela, e não somente para ficar na cama. Roxy pensara nele assistindo *Arrested Development* sozinho e desejara engatinhar para o seu colo e rir da família Bluth junto com ele.

No instante em que Louis a puxara para o escritório e a abraçara esta manhã, suas partes despedaçadas se juntaram novamente. Embora Roxy reconhecesse o perigo de contar com um cara para se sentir melhor, parecia que não conseguia se controlar. Ela tinha se transformado em uma vítima do efeito Louis.

Ela queria vê-lo novamente depois desta noite, então deixaria de lado seu humor instável por enquanto. *Pense em Johan e sua mão boba amanhã. Pare de se preocupar com os hábitos de namoro de Louis. Mantenha-se casual. A prevenção é a sua melhor amiga.*

Roxy se preparou em frente à porta de Louis e bateu. E esperou. Depois de um minuto inteiro sem resposta, ela franziu o cenho e olhou o relógio do celular. Merda. Meia hora adiantada... o ensaio devia ter durado muito menos do que parecera. Será que ele ainda não havia chegado em casa? Ela ia telefonar quando a porta se abriu Louis apareceu antes que seu polegar apertasse o botão.

A aparência dele a assustou. Ele parecia... estranho. Sem camisa e descalço, o lábio superior salpicado com suor e o botão da calça jeans aberto. A respiração estava mais rápida do que o normal, como se ele tivesse acabado de correr uma maratona. Roxy teria achado que Louis estava se exercitando se ele não aparentasse estar tão desconfortável. Remexendo-se, ele nem conseguia olhar diretamente em seus olhos. Um buraco se abriu em seu estômago. Ah, Deus. Será que ela chegou enquanto ele estava entretendo outra garota? No escritório, Louis havia dito que não se relacionava. A sua chegada precoce tinha arruinado os planos dele para uma dupla jornada?

Roxy queria dar um chute nas bolas dele, mas que direito tinha de fazer isso? Os dois não eram exclusivos. Ele tinha todo o direito de ficar com quem quisesse, e o mesmo valia para ela. Então, por que sentia vontade de xingar Deus e o mundo e bater no peito dele com toda a força? Antes que pudesse se envergonhar fazendo exatamente aquilo, Roxy se virou e correu para o elevador. Ótimo. *Acabou, e você está saindo dessa com um dano mínimo.*

Que lindo! Até mesmo seu monólogo interior parecia cético.

— Ei. — Os passos pesados de Louis ecoavam atrás dela. — Para onde diabos você está indo?

Ele segurou seu pulso antes que ela pudesse apertar o botão do elevador.

— Me desculpe por interromper. Você pode voltar ao que estava fazendo agora.

— Como você sabe o que eu estava fazendo? — perguntou ele, rápido. Muito rápido.

Roxy puxou o pulso, mas ele não a soltou.

— Cara, parece que você escapou por pouco de morrer numa orgia. Eu não vou me juntar a nenhuma festinha que você esteja fazendo lá dentro.

— O quê...?

A pergunta dele foi cortada pela porta do elevador se abrindo e uma senhora saindo lá de dentro com um poodle preso na coleira. As sobrancelhas perfeitamente desenhadas dela se ergueram ao ver um

Louis sem camisa parado no corredor, mas seu status sofisticado de Nova York a fez continuar caminhando sem fazer comentários. Roxy se aproveitou da distração e entrou no elevador, mas Louis foi atrás dela. Ele a envolveu por trás e a abraçou apertado, apesar da sua luta para se desvencilhar.

— Muito bem, estou começando a entender agora. Você acha que está acontecendo alguma orgia no meu apartamento porque estou suado.

Roxy deu uma cotovelada nas costelas dele, mas Louis se manteve firme.

— Você estava com cara de culpado quando abriu a porta. O que é bobagem, porque não sou sua namorada. Acontece que eu também não estou contente em ser a segunda na ordem de rebatedores.

— Ah, claro. Faça uma referência ao beisebol e fique ainda mais bonita do que já é. — Ele descansou a testa em seu ombro. — Não há ninguém no meu apartamento, Rox.

Uma esperança começava a inflar em seu peito, mas ela a estourou com um alfinete.

— O que você estava fazendo?

Ele gemeu.

— Não me faça dizer. É muito embaraçoso.

O elevador começou a descer em direção ao primeiro andar. Sabendo que alguém poderia se juntar a eles quando chegassem lá, Roxy tentou mais uma vez, sem sucesso, se libertar do aperto dele.

— Me conte ou eu vou embora.

— Tive a sensação de que você diria isso. — Ela começou a se revirar nos braços dele, mas Louis a impediu, apertando ainda mais. — Não, isso será muito mais fácil se você não estiver olhando para mim. — Um longo suspiro agitou os cabelos ao redor da sua orelha. — Estou atraído por você, Roxy. Dolorosa e perdidamente atraído. Eu estava tentando me aliviar antes que você chegasse, assim eu poderia passar pelo menos dez minutos desta noite sem querer rasgar suas roupas e jogá-las no chão. Isso praticamente resume tudo.

Roxy precisou de um momento para entender. Ela se sentiu aliviada por alguns segundos, e então esse sentimento foi substituído por divertimento.

— Você estava...

O elevador parou. Um homem de terno entrou.

— Não fale nada — advertiu Louis em seu pescoço.

Os lábios dela se contraíram.

— Fazendo uma sessão de amor próprio? Lustrando as joias da família?

Uma tosse discreta atrás deles fez Roxy ter um ataque de risos. Ela tentou ficar em silêncio, mas, assim que o homem de terno saiu do elevador, ela se contorceu e cedeu ao impulso. Louis apertou o botão do seu andar e enfiou as mãos nos bolsos.

— Fico contente em saber que você acha isso engraçado. Eu não... lustrei as joias... tanto quanto precisava. A situação *não* está sob controle.

O tom sério que ele usou quase fez com que Roxy tivesse outro ataque de risos, mas ele parecia tão desconfortável que ela encontrou uma maneira de se conter.

— Quer que eu espere aqui fora enquanto você termina?

Ele a olhou como se tivessem nascido chifres nela.

— De jeito nenhum vou deixar você sair do meu campo de visão. Estou bem.

— Não está, não.

Ele deixou a cabeça cair sobre os ombros.

— Não estou *mesmo*.

A porta do elevador se abriu no andar de Louis, e ele indicou que Roxy deveria liderar o caminho, mesmo achando que ela pudesse tentar fugir novamente. Enquanto passava por ele no corredor, ela notou que ele prendia a respiração, olhando com determinação para um ponto acima de sua cabeça. O pescoço de Louis ficava mais vermelho a cada vez que ela chegava mais perto. Uau. O cara estava com dor. Dor por causa dela. E aquilo meio que a excitou.

Não, aquilo *realmente* a excitou. Junto com a crescente percepção, veio a realização de que ela não tinha pensado em seu ensaio de merda nos últimos cinco minutos. Não se sentia mais inquieta e meio enjoada. Sentia-se quente e desejável, sabendo que ele a queria tanto que precisara se tocar antes mesmo de passarem algum tempo juntos. Ele fizera aquilo para que estivesse em condições de provar seu argumento. Que ele queria mais do que contato físico com ela. Isso a fez gostar ainda mais dele. Isso a fez desejar ajudá-lo com sua dor. Depois da conversa íntima que acabaram de ter e das imagens que haviam se projetado em sua mente, ela também se sentiu um pouco... mal.

Quando chegaram à porta do apartamento, Roxy se roçou deliberadamente contra ele enquanto entravam, deixando que seus seios se arrastassem pelo tórax dele. Louis fechou os olhos e resmungou.

— Por favor, Roxy. Se as minhas bolas ficarem ainda mais doloridas, este encontro vai acontecer no pronto-socorro.

— Em que você estava pensando? — Roxy alcançou a porta atrás dele e fechou, permitindo que seus corpos se juntassem. Permitindo que seus lábios se arrastassem devagar, bem devagar, sobre o pescoço de Louis. — Quando você estava... se tocando.

— Não posso dizer — falou ele, cerrando os dentes. — O banco de imagens de um homem é sagrado.

— Ah, é? — Roxy passou um dedo pela barriga dele, enfiando-o logo abaixo do cós da calça jeans. — Talvez eu esteja disposta a ajudar se você me contar.

Louis bateu com a parte de trás da cabeça na porta.

— Alguém lá em cima me odeia ou me ama. — Ele respirou fundo. — Roxy, eu estava realmente falando sério na noite passada. Quero mais do que isso de você.

Algo bem profundo dentro do seu peito respondeu à frustração contida na voz dele. Ela o beijou suavemente e olhou-o nos olhos.

— Sei disso, Louis. Você me convenceu, está bem? — O beijo seguinte foi demorado, mas, percebendo que os olhos dele estavam bem apertados, Roxy se afastou antes que ele pudesse aprofundá-lo.

— Me conte no que você estava pensando.

Louis rosnou baixinho.

— Em você. Pensava em você naquele uniforme estúpido de líder de torcida. Eu odeio aquela porcaria, mas não consigo parar de pensar nela. Você estava... — Os dentes afundaram no lábio inferior. — se tocando.

Um calor se alojou no seu abdômen. Com qualquer outra pessoa, esse tipo de confissão a incomodaria. Mas não com Louis. O tormento unido à honestidade em sua voz a faziam se sentir segura. Empática. Excitada. Tantas emoções diferentes que Roxy não sabia para onde dirigi-las. Então se decidiu pelo que parecia mais certo. E parecia certo ajudar a aliviar o sofrimento dele.

— Bom, não tenho o uniforme aqui comigo. — Ela abriu o botão da calça jeans e desceu o zíper. — Mas posso me tocar para você, Louis.

O peito nu dele estremeceu.

— Não?

Ela inclinou a cabeça.

— Isso foi uma pergunta?

— Eu não sei?

Ah, Deus. Eu realmente gosto desse cara. Muito. Roxy fechou os olhos e deslizou os dedos para dentro da calcinha. Quando encontrou sua parte mais sensível, ela ofegou, e Louis gemeu. A mão dele tremia quando ele a estendeu e desabotoou a camisa de Roxy, e então a abriu completamente. Aqueles olhos escuros devoraram seus seios, a boca salivando como se já pudesse saboreá-los.

— Me diga o que você quer, Rox.

— Quero terminar o que você começou.

Ela observou Louis em conflito, mas, quando ele a olhou de cima a baixo, ela soube que a necessidade venceu. Ele abriu o zíper da calça jeans com rapidez, gemendo enquanto colocava o pau para fora. A mão tocava a carne dura enquanto ele a observava, parecendo hipnotizado pelo movimento das mãos dela dentro da calça jeans. Louis estava lindo pra cacete, os dentes mordiscando os lábios inferiores, os músculos do braço e do estômago flexionando a cada movimento suave e ensaiado. A luz da entrada iluminava o suor no peito dele, fazendo a pele brilhar. Ela precisava desse alívio tanto quanto ele, só não havia percebido.

— Me diga como é para você.

Um soluço escapuliu pelos lábios dela.

— Quente. Suave. Como eu.

— Eu já sei como é sentir você. Não é? Você gostou da minha mão embaixo da sua saia naquela noite?

— *Sim.*

Quantas vezes ele já tinha feito isso enquanto pensava nela? Hoje fora a primeira vez? Roxy não conseguiu perguntar, porque sentiu o orgasmo se aproximar e apertar seus músculos. Tão rápido? Ela se aproximou e lambeu o contorno da boca de Louis até que ele a abrisse. Então a beijou violentamente enquanto as mãos se movimentavam entre os dois. O gemido faminto que surgiu da garganta dele foi o ápice. Ela estremeceu quando o prazer a inundou. Alívio, surpresa... Roxy se sentiu arrebatada pela combinação. Louis ainda não tinha alcançado o clímax, e de repente, ela desejou desesperadamente que ele estivesse lá com ela. O desejo foi tão intenso que se viu ficando de joelhos.

— Roxy. — A respiração dele ficou ainda mais ofegante. Estava claro que ele queria o que ela estava oferecendo, mas, ainda assim, tentou levantá-la. — Porra. Não posso negar agora. Não posso.

— Então não negue.

Ela agarrou a base do pau grosso e o trouxe para os lábios. Ele ficava tão grande dentro de sua boca, e as mãos estavam tão gostosas em seu cabelo, que Roxy se perdeu na sensação. Cada carícia da sua língua, cada roçar dos dentes e movimentos do seu punho arrancavam uma reação dele. As palavras se tornavam desconexas enquanto Roxy o chupava, subindo e descendo, levando-o até o fundo da garganta e sugando na volta. Ela nunca gostara muito de fazer sexo oral, mas parecia certo com Louis. Parecia ótimo. Perfeito.

— Levanta, baby. Por favor. Não posso. Não faça... sim, *foda-se*, sim. Aperta mais forte. — A mão livre segurou o cabelo dela. — Estou chegando lá, Rox. Droga, levante-se, venha até aqui. Quero te beijar enquanto gozo.

Ela o ouviu implorar, mas não queria obedecer. Mas não teve escolha quando Louis a puxou com apenas uma das mãos e a colocou de pé, cobrindo os lábios dela com os seus, quentes e frenéticos, combinando o ritmo das suas carícias. O gemido alto que ele soltou em sua boca viajou através dela, estremecendo por todo o caminho até o seu ventre. Ela podia *sentir* mesmo a força do orgasmo dele.

Os movimentos de Louis ficaram mais lentos, e ele se jogou contra a porta, levando-a junto. Os dois deslizaram pela madeira e acabaram no chão. Ela se sentou no colo dele. Louis a puxou para perto, mas teve o cuidado de não tocá-la com a mão direita. Roxy viu que ele precisava se levantar para buscar uma toalha. Engraçado como essa ideia não a deixava envergonhada. Depois do que os dois tinham acabado de compartilhar, ela não tinha certeza se alguma coisa entre eles seria embaraçosa. Isso a fazia se sentir livre. Leve. Então, claro, sua outra metade, aquela que se sentia desconfortável com tudo que era leve e fácil, se agitou dentro dela e disse para que fosse cautelosa. Que prestasse atenção caso algo de ruim viesse a acontecer.

Louis soltou um longo suspiro e beijou sua testa.

— Não vou a muitos encontros, mas tenho quase certeza de que o sexo oral é reservado para depois do jantar.

— Está reclamando?

— Juro por Deus que nunca vou reclamar de mais nada na vida.

As risadas suaves que os dois deram preencheram o apartamento.

Talvez ela pudesse parar de esperar por alguma desgraça. Pelo menos por esta noite.

Capítulo 17

PELO MENOS UMA pergunta fora respondida esta noite. Alguém lá em cima definitivamente o amava.

Louis colocou o braço nos ombros de Roxy enquanto passavam pelos pedestres na Grand Street. Ele tentou não sorrir como um bobo quando ela se aconchegou. Tudo bem, a noite definitivamente não tinha começado como ele planejara, com ela batendo à sua porta enquanto ele se masturbava, mas, porra. As estrelas não estavam lindas esta noite? Ele nunca as havia notado antes!

Por acaso, alguma coisa *havia* acontecido de acordo com o planejado com esta garota até agora? Ah, pois é. Não. Não ser capaz de controlá-la o deixara louco no começo. Ainda deixava. Mas Louis começava a perceber que Roxy não podia ser controlada ou manipulada. Ela sabia se cuidar e decidia quando e como queria incluí-lo. Ele esperava que isso mudasse quando ela o conhecesse melhor, mas, esta noite, estava bastante satisfeito em mantê-la por perto enquanto caminhavam pela rua. Se tivesse que lutar para não olhar diretamente para sua boca toda vez que ela falasse, bem, ele era só um homem. E esse homem acabara de ter seu mundo abalado.

Não foram só as coisas incríveis que Roxy fizera com ele. *Para* ele. Na verdade, incrível sequer começava a descrever a situação. Fora o jeito como ela agira depois. Louis esperava que ela se calasse ou arrumasse alguma desculpa para ir embora. Pensara que realmente tinha ferrado com tudo quando se deixara levar. E já tinha se esforçado bastante para convencê-la das suas boas intenções. Então Roxy sorrira, sem nenhum traço de remorso no rosto, e ele ficara meio apaixonado por ela. *Pare de se enganar, você está mais do que meio apaixonado.* Louis não sabia exatamente em que momento havia se apaixonado. Só sabia que a felicidade cautelosa que a havia tomado desde que saíram do apartamento estava afetando a sua própria felicidade. Isso o fazia se sentir como um astro do rock, e ele queria que ela *continuasse* feliz. Queria ser a *razão* para ela ficar assim.

Mas, por enquanto, Louis precisava se controlar antes que a assustasse e ela resolvesse voltar para Chelsea. Ele sabia que não deveria fazer planos, deveria deixar que tudo acontecesse naturalmente, mas não conseguia se segurar. Sempre foi um planejador, e seu trabalho só agravara a característica. Hoje, ele queria saber a respeito dela. Tudo, se fosse possível. Queria fazê-la rir mais... e, Deus, queria que ela passasse a noite em seus braços. Sem interrupções ou festas da pipoca improvisada. Suas irmãs estavam em um jantar no Brooklyn. Ele checara três vezes.

— Você está pensando muito em alguma coisa, McNally.

Relaxa, idiota. Você está sendo óbvio demais.

— Estou tentando descobrir para onde você está me levando.

— Está com medo? — Roxy o puxou para uma rua lateral, lançando um sorriso por cima do ombro que o fez querer abraçá-la e apertá-la contra seu peito. — Vou te apresentar à melhor comida que já comeu na vida. E vou fazer isso de graça.

— Uma refeição de graça em Manhattan?

— Isso mesmo. — A brisa esvoaçava os cabelos dela. — Como estão suas habilidades de atuação?

— Você está supondo que eu tenha alguma.

— Certo. — Os olhos dela demonstravam empolgação. — Então eu acho que isso vai ser uma apresentação solo.

Ela estendeu a mão e segurou a dele antes de pararem na esquina. A ação o distraiu por um tempo, até que Louis percebeu que haviam parado. Ele olhou em volta à procura de um restaurante, mas não viu nada. Roxy parecia estar investigando alguma coisa na rua lateral, então ele seguiu seu olhar e viu dois *food trucks*. Eles estavam em lados opostos da rua e havia estudantes universitários espalhados pelo lugar, comendo nas calçadas. Os dois tinham placas gigantes, onde se lia "o MELHOR falafel de Nova York".

— Me imite — instruiu ela, antes de dar uma volta pelo quarteirão. Louis imediatamente queria puxá-la de volta para a segurança da calçada, até perceber que a rua estava fechada e só pedestres podiam circular. Ele observou com curiosidade enquanto ela parava no meio da rua, a uma distância igual entre os dois veículos. Roxy bateu um dedo nos lábios, olhando de um para o outro. — Ouvi dizer que só um deles tem o *melhor* falafel — fingiu sussurrar ela. — Mas não consigo me lembrar qual. Você sabe, querido?

Louis reprimiu um sorriso. *Garota esperta.* Deus, ela era cheia de surpresas.

— Não sei. — Ele fez o melhor para parecer indeciso. — Talvez devêssemos tentar aquele *food truck* de *comida chinesa* que vi no caminho. Não quero correr o risco de escolher errado e acabarmos comendo um falafel ruim.

A expressão de Roxy demonstrou surpresa, mas ela disfarçou rapidamente.

— Você está certo. Nós devíamos...

— Esperem aí! — chamou um homem do *food truck* à esquerda. — Eu tenho a melhor comida. Vocês podem vir aqui.

— Bobagem. — Um outro colocou a cabeça para fora no *food truck* da frente. — Você não reconheceria um bom falafel nem se ele ganhasse pernas e dançasse na sua frente. Eu faço o melhor falafel desta cidade.

— Você cozinha algo nesse *food truck*. Mas não é falafel, mano.

— Eles são irmãos? — sussurrou Louis no ouvido de Roxy.

Ela assentiu, encostando a bochecha em sua boca.

— Eles costumavam trabalhar no mesmo *food truck*, mas acabaram brigando. Os dois se recusam a desistir do quarteirão.

— Como você sabe disso?

— Boletim informativo da atriz faminta.

Ele deu um meio-sorriso pela piada, mesmo não achando que a ideia de Roxy passar fome fosse engraçada. De forma alguma. Isso o fez se sentir impaciente... nervoso. Enquanto sua mente seguia por aquele caminho, lhe ocorreu que ela tinha acabado de surpreendê-lo, e agora estava encarregada de alimentá-los. Saber que ele nunca havia feito aquilo — *ainda* — o deixou frustrado. Mas ele não estava autorizado a comprar comida decente para ela. Se Louis não achasse que ela recusaria, a deixaria escolher qualquer restaurante na cidade. Ele sentaria, a observaria comendo e sentiria como... se a merecesse. Meu Deus. Aparentemente, ele não era tão esclarecido quanto achava, algo que percebeu quando a conheceu e ficou cego com o impulso de querer cuidar dela. Roxy podia cuidar de si mesma, Louis sabia disso. Mas esse fato não o impedia de querer o trabalho.

A voz de Roxy o trouxe de volta para o presente.

— Só há uma maneira de resolvermos isso, cavalheiros. Um falafel de cada *food truck*. — Ela franziu os lábios. — De quem devemos experimentar primeiro?

— O meu.

— Por aqui.

Roxy mordeu o lábio, olhando de um para o outro com uma expressão de dúvida.

— E-Eu não consigo decidir. Se eu comer o ruim primeiro, isso pode arruinar para sempre o falafel.

— Aqui! — O homem à esquerda jogou um recipiente de isopor sobre o balcão de metal embaixo da janela. — Tenho tanta certeza de que o meu é o melhor que esse vai sair de graça.

— Ah, não, você não vai fazer isso. — O outro homem desapareceu por alguns instantes dentro do *food truck*. — O meu também é de graça.

— Bingo — disse Roxy pelo canto da boca antes de andar emper-
tigada em direção ao primeiro *food truck*. — Bem... se você insiste...

Os dois se sentaram no meio-fio, a alguns metros de distância
dos estudantes universitários barulhentos, e comeram o falafel. Uma
vez que os proprietários estavam assistindo ansiosos, Roxy e Louis
trocavam de vez em quando e fingiam estar em uma profunda discussão sobre os méritos de cada um.

— E você afirmou que não tinha talento para atuar. — Ela olhou
para ele com desconfiança. — Você foi praticamente um Leonardo
DiCaprio.

— Posso ter recebido algumas dicas na faculdade de Direito.

— Dicas de como fazer um show para o júri? Esse tipo de coisa?

Louis colocou o falafel na boca e assentiu. Ali estavam, falando
sobre ele de novo. Era como se ela tivesse algum tipo de bloqueio
mental quando se tratava de falar de si mesma.

— E você? Quem te ensinou a atuar?

Ela deu uma garfada na comida, mas não comeu.

— Hum... ninguém, acho. Eu mesma. — Louis aguardou, na
esperança de que ela contasse mais. — Houve um professor de teatro
no ensino médio que me deu uma chance, mas eram muitos alunos.
Ele realmente não podia me ajudar.

— E aulas de teatro?

Ele colocou uma das mãos no joelho dela quando Roxy começou
a balançar a cabeça, recebendo um olhar cauteloso.

— Fiz algumas quando me mudei para Manhattan. Antes disso,
não. Meus pais... eles não acham que ser atriz seja algo prático. Ou
realista. — Ela riu um pouco. — Provavelmente eles têm razão.

Era ali que Louis deveria parar de fazer perguntas. A testemunha
já havia fornecido o máximo de informações que estava disposta a
dar. Mas ele queria saber mais.

— O que eles queriam que você fizesse?

Roxy não falou por um tempo, abandonando o recipiente de comida ao seu lado na calçada. Quando finalmente começou, ele percebeu que estava prendendo a respiração.

— Eles não se importavam. Eles *não* se importam, Louis. — Os olhares dos dois se encontraram. — A única razão pela qual disseram que ser atriz é impraticável é porque não queriam mexer no dinheiro da cerveja para pagar minhas aulas de teatro. Não falo com eles desde o Natal. Nenhum dos dois está nem aí.

— Não acredito nisso. Como alguém poderia não se importar com você?

— Fui um acidente. — Ela parecia em choque por ter dito as palavras em voz alta. Palavras que estavam entalhadas dentro de si. — Meu pai engravidou a minha mãe no baile de formatura. Acho que ser o produto de um clichê é o que mais dói. — A risada dela foi forçada. Louis notou que ela estava tentando disfarçar a dor, mas não queria que ela fizesse isso. Mesmo que odiasse vê-la desse jeito, queria conhecer essa parte dela. — Eles foram comer panquecas no *IHOP* depois. Queria não saber disso, mas sei. Transaram sem camisinha em um quarto de hotel e depois foram para uma merda de *IHOP* em Newark. Ouvi isso numa noite enquanto os dois brigavam.

Louis já esperava por algo ruim, uma vez que Roxy erguia paredes enormes para se proteger, mas isso não tornou mais fácil ouvir aquilo. O fato de seus pais não se importarem e não a apoiarem o deixou zangado por ela. Roxy era dinâmica, inteligente e talentosa. Merecia muito mais do que aquilo. A própria família dele podia até ser louca de pedra, mas todos se apoiavam. De um jeito irritante e muitas vezes a longa distância.

Louis começou a dizer que sentia muito. Que desejava que os pais dela a apreciassem, que vissem a garota incrível que ela era, mas Roxy balançou a cabeça.

— Converse comigo sobre outra coisa, tudo bem?

Ela parecia desconfortável com o que havia acabado de revelar, então ele mudou o foco. Por enquanto.

— Minha empresa não quer mais que eu faça trabalhos *pro bono*. — Assim que ele disse as palavras, percebeu que estava o tempo todo querendo conversar sobre isso. — Casos como o centro da juventude... meu chefe acha que é um desperdício de recursos. Também conhecido como eu.

A expressão dela se tornou séria, eclipsando a gratidão que Louis percebera quando mudara o assunto.

— Mas isso é muito importante para você — disse Roxy.

— Sim, mas... — *Peraí.* Ele sacudiu a cabeça. — Nunca te contei isso.

— É óbvio. Você se importa com aquelas crianças. E elas precisam de você. — Roxy empurrou o falafel com o garfo. — Quem vai ajudá-los se você não estiver por perto?

Ele soltou um suspiro quando as palavras dela refletiram as suas.

— Não sei. Outro advogado. Talvez ninguém.

Roxy ficou em silêncio por um momento.

— Não vou fingir que entendo o mundo em que você trabalha. Não é nada como o meu. Mas me parece... — Ela empurrou o cabelo para trás. — Se seu chefe sabe que significa muito para você e não se importa... você pode conseguir coisa melhor.

— Talvez ele ache que pode conseguir algo melhor também. — A preocupação que Louis nem sequer tinha se permitido verbalizar escapuliu antes que pudesse parar. — Melhor do que eu.

— Não — disse ela, decidida. — Vi você trabalhar, Louis. Eu não entendi merda nenhuma... — Os dois compartilharam uma risada. — Mas sei que, se ele te deixasse ir embora, estaria deixando um ótimo advogado partir. Sei disso.

Merda. Sua garganta doeu um pouco. Louis se perguntou se ela o empurraria ou o puxaria para mais perto se ele a jogasse sobre a calçada.

— Obrigado.

Os dois passaram alguns minutos em um silêncio confortável antes de Roxy falar novamente.

— O que eu disse antes fez com que parecesse que sou uma pessoa amarga. Por causa dos meus pais e tudo mais. Não sou — continuou ela. — Tive que trabalhar duro para conseguir fazer tudo sozinha. *Quero* ter sucesso por conta própria, sem qualquer ajuda. E vou conseguir.

O medo corria por suas veias. Louis nunca a tinha visto tão determinada. Ter sucesso por conta própria era importante para ela. Possivelmente a coisa *mais* importante. E ele tirara isso dela com um telefonema. Ele a ajudara sem perguntar se podia, achando que ela poderia dispensá-lo se soubesse que ele estava tomando a frente. Agora sabia, com certeza, que ela teria recusado. Mas já era tarde demais para voltar atrás.

— Sinto muito.

— Por que você sente muito?

Por ser um filho da mãe egoísta e presunçoso, queria dizer ele, mas a maneira irreverente como ela fez a pergunta lhe dizia que Roxy precisava se distrair do assunto. Louis queria dar isso a ela. Queria dar *qualquer coisa* que ela quisesse. Sem mencionar que ele também precisava de uma distração.

— Sinto muito que você tenha a função de informar ao *food truck* número um que o falafel dele ficou em segundo lugar.

Os cantos dos lábios dela se ergueram.

— Concordo. Passou do ponto.

Louis pegou os recipientes e ficou de pé antes de jogá-los na lata de lixo mais próxima.

Quando viu que os donos dos *food trucks* estavam distraídos, piscou para Roxy.

— Talvez devêssemos apenas sair correndo.

Sem perder tempo, ela pegou a mão dele e começou a correr.

— Gosto do seu estilo, McNally.

Capítulo 18

Os NERVOS DE Roxy zuniam enquanto ela e Louis entravam no apartamento. Inacreditável. Ela estava realmente nervosa. Há apenas algumas horas, tinha feito coisas com ele que deveriam ter afastado qualquer vestígio de ansiedade, mas, de alguma forma, o tempo que haviam passado juntos esta noite aumentara o sentimento. Ela se abrira para ele, deixara que ele visse uma parte dela que raramente expunha a alguém. Por isso, de repente, sentiu vontade de fugir. Agora Louis sabia exatamente quem estaria tocando e beijando. Se esconder não parecia ser mais uma opção, e isso a assustava pra caramba.

Sabe o que a assustava ainda mais? Parecia que o fato de ter se aberto para ele só servira para deixá-lo ainda mais interessado. Louis não parara de tocá-la desde que deixaram seus lugares na calçada. Os toques não eram todos sexuais: um polegar roçando seu lábio inferior, um beijo suave na nuca... Roxy não estava acostumada àquele tipo de toque. Vindo de Louis ou de qualquer outra pessoa. Ela os amava um pouco demais e estava começando a ansiar e esperar por isso mais rápido do que imaginava.

Droga, ela odiava esse sentimento. Sexo deveria ser uma coisa espontânea que não deixasse tempo para que nenhuma das partes se estressasse ou pensasse demais. A transa encostados em um gabinete de arquivos no tribunal era mais o seu estilo. Não essa merda de encontro perfeito, seguido por cenas de amor pré-planejadas. Muitas expectativas elevadas. *Certo, como se sexo com Louis fosse algo menos que incrível.* Mesmo assim. Todo esse ritual a deixava nervosa.

Louis trancou a porta do apartamento e ficou atrás dela. Antes mesmo que ele a tocasse, uma batida insistente começou em seu peito. Sua pele começou a formigar. Onde ele a tocaria primeiro? Ela não tinha preferência, contanto que pudesse sentir as mãos dele em seu corpo.

Roxy abriu os olhos e o encontrou parado, de frente para ela, parecendo meio preocupado, meio divertido.

— O que está se passando nessa cabeça? — perguntou ele.

— Você não vai querer saber.

— Discordo.

Roxy soltou um suspiro. Ela fora honesta com ele e tudo tinha corrido bem, certo? Poderia tentar se arriscar de novo. Pelo menos, assim conseguiria protelar até que seus nervos estúpidos estivessem sob controle. Ou o deixaria assustado, e, assim, ela poderia voltar a se preocupar apenas consigo mesma. O que, de repente, pareceu terrível. Ainda assim...

— Aqui está o meu pesadelo: você faz uma piada sem graça enquanto abre uma garrafa de merlot. Nós dois bebemos uma taça, fingindo que nos importamos com o que o outro está dizendo, quando realmente estamos só matando o tempo até o evento principal. Você faz alguns movimentos ensaiados para poder me beijar. Cinco minutos mais tarde, estamos transando na posição papai e mamãe.

Louis franziu o cenho.

— Você prefere um cabernet?

Ela deixou escapar uma risada, que soou mais como um gemido.

— É bom que isso seja uma piada.

Uma das sobrancelhas dele se ergueu.

— Eu poderia dizer o mesmo a você.

Ele parecia... zangado? Roxy não esperava por isso. Esperava que ele acariciasse o seu cabelo e dissesse algo reconfortante ao final do seu discurso. Que falasse que os dois nunca seriam aquele tipo de pessoas que ela acabou de descrever. Em vez disso, parecia que Louis queria sacudi-la.

— Eu não quis ofender você, só...

— Você só o quê? — Ele diminuiu a distância entre os dois e continuou se aproximando, até que Roxy precisou se afastar para não ser atropelada por ele. Ela tinha dado só dois passos para trás quando sua bunda bateu na mesa da cozinha. Louis colocou uma mão de cada lado dela, forçando-a a se inclinar para trás. — Você achou que eu te daria algum vinho de merda e faria sexo sem graça?

— Não, eu...

— Não? Porque foi o que pareceu. — Louis tirou uma das mãos da mesa para desabotoar a calça jeans antes de abrir o zíper. A respiração de Roxy ficou ofegante, unindo forças com seu pulso acelerado. Ah, Deus. O que estava acontecendo ali? Ela deveria estar alarmada com a óbvia raiva dele, mas seu corpo reagia loucamente à agressividade que recebia. *Mais.* — Eu não bebo vinho e não preciso de uma desculpa ou algum movimento ensaiado imbecil para beijar você. — Ele arrancou os sapatos e a calça jeans dela, e os jogou por sobre o ombro com apenas um gesto. — E, baby, eu ainda te faria gritar mesmo com papai e mamãe. Uma pena que não é isso o que você vai conseguir esta noite, hein?

Roxy começou a dizer sim, ou talvez tenha sido não. A resposta fugiu da sua cabeça quando ele a pegou pela cintura e a colocou sobre a mesa.

— Pode repetir a pergunta, por favor?

Louis não respondeu. Em vez disso, ele a observou minuciosamente, trilhando suas pernas e terminando entre suas coxas. Agora, ela usava apenas uma blusa leve e uma calcinha azul-turquesa. Aquela inspeção a fez sentir tão quente que Roxy se percebeu afastando os joelhos para que ele pudesse vê-la melhor. Os dedos de Louis se arrastaram pelo interior sensível da sua coxa antes de tocarem o tecido azul-turquesa com suavidade.

— Faz só um dia que estive enterrado profundamente aqui dentro, mas parece que foi há séculos. — Inesperadamente, ele a apertou com força por cima da calcinha. — Sei formas de chegar ainda mais fundo.

Roxy arqueou as costas com um gemido. *Ai, caramba. Ai, caramba.*

— Louis...

— Louis, o quê? — Ele não deu chance para ela responder, pois logo estava puxando sua calcinha pelas pernas e jogando-a sobre a mesa. Um som faminto escapuliu da garganta dele enquanto a observava. — Acho que você vai ser doce, Rox.

O calor a sacudiu, fazendo-a ficar tonta. Essa tontura, essa fuga da realidade, lhe deu a desculpa para ser um pouco selvagem. Para viver o momento. Roxy alcançou a barra da camisa e puxou-a sobre sua cabeça. Quando ia começar a tirar o sutiã, Louis a interrompeu e o fez por ela, deixando-a totalmente nua. E ele ainda estava completamente vestido. Sabendo como era o corpo lindo que ele escondia por baixo das roupas, aquilo parecia um sacrilégio.

Ela estendeu a mão, com a intenção de desabotoar a calça dele, mas Louis a segurou pelo pulso.

— Ainda não. Se você me tocar, precisarei entrar em você.

— Parece uma boa ideia.

O divertimento eclipsou a fome nos olhos dele por apenas um momento antes que ela voltasse mais forte do que nunca.

— Você não gosta de planos ou essas merdas tradicionais. Eu entendo isso. — Ele abriu as pernas dela e lambeu, longa e lentamente, a parte interna da coxa direita. — Mas eu gosto de planos. Passei a semana inteira planejando chupar você. Então, fique deitada e aceite.

Roxy desabou sobre a mesa ao primeiro toque da boca de Louis. A energia dele mudou quase imediatamente. A língua deslizava sobre sua carne com um rigor devastador. Devagar, *muuuuito* devagar. Até que algo dentro dele pareceu se quebrar e acabar com a disciplina. As mãos que mantinham suas coxas separadas ficaram mais bruscas, rosnados guturais vibravam no centro dela, enviando ondas de choque através do seu corpo. A língua dele circulava o ponto que precisava de maior atenção e a torturava com rapidez.

— Mais rápido, mais rápido. — Roxy o agarrou pelos cabelos. Ele fez um barulho apreciativo, demonstrando que gostava daquilo, então ela puxou os fios com mais força. — *Ah, caramba. Isso é tão bom.*

Os músculos de Roxy já começavam a se contrair por todo o corpo. Seu peito arfava, bloqueando a visão de tudo, menos das costas largas de Louis e das suas pernas abertas ao redor dele. Essa visão a levou um pouco mais perto do êxtase, ela só precisava...

Louis deslizou dois dedos grandes para dentro dela e chupou o clitóris ao mesmo tempo. Um grito veio crescendo por todo o seu corpo quando ela gozou. Aconteceu sem aviso, como se ela tivesse sido atingida por um maremoto, e tudo o que podia fazer era se deixar afundar. Mas Louis a puxou de volta para a superfície, arrastando-a da mesa antes que ela pudesse respirar de novo. Roxy se agarrou ao tampo e observou, com os olhos enevoados, enquanto ele se libertava das calças e vestia uma camisinha. Assim como tinha acontecido antes, ver a mão dele em volta do membro enviou um raio de eletricidade para dentro dela. Seu corpo já queria mais. Mais de tudo o que ele poderia oferecer.

Ela ofegou quando Louis a girou e a deixou com o rosto virado para a mesa. A mão firme no meio das suas costas a pressionou para a frente, fazendo com que ela se curvasse. Sua pulsação acelerou novamente, com a consciência de que ele a tomaria nessa posição. *Sim.* Era isso o que ela queria. Era isso que ela estava morrendo de vontade que acontecesse. A pressa. A urgência. Sem planejamento ou ensaios elaborados.

Louis empurrou os quadris dela para cima, forçando-a a se inclinar sobre a mesa. A confiança no toque dele fez com que Roxy se contorcesse de desejo. Ela jogou o cabelo sobre o ombro e olhou para ele, querendo se lembrar de todos os detalhes deste momento depois.

— Porra, Rox. — Ele deslizou a cabeça do seu pau por entre as pernas dela. — Você tem alguma ideia de como está me olhando agora?

— E como é? — perguntou ela, a voz irreconhecível.

— Como se você fosse capaz de implorar se eu pedisse.

Roxy sentia-se nas nuvens, quente. Fora de si, mas ainda totalmente em harmonia com o próprio corpo.

— É isso que você quer? — Ela mexeu os quadris lentamente em um círculo. Uma resposta não era necessária, pois o gemido dele lhe dizia tudo o que precisava saber. O poder que aquilo lhe dava era inebriante. — *Por favor*, Louis. Por favor?

— Caramba, pare. Não aguento mais — disse ele com a voz rouca, antes de estocá-la com força. Um gemido rouco escapou dos lábios de Roxy com a súbita e perfeita sensação de estar preenchida. O alívio de finalmente estar se unido a ele desapareceu quando Louis começou a se mover. Estocadas firmes e rápidas a obrigaram a se apoiar melhor sobre a mesa. — Você acha que eu preciso de um motivo para te desejar ainda mais? Quando eu já te desejo tanto?

Ela gemeu.

— Não sei, só não pare.

Ele colocou uma das mãos na parte inferior das costas de Roxy e a empurrou para baixo, criando um ângulo diferente, que lhe permitia atingir o ponto dentro dela que nunca havia sido alcançado. Cada movimento que ele fazia a deixava mais perto do êxtase. *Muito rápido. Muito rápido*. Roxy queria que durasse mais, mas ele apenas acelerava, até que ela precisou ficar de bruços e se agarrar à beirada da mesa. Era *ela* quem estava gritando para que fosse mais forte? Ela não estava inteiramente consciente de mais nada, exceto da pressão que crescia dentro de si, ameaçando engoli-la. Sua barriga estava pressionada contra a mesa, as pernas bem abertas. Ela não tinha como aliviar a dor — só podia confiar nele para fazer isso por ela.

— *Louis*. Preciso disso. Por favor.

— Você *gozaria* rápido. Claro que gozaria. Só mais uma coisa para me deixar completamente maluco. — Roxy sentiu a mão dele alisar sua coxa antes de escorregar por entre suas pernas, circulando o dedo do meio exatamente onde ela precisava. — Vá em frente, baby. Preciso mais um pouco de você.

Alguma coisa na aspereza da voz dele deu o empurrão que faltava para ela se libertar. Roxy gritou enquanto o orgasmo a envolvia, mas o grito foi abafado pela mesa. Sua voz vibrava com a força dos movimentos de Louis. Ele parecia duro como pedra dentro dela, inflexível. Tudo o que ela podia fazer era aguentar enquanto o ritmo dele se tornava errático e então acelerava. Debaixo dela, a mesa arranhava o chão e avançava de encontro à parede.

— Porra, vou gozar, Rox. Você está bem?

— Estou — conseguiu dizer ela.

Os dedos dele cravaram na carne dos quadris firmes enquanto ele entrava e saia com força dentro dela, tão rápido que até rangia os dentes. Uma imagem dos dois juntos no tribunal passou pela cabeça de Roxy. Dos quadris dele se movendo tão rápido que pareciam um borrão... ela sabia que era assim que ele estava agora, apesar de não poder vê-lo. Podia imaginar o olhar de intensidade no rosto dele. Louis McNally gozou como um maldito trem de carga, e ela adorou aquilo. Adorou ser a pessoa a fazer isso com ele. Atrás de Roxy, ele empurrou profundamente uma última vez e caiu para a frente, sobre suas costas, tremendo contra ela.

— Tão bom... bom pra cacete. — A boca de Louis se movia, quente e aberta sobre suas costas. — Ninguém mais faz isso comigo. Já te quero de novo. *Porra*.

Roxy abriu a boca para implorar por uma pausa — há uma primeira vez para tudo —, mas Louis a puxou para cima, colocando as costas dela contra o peito dele. Os lábios dele trilharam a lateral do seu pescoço e beijaram sua orelha. Seus membros pareciam fracos e liquefeitos, como se ela pudesse derreter se ele não estivesse com os braços ao seu redor. Ele riu em seus cabelos, dizendo que sabia pelo que ela estava passando. Um dos braços de Louis a envolveu pelos joelhos, e ele a levantou, carregando-a para os fundos do apartamento.

— Vamos. — Ele deu um beijo na sua testa. — Você fica na cama, e eu vou pegar uma grande taça de cabernet para nós dois.

— Espertinho.

Capítulo 19

Louis observou Roxy dar uma volta ao redor do quarto e se jogar na beirada de sua cama. Ah, céus. Seu coração parecia querer pular para fora do peito. Momento da verdade. Uma pontada de timidez surgiu na expressão dela, e ele sabia a razão. O cômodo era enorme. Provavelmente poderia caber dez quartos iguais ao de Roxy dentro dali, e ainda sobraria espaço para uma esteira. Ele nunca pensara nisso antes. Nascido e criado em Manhattan, sabia que o metro quadrado tinha um valor alto, mas, com o dinheiro da família, e então a sua própria renda, sempre tivera a chance de viver mais do que confortavelmente. Tendo consciência de que a primeira briga com Roxy fora provocada pelo pouco espaço que ela tinha para morar, Louis sentia que estava andando sobre um campo minado. Apesar disso, ele a queria lá. Com frequência. Então isto tinha que acontecer mais cedo ou mais tarde.

Enquanto percorria as mãos pelos braços para segurar os cotovelos, Roxy parecia muito menor do que a própria personalidade, menor do que a própria presença. Seguindo a intuição, ele cruzou o quarto em direção à cômoda e pegou uma camiseta para que ela pudesse vestir, receoso de que, se ela saísse do quarto para buscar as próprias roupas, pudesse ir embora. Se isso acontecesse, ele simplesmente passaria vergonha, agarrando-se a perna dela e dizendo que ela teria que arrastá-lo pelo corredor se quisesse partir. Ao mesmo tempo, não gostava de ver Roxy em uma cama na qual passara tempo com outras garotas. Ele meio que queria incendiá-la e comprar uma nova. Deus, pelo jeito, ele estava absorvendo um pouco da loucura de Lena.

Tudo bem, ele tinha saído com uma quantidade saudável de parceiras. Afinal, ele era um bom partido, certo? Mas algo diferente acontecia quando estava com Roxy. Dentro dela... enterrado tão profundamente que mal tinha espaço para se mover. Louis quase gemeu ao lembrar. Ela se encaixava perfeitamente nele, e, ainda assim, havia muito *mais* coisas acontecendo enquanto estavam conectados daquele jeito. O acúmulo de sentimentos que queimava dentro dele o teria assustado se não tivesse percebido que ela sentia a mesma coisa. Louis *sabia* que sim... podia sentir. Os dois se moviam juntos de uma maneira que não parecia ser só uma questão de química, porque, por Deus, isso eles também tinham. Quando estavam na cozinha, Louis se projetara a outro lugar... um lugar onde era capaz de enxergar Roxy, de enxergá-los juntos. Ela tinha se tornado um vício do qual ele não queria se livrar.

Primeiro de tudo. Se ele tinha alguma esperança de alimentar esse vício chamado Roxy, precisava fazer com que ela se sentisse à vontade com as diferenças que existiam entre os dois. Essas diferenças não significavam nada, porque cada minuto que passavam juntos era especial. Era importante.

Ele parou na frente de Roxy e passou a camiseta pela cabeça dela, sorrindo com a bagunça que o movimento fez nos seus cabelos. Roxy afastou a mecha escura do rosto, olhou para baixo e leu a frente da camiseta fazendo uma careta.

— Campeonato de *Softbol* de 2014 da empresa Winston e Doubleday? Você não tem uma camiseta do *Guns N' Roses* aí dentro, não?

— Podemos virá-la do avesso, se você quiser.

Ela o encarou.

— Você só quer ver meus seios de novo.

— Culpado. — Ele se afastou um pouco para que pudesse desabotoar a própria camisa e tirar a calça jeans. — Algum dia, quem sabe, talvez eu seja o primeiro a tirar as roupas, hein?

— Ah, não sei. — Ela se inclinou, ficando apoiada nos cotovelos, e o pulso dele acelerou. *Na minha cama. Ela está na minha cama e não está dando sinais de que vai embora.* — Eu meio que gosto de saber que você não aguenta esperar por mais nem um segundo.

Ele engoliu em seco.

— Eu não conseguiria. Não consigo.

O sorriso no rosto de Roxy foi desaparecendo lentamente. Parecia que ela queria dizer alguma coisa, mas mudou de ideia e se sentou de novo, brincando com a bainha da camiseta.

— E aí, o que acontece nos jogos de *softbol* da empresa? Todo mundo deixa o chefe ganhar com medo de perder o emprego?

— Meu chefe notaria logo. — Louis caminhou para o outro lado da cama e deitou, contando os segundos até que pudesse tocá-la. — Alguém normalmente fica muito competitivo e deixa a coisa inconveniente. Às vezes, sou eu.

A risada que ela soltou tornou impossível que Louis esperasse mais para tocá-la, então ele passou um braço ao redor da sua cintura e a puxou pela cama. Um suspiro soprou no ombro dele quando os corpos se encontraram, como se Roxy estivesse se preparando emocionalmente. A tensão foi embora quase que imediatamente, as costas se moldaram ao peito dele, a parte de baixo de seus corpos se encaixando. O cheiro que exalava do cabelo dela fez Louis fechar os olhos e deixar o corpo relaxar. Ou relaxar tanto quanto poderia com Roxy praticamente nua e colada a ele. Havia uma tensão que empertigava seus músculos desde que os dois haviam se conhecido, mas tinha aliviado agora, pouco a pouco, como se ela o tivesse curado apenas por estar ali. Finalmente, uma noite em que não precisava se perguntar onde ela estava. Ou o que estava fazendo.

— Ah, meu Deus. — Roxy bocejou. — Esta é a cama mais confortável do mundo.

— É porque eu estou nela.

O som de concordância que ela fez com a garganta percorreu o braço dele.

— Você e o seu abdômen convidativo.

Louis tirou a cabeça do travesseiro.

— Como é que é? — Ela balançou a cabeça, indicando que não responderia. Então ele fez cócegas nela, fazendo-a se contorcer. — Explique o que disse.

— Está bem. — Ela ofegou. — Mas pare de fazer cócegas em mim.

Ele fez uma última cócega antes de parar.

Roxy recostou a cabeça de volta no ombro dele.

— A primeira vez que você atendeu à porta sem camisa, achei que seu abdômen era convidativo. Como se você fizesse abdominais apenas quando sentia vontade, mas não se esforçasse muito.

Louis processou o que ela disse, franzindo o cenho.

— Não consigo dizer se deveria ficar feliz por isso.

— Deveria. — Talvez ele estivesse demonstrando incredulidade, porque ela se virou para olhá-lo. — Também achei que seu caminho da felicidade deveria se chamar caminho da perdição. Isso ajuda?

— Ajuda pra cacete. — Ah, Deus, a risadinha sonolenta dela fez sua garganta doer. Especialmente por saber que ele tinha sido o responsável por aquilo. *Caminho da perdição... legal.* — Sabe o que eu pensei sobre você?

— Por que essa garota está vestida como uma coelha?

— Depois disso. — Ele apoiou o queixo na cabeça de Roxy. — Antes de você tirar a máscara, a sua voz me lembrou a de alguém que eu já conhecia. Isso ficou martelando na minha cabeça depois que você saiu. Se eu te conhecesse, certamente lembraria, então aquilo não fazia sentido. — *Estou falando demais? Provavelmente.* — Quando finalmente te achei, percebi que não te conhecia de lugar algum. Eu simplesmente conhecia *você*. Isso faz sentido? Você me parecia familiar, embora eu nunca tivesse te visto.

Roxy ficou em silêncio por um bom tempo, a respiração profunda e equilibrada. A natureza dele demandava que a virasse para tentar decifrar a expressão em seu rosto. Reivindicava que ela dissesse alguma coisa. Justo no momento em que Louis achou que estavam destinados a cair no sono, com o momento de muita informação que ele tinha compartilhado pairando sobre suas cabeças, ela beijou a parte interna do braço dele.

— Você ganhou, Louis. Vou ficar.

O alívio tomou conta dele. Ele a puxou para perto e caiu no sono mais profundo que conseguia se recordar.

Ele acordou gemendo. Alguém estava lambendo seu pau como um picolé, e era *in-crí-vel*.

Picolés. Roxy. A boca de Roxy.

Louis abriu os olhos imediatamente. Não era alguém. Era só Roxy agora. Ela passara a noite ali e... *ahhh, nossa*. Suas mãos voaram para a massa de cabelos escuros, espalhados por sua barriga e coxas, prendendo-os com os dedos. Ela estava tentando matá-lo quando só havia conseguido dormir ao seu lado uma única vez? Ele estava tão duro que não conseguia respirar direito. O quarto estava meio escuro, o dia ainda amanhecia, e ele lutou para vê-la mais claramente através da visão embaçada. Quando conseguiu enxergá-la com nitidez, quase desejou que tivesse mantido os olhos fechados. A visão fez com que os músculos do seu estômago gritassem como se estivessem num turbilhão apertado, e ele quase gozou.

Roxy estava nua, a camisa de *softbol* há muito tempo esquecida, ajoelhada entre as pernas esticadas dele. Os seios balançavam a cada movimento que fazia com a boca, a cada longa lambida. Os olhos estavam bem fechados, sons agradáveis e suaves escapavam pelos seus lábios. Como se sentisse que ele a observava, aqueles lindos olhos se abriram. Mantendo o contato visual, ela o lambeu de baixo para cima, parando no topo para chupar a cabeça.

Os quadris de Louis se mexeram involuntariamente.

— Cacete, vem até aqui para eu poder transar com você.

Ela gentilmente provocou a parte interna da coxa dele com as unhas.

— Ainda não acabei.

Ele se inclinou, sentando na cama, e a segurou acima dos cotovelos. Roxy fez um som de protesto quando ele arrastou o corpo quente e sexy dela para seu colo. Louis não havia percebido que ela ainda parecia grogue de sono até que os dois ficaram cara a cara. Os lábios, cabelos... olhos. Ela estava tão bonita e delicada. Mas ele não conseguia controlar o desejo que ela havia provocado por tempo suficiente para apreciá-la. Ou apreciar o fato de que ela tinha dormido muito bem em sua cama e em seus braços. Não, ele precisava dela. Desesperadamente. Louis manuseou o pau uma única vez antes de deslizá-lo pelo meio das pernas dela para testar se ela estava ou não pronta. *Caramba*, é claro que ela estava pronta. Bem macia e pronta.

— Você fica desse jeito só por me chupar? — Tateando a mesa de cabeceira em busca da camisinha, ele mordeu o lábio inferior dela e puxou. — Totalmente molhada.

— Sim. — A única palavra foi pronunciada com um estremecimento. Roxy produzia sons enquanto ele desenrolava a camisinha, como se não pudesse esperar mais um segundo. Bom, ele também não podia. — Você estava dizendo o meu nome enquanto dormia, então eu...

Ele a interrompeu, penetrando-a profundamente com uma estocada forte, saboreando de olhos fechados o grito que ela soltou. *Caramba. Nunca mais quero sair daqui. Deste momento. Desta manhã com ela.*

— Agora você sabe, hã? Agora sabe que não consigo parar de pensar em você nem mesmo quando estou dormindo.

Ela ofegava enquanto ele rolava os quadris.

— Eu também penso em você.

— Não como eu penso em você. Impossível. — Louis segurou a bunda dela, moldando-a com as mãos, lembrando-se do que havia dito na noite da despedida de solteiro. *A primeira vez que você montar em mim, vou agarrar a sua bunda deste jeito. Vou te mover pra onde eu quiser. Rápido ou devagar. Tudo vai depender de mim e deste aperto.* Ele se lembrava da promessa, palavra por palavra, porque esteve fantasiando sobre ela desde que criara a imagem. Agora, ele se jogava de volta na cama e impulsionava os quadris na direção do corpo dela por mais duas vezes. — Você vai pensar muito mais em mim depois disto, não vai? *Mexa-se.*

Com os olhos iluminados pelo desafio, Roxy apoiou as mãos em seus ombros. Ela se ergueu até que ele ficasse parcialmente enterrado dentro dela. Então, caiu com *força* sobre o seu pau.

— *Porra* — rangeu ele.

Com as coxas bem abertas, ela subia e descia, os gemidos ofegantes preenchendo o ar entre os dois. O olhar no rosto de Roxy resumia como ele se sentia. A descrença de que algo podia ser tão bom e tão certo. A necessidade de mais tomou conta de Louis logo em seguida. Ele tinha acordado para isso e não tivera tempo de antecipar a avalanche de desejo que ela sempre despertava. Lento e doce não aconteceria esta manhã. Talvez nunca acontecesse entre ele e Roxy.

Louis fez com que ela se movesse mais rápido para cima e para baixo. Ela gostava disso, ele podia dizer pela forma como ela respirava, a forma como os olhos ficavam bem fechados. Roxy se esfregava nele, roçava o ponto de seu corpo em que ele havia usado os dedos para deixá-la excitada antes. Mas Louis a conhecia, sabia que ela gostava forte e rápido, assim como ele. Apertou ainda mais a bunda de Roxy e deixou que ela investisse sobre ele algumas vezes enquanto empurrava os quadris para cima, no intuito de acompanhar os movimentos dela.

Ela gritou.

— Sim. *Mais*, Louis. Mais rápido.

Ele amava aquelas palavras que vinham dela. Nunca se cansaria de ouvi-las.

— Rápido quanto, querida? — Ele a mantinha sobre seus quadris e a penetrava rápido e com força, repetidamente, o som dos corpos batendo o deixando ainda mais duro. — Assim está bom? Quer ainda mais rápido?

Ele estava perguntando tarde demais. Roxy apertou as coxas em volta dele, tremendo e flexionando enquanto gritava.

— Ah, Louis, ah, Louis, ah, *Louis*.

Incapaz de dar um segundo para que ela se recuperasse, ele a colocou de costas sobre a cama. O sangue corria por suas veias, um rugido se formava em seus ouvidos. *Preciso dela. Eu preciso tanto dela*. Ele entrelaçou as mãos com as de Roxy e as prendeu acima da sua cabeça, enterrando-se mais profundamente dentro dela, com um rosnado.

— Só você e eu de agora em diante, Rox. Mais ninguém. Nunca. Só nós dois, está bem?

Ela o fitou através de olhos anuviados, ou, talvez, fossem os dele que estivessem assim. Louis estava anestesiado demais para saber. Só sabia que Roxy era tudo, este momento era tudo, e ele não podia ficar sem ela. De jeito nenhum. Ela cruzou os tornozelos na parte de baixo de suas costas e assentiu.

— Você e eu, Louis.

Ele enterrou o rosto no pescoço de Roxy e se entregou ao alívio, dizendo o nome dela enquanto gozava. Com os braços dela envolvendo as suas costas e as coxas apertando a cintura, ele nunca se sentiu tão poderoso e, ao mesmo tempo, completamente desamparado. Sem ela, nunca teria sentido isso. Ele *necessitava* dela para isso. Nunca imaginou que se sentiria dessa forma.

Os dois ficaram deitados assim, os corpos unidos, pelo que pareceram horas, mas, ao mesmo tempo, parecia que havia sido rápido demais. A luz do sol enchia lentamente o quarto enquanto ele se concentrava na respiração dela, satisfeito em deixar que Roxy passasse os dedos para cima e para baixo pelas suas costas o resto da vida se ela concordasse. Louis finalmente lançou um olhar ressentido para o relógio na cabeceira, se sentindo indisposto quando percebeu que só tinha meia hora para tomar banho e ir para o trabalho. Roxy devia ter interpretado o seu suspiro corretamente, porque ela deu um tapa em seu traseiro e saiu debaixo dele.

— Mova-se, McNally. Alguém tem que salvar o mundo, e não serei eu.

Você salva o meu mundo.

— Acho que estou pegando um resfriado. — Ele fingiu uma tosse e estremeceu. — Eu odiaria que todos no escritório ficassem doentes por minha causa.

— Retiro o que disse sobre suas habilidades de atuação.

Roxy sorriu para ele por cima do ombro, e isso o golpeou no estômago. A luz do sol iluminava os olhos dela, que estavam quase translúcidos... a pele das costas nuas brilhava. Ele se perguntou se ela tinha alguma ideia de como era bonita. Especialmente esta manhã, quando a barreira que ele sempre sentira nela parecia ter desabado. Roxy parecia mais leve, mais aberta. Isso fazia seu peito doer.

— O que você vai fazer hoje?

Era sua imaginação ou a coluna dela enrijeceu?

— Preciso praticar antes de ir para o ensaio. Preciso saber as falas de trás para a frente. — A sua intuição de advogado estava apitando, dizendo-lhe que estava deixando alguma coisa passar. Ele não teve a oportunidade de perguntar antes que ela continuasse. — Mas posso vir mais tarde e assistir a *Arrested Development* com você.

Louis começou a responder *claro que sim*, antes de lembrar que Lena faria o jantar esta noite.

— Merda. Esta noite não posso. Tenho um jantar de família. — Era ali que deveria convidar sua namorada para ir junto. A percepção acendeu em sua cabeça como uma lâmpada, embora não tivesse ideia do porquê, já que nunca tinha namorado alguém. Pelo menos, não desde o ensino fundamental. Seus instintos lhe diziam que era isso que os namorados faziam quando estavam comprometidos com uma garota. Eles a apresentavam para a família. Mesmo agora, ele podia sentir uma pergunta no silêncio de Roxy. Esta seria sua chance de fazê-la se sentir segura, de provar que ele queria a coisa real.

Mas ele não podia. Ainda não.

Louis se *recusava* a deixá-la perto de Fletcher depois do que ele tinha dito. Se aquele filho da mãe olhasse para ela do jeito errado, Louis perderia a cabeça. Pior, encontrar Fletcher novamente deixaria Roxy desconfortável, a faria lembrar que quase dançara nua na frente dele. Ele não queria estragar o momento em que a apresentasse para a família, e aquilo só poderia acabar mal. Lena saberia que havia algo no ar no segundo em que Fletcher e Roxy estivessem na mesma sala. Sua irmã poderia ter uns parafusos soltos, mas farejava drama como um cão de caça. Não, quando ele a apresentasse para sua família, não queria dar nenhuma chance ao fracasso. Ele não falharia quando se tratasse dela.

— Eu, é... — Ele passou a mão pelo cabelo, sabendo que tinha deixado o silêncio perdurar por tempo demais. Como ela tinha se vestido tão rápido? Há quanto tempo ele estava sentado ali? — Talvez você possa vir na próxima vez?

O sorriso dela poderia rachar. Droga, ele tinha ferrado tudo. Ele já tinha ferrado tudo.

— Veremos. Jantares de família não são a minha praia. Tenho que ir... há um ônibus que atravessa a cidade que sai em...

Ela nem se deu ao trabalho de terminar a frase antes de sair do quarto. Louis ficou atordoado por um momento antes de disparar atrás dela.

— *Rox.*

— O quê?

Ela parou com a mão na maçaneta. Era isso. Ele precisava contar a verdade, mas tinha muito medo do resultado. No primeiro encontro, ela ficara horrorizada quando ele contara que Fletcher estava noivo da sua irmã. Ela achara que sair com Louis depois daquela noite seria sem sentido, já que o futuro membro da família a conhecia como *stripper*. Se ele dissesse que não a queria perto de Fletcher, só justificaria a preocupação dela. De modo algum também contaria o que Fletcher tinha dito. Não a chatearia com aquele lixo. Ele precisava resolver a situação antes de levá-la ao encontro de sua família. E ele levaria. Isso *aconteceria*.

— O que é, Louis?

Um nó se formou na garganta dele.

— Eu te ligo.

A porta se fechou assim que ele pronunciou a última palavra.

Capítulo 20

Roxy tomou o último gole de café e jogou o copo no lixo. Faltavam cinco minutos para o horário marcado para encontrar Johan para o ensaio, e ela não queria chegar nem um segundo mais cedo. Ela odiava isso. Detestava a sensação de nervosismo e o frio na barriga. Isso estava errado. Ela não deveria se sentir dessa maneira. Aquilo terminaria hoje à noite, de um jeito ou de outro. Era o que ela continuava a dizer para si mesma, repetidamente. Fora a única coisa que a convencera a calçar os saltos altos e deixar o apartamento.

Ela se recostou na parede do lado de fora da cafeteria e observou o trânsito. Seu corpo estava cansado, pesado. A ansiedade deixava os seus músculos doloridos. Havia um zumbido na sua cabeça que não queria ir embora. Ontem, ela fora para o ensaio confiante. Já sabia como era o filho da puta e, mesmo assim, entrara com os ombros para trás e o queixo erguido. Hoje, não se sentia assim. Isso a deixava extremamente irritada, pois sabia qual era a razão.

Estúpida. Ela tinha sido muito *estúpida*. Por uma noite, havia baixado a guarda, e agora pagaria por isso. O comportamento de Louis fora quase cômico esta manhã. Ela não estava esperando por um convite para jantar. Mas uma pequena parte dela ficara esperançosa. Ele quisera que ela ficasse naquela noite em que suas irmãs apareceram, certo? Conhecer o resto da família não era algo tão absurdo. Mesmo que isso a assustasse. Mesmo que nunca tivesse conhecido os pais de um cara antes, ela se sentiria bem conhecendo a família de Louis, contanto que ele estivesse ao seu lado.

A maneira como ele se fechara, tropeçando nas palavras, tentando encontrar alguma maneira de evitar vê-la ou levá-la para perto da família... essa atitude dissera a Roxy tudo o que precisava saber. Ou Louis conseguira o que queria e não desejava mais se preocupar com ela, ou, talvez pior ainda, tinha vergonha de apresentar uma atriz iniciante, que dormia em um *futon,* à sua família rica. Qualquer uma das opções machucava. Ela não precisava dessa dor agora. Juntando com o nervosismo causado por Johan, essa dor a deixava completamente no chão. Normalmente, ela se levantaria logo, mas, hoje, sentia vontade de se encolher e ficar pelo chão mesmo.

Droga. Ela gostava dele. Muito. Parecia que tinha deixado uma parte de si mesma para trás com Louis.

Sua falta de determinação a assustava, porque ela nunca ficara assim. Roxy não queria chegar ao confronto inevitável com Johan com nada menos do que cem por cento de confiança. Ela precisava disso para poder recusar o papel da sua vida, porque não seria fácil. Se o que acontecera na noite anterior e durante esta manhã servia para provar alguma coisa, era que sexo era apenas isso. Sexo. Talvez não tenha sido assim com Louis. Talvez tivesse sido incrível... e a arruinado por um bom tempo. Porém, no fim das contas, fora um meio para um fim. Louis a queria, então ele fizera tudo o que precisava fazer para conquistá-la. Mas a perseguição havia terminado. Assim como acontecera com todos os outros caras com quem saíra, ela cedia e, logo em seguida, eles lhe davam um pé na bunda.

Essa mentalidade era uma coisa perigosa quando uma grande escolha se apresentava. Valia a pena recusar um papel apenas para evitar um encontro desagradável? Se tudo o que significava era outra noite sem sentido? Sua autoestima estava em jogo aqui, assim como a sua carreira. Ela poderia sair do ensaio com o orgulho intacto, mas estaria em Nova Jersey, trabalhando no varejo tão rápido que deixaria sua cabeça girando. Onde estava o orgulho nisso?

Deus, talvez houvesse uma pequena parte dela que quisesse ceder a Johan só para provar algo estúpido para si mesma. Provar que ela não precisava de Louis ou de seus toques perfeitos e palavras doces. Ele não dissera aquelas palavras com sinceridade. Elas haviam sido ditas no calor do momento, mas, agora, não significavam nada.

Não, Roxy não deixaria que isto fosse sobre provar algo. Ela não daria a Louis mais poder sobre sua mente do que ele já tinha. Se achasse impossível abandonar o papel de Missy, um papel ao qual já havia se apegado, ela encararia a situação como uma transação comercial. Nada mais.

Você não pode estar de fato considerando isso. Johan te assusta. Talvez ela não estivesse considerando. Talvez fosse simplesmente a dor falando. A dor causada por um clichê conhecido por *eu te ligo* quando saía do apartamento de Louis esta manhã. Ela bloqueara o número do telefone dele antes mesmo de o elevador chegar ao saguão. Não verificaria o celular uma única vez esperando ver o número dele. Não ia acontecer.

Roxy olhou para a tela do celular. Faltava um minuto. Ela atravessou a rua em direção aos escritórios do estúdio e passou pela entrada. O corredor estava vazio e silencioso enquanto se dirigia para os fundos, onde ela e Johan haviam ensaiado na noite anterior. Ele estava sentado de pernas cruzadas no chão, lendo uma revista, se esforçando tanto para parecer descontraído que ela quase riu. Roxy poderia facilmente desculpar a si mesma por ter tido a impressão errada dele. A imagem que Johan projetava para a mídia era a de um gênio divertido e adorável, quando, na realidade, ele era um homem que conseguia o que queria da maneira errada. Não era nada mais do que um idiota mimado ao qual as pessoas davam um valor exagerado.

Ela bateu à porta aberta uma vez para alertá-lo da sua presença. O sorriso predatório dele quando a olhou a deixou nauseada, mas ela respirou fundo. Mesmo que sua bolsa parecesse sua rede de segurança, tirou-a do ombro e a colocou sobre a mesa.

— Oi.

— Oi, oi. Entre. — Johan se levantou. — Você está linda.

— Obrigada. — Roxy usava calça e uma camisa de botões com mangas compridas como uma forma de passar uma mensagem. Aparentemente, ela havia sido interceptada na porta pelo ego dele. — Estive ensaiando as falas o dia todo. Estou me sentindo muito mais confortável com a cena em que preciso dirigir.

Ele assentiu, parecendo distraído.

— Vamos começar com a cena em que você se atrapalhou ontem. A, é... — O sorriso dele se alargou. — A cena do bar onde Missy e Luke dançam juntos.

Zero pontos pela sutileza.

— Essa não é a cena em que eu me atrapalho.

— Não? — Ele pegou o roteiro desgastado de cima da mesa e folheou algumas páginas. — Bem, vamos começar por ela de qualquer maneira. É uma cena importante, e você precisa diminuir o tempo.

— Não há muito diálogo nessa cena. — *Afaste-se. Por favor, se afaste.* — Não acho que vá ter qualquer problema com ela. Prefiro trabalhar em outra coisa.

Johan coçou a nuca; o rosto que ela certa vez achara bonito se transformou com divertimento.

— Da última vez que cheguei, fui eu quem escreveu o roteiro. — O olhar dele estava fixo nela. — E sou eu que escolho o elenco.

Lá estava. Um ultimato finamente velado. Seu coração pulou para a garganta quando ele se aproximou. Roxy queria dar meia-volta e correr pela porta, mas se sentiu presa no lugar. Começou a sentir arrepios, tão frios que desejou envolver os braços ao redor de si mesma em busca de calor. Quando pensou que ele pararia na sua frente, Johan começou a rodeá-la, se colocando atrás dela.

— Eu gosto de você, Roxy. Acho que é perfeita para esse papel.
— Ele alisou os cabelos dela. Um movimento que a fazia se lembrar tanto de Louis que quis chorar. Este não era Louis. Ele não era nada parecido com Louis... ou com o Louis que ela achava que conhecia.
— Quero que você se sinta confortável comigo. Esse papel é muito importante para o filme. *Nós precisamos* nos conectar antes de dar vida à Missy. *Juntos.*

Ah, Deus. Que nojo. Ela teria se virado e gargalhado na cara dele se não quisesse chorar como um bebê. Johan já devia ter feito isso antes para ter falas tão ensaiadas como essas. Com quantas atrizes ele teria feito isso? Roxy não queria ser outra vítima que precisaria manter o segredo ou correria o risco de passar vergonha. Ela *odiava* essa ideia.

— Johan, Missy é importante para mim. Vou dar vida a ela. Eu vou.

Ele circulou de volta e parou na frente dela, olhando-a como se a estivesse analisando.

— Então vamos começar com a cena de dança, está bem?

Sabendo que era um erro, ela assentiu uma vez. Johan jogou o roteiro de volta para a mesa, parecendo uma criança que acabara de ganhar um brinquedo novinho em folha. Ele não perdeu tempo e invadiu seu espaço pessoal, colocando uma das mãos no seu quadril, no lado direito. Sua postura estava rígida quando ele a puxou para perto. Ela apertou os olhos, lutando contra a sensação indesejada da respiração dele em sua orelha. Os dois começaram a dançar, mas Roxy não conseguia relaxar, não conseguia fazer os músculos relaxarem.

Não faça isso. Errado. Muito errado. Saia já daqui.

E fazer o que, Roxy? Voltar a trabalhar com telegramas cantados? Fazer strip-tease? Ir para casa e admitir o fracasso para os seus pais? Eles adorariam. Eles iriam sorrir e dizer que a vida é assim mesmo, e depois voltariam a beber Budweiser no sofá de merda deles.

O pesar a golpeou. A autocomiseração que ela nunca se permitira sentir antes caiu sobre ela, compensando o tempo perdido. O que isso importava? Quem se importava com seu orgulho além dela mesma? Ninguém. Ninguém se importava. Por que ela deveria?

O rosto sorridente de Louis apareceu em sua cabeça, e Roxy não pôde impedir que as lágrimas rolassem pelas suas bochechas.

A mão de Johan deslizou ainda mais para baixo em suas costas.

Louis bateu um pouco alto demais à porta do apartamento de Lena. Ele realmente queria acertar o punho em algo, qualquer coisa. Precisava de uma válvula de escape para a frustração angustiante com a qual estava convivendo desde aquela manhã. Roxy tinha bloqueado o seu número. Inacreditável. Ele não fazia ideia do que teria dito se ela atendesse, mas pelo menos teria sido algo melhor do que *eu te ligo*. Que tipo de idiota ele era, afinal? Eu te ligo? Ela estava certa em sair sem ao menos olhar para trás. Louis ficava enjoado ao se lembrar de quantas vezes dissera isso a uma garota e não havia falado sério. Como ele ousava dizer isso a Roxy? Meu Deus, ele merecia cada minuto desse sofrimento. Assim que resolvesse a pendência com sua irmã, a encontraria e imploraria até que seu rosto ficasse azul.

Ele repassara a cena daquela manhã uma dezena de vezes, tentando enxergá-la pela perspectiva de Roxy. Sim, ela definitivamente achara que ele estava lhe dando um fora. Ele não fizera nada para convencê-la do contrário. Por mais frágil que fosse a confiança que Roxy tinha nele, Louis a quebrara com a facilidade com que se parte um graveto.

Droga, ele já sentia a falta dela. O fato de que Roxy pudesse duvidar dele quando Louis se sentia assim em relação a ela o deixava confuso. Não estava na cara? Ele não achava que era capaz de esconder algo assim tão grande, algo que parecia vazar continuamente do seu peito.

A maçaneta girou na porta, e Lena repentinamente se colocou na frente dele. Ela segurava uma espátula na mão e um extintor de incêndio na outra.

— E aí, irmão. Beleza? Espero que você tenha trazido o seu apetite. Ou um extintor de incêndio extra.

Ele contornou Lena e entrou no apartamento.

— O que você incendiou?

— Ketchup.

Louis decidiu não perguntar.

— Escute, eu vim mais cedo para podermos conversar. Tem mais alguém aqui?

— Não. — Ela pegou uma taça de vinho do balcão e tomou um gole considerável. Ótimo, ela estava bebendo. *Isso* terminaria bem. — Só eu. Celeste chegará aqui em dez minutos, então desembucha.

— Obrigado — respondeu ele de forma seca, indo até a geladeira para pegar uma cerveja, muito necessária no momento. Possivelmente sua última cerveja, para sempre, caso esta conversa terminasse mal. Ele tomou metade e colocou a garrafa no balcão. — Você se lembra da outra noite, quando eu disse que não havia *strippers* na festa de despedida de solteiro de Fletcher?

Lena estendeu a mão e pegou uma faca de açougueiro do balcão da cozinha.

— Sim.

— Não era mentira. — Ele pensou em Roxy. Pensou no jeito como ela absorvera todo o brilho do sol no seu quarto. Onde ela estava agora? O que ela estava fazendo? — A garota que apareceu para tirar a roupa não era uma *stripper*. Ela é a minha namorada. — Ele observou a faca de perto. — Ela precisava do dinheiro porque estava passando por uma situação difícil, mas a única pessoa naquela sala para quem ela tirou a roupa fui eu. E vai continuar assim.

Sua irmã o observava com os olhos semicerrados.

— Mas Fletcher sabia que ela ia?

— Sabia. — Ele suspirou. — Se adiantar, Lena, esse tipo de coisa acontece em muitas despedidas de solteiro. A festa dele foi até bastante inofensiva em comparação com algumas que já fui.

— Ele prometeu. — Ela enterrou a ponta da faca em uma tábua de carne e a torceu. — Esse é o tipo de garota com quem você deveria estar namorando?

A mandíbula de Louis tensionou.

— Se você quer dizer uma garota bonita e inteligente, que me deixa insanamente feliz toda vez que estou com ela, então, sim. Esse é o tipo de garota. Ela é teimosa, esforçada e corajosa. Ela é tudo. E é minha. Então você precisa ficar bem com isso. Com ela. Não me importo com o que ela fez.

Lena fez um bico de contrariedade.

— Você não precisa ser desagradável em relação a isso.

Louis engoliu o pedido de desculpas. Ele não se desculparia quando tinha sido sincero em cada palavra que tinha dito.

— Eu só estou dizendo a verdade. Se as coisas saírem como planejo, ela estará por perto mais vezes. Preciso que ela se sinta confortável.

— Se essa garota é tão importante assim para você, onde ela está hoje? — Lena deixou a faca cair no balcão e cruzou os braços. — Eu fiz paella suficiente para alimentar Manhattan inteira.

Ele escondeu o sorriso. Esse foi o jeito de a irmã dizer, *se ela é importante para você, é importante para nós.*

— Ela está em um ensaio. — Ele hesitou. — Não que eu a tenha convidado. Porque sou um idiota.

Lena não concordou nem discordou da sua autoavaliação.

— Humm. Você pode levar um pouco para ela quando for para casa. Um homem com *tupperware* sempre é desculpado. — Ela pegou a faca novamente e atacou um camarão desavisado. — Exceto por mentir. Isso é imperdoável.

— Certo. — Ele tomou o resto da cerveja. — Cheguei mais cedo também por outra razão.

Obviamente percebendo o tom sério na voz dele, ela o olhou com cautela.

— Manda.

Louis soltou um suspiro.

— Você é minha irmã, e eu te amo. Honestamente, você é um pouco maluca, mas acho que já sabe disso.

Ela assentiu.

— Continue.

— Mesmo sendo maluca assim, Lena... — Ele colocou uma mão reconfortante sobre o braço dela. — Você não é maluca o bastante para se casar com o Fletcher. *Strippers* e mentiras à parte, ele não é bom o suficiente para você. Nem de longe.

— Eu sei. Celeste tem me dito a mesma coisa, mas eu não queria ouvir. — Os olhos dela se encheram de lágrimas. — Não há muitos caras que aturam as merdas que eu faço.

— Você pode conseguir alguém muito melhor que ele. — Louis abriu os braços bem a tempo de pegá-la assim que ela atravessou a cozinha correndo e se atirou no colo dele. Mesmo conseguindo se equilibrar com dificuldade, ele a abraçou apertado. — Nesse meio--tempo, faremos festas da pipoca na minha casa. Certo?

— Certo.

Ela se afastou, enxugando os olhos. As bochechas estavam verme-lhas pelo constrangimento.

— Então, é... o que ela está ensaiando? Alguma coisa que eu saiba?

Ele se inclinou sobre o balcão, grato por ela ter mudado de assunto, mas deprimido pela lembrança de sua participação no modo como Roxy havia conseguido o teste.

— Provavelmente. É o novo filme de Johan.

— Johan Strassberg? Aquele com cara de esquilo que costumava nos seguir para todos os lados com uma câmera? — Ela bufou. — Os pais dele davam aquelas festas desagradáveis no gramado da casa deles em Hamptons. Todo mundo tinha que usar branco. Lembra?

— Ah, sim.

Lena estremeceu.

— Esse cara sempre me causou repulsa. Não sei por quê. — Ela estalou um único dedo no ar. — Ah, lembrei. Celeste e eu o flagramos nos filmando no chuveiro ao ar livre uma vez em uma festa na piscina. Ele nem ficou envergonhado por ter sido pego. Estava com um grande sorriso de merda na cara.

Uma inquietação se instalou no estômago de Louis.

— Por que você não me disse?

— Nós dissemos. — Ela fez uma careta. — Lembra quando dirigimos até a casa dele e retalhamos os pneus? Não foi porque ele ficou em primeiro lugar no show de talentos do acampamento de verão. Nem mesmo nós somos tão vingativas assim. Foi porque ele nos filmou tomando banho e passou a imagem num projetor para todo mundo assistir.

— Aquele era o carro de Johan? — As palavras dele soaram distantes. Aquela noite tinha sido há tanto tempo que Louis mal se lembrava, meio adormecido como estava, no banco de trás do carro. Obviamente sua lembrança fora reconstruída, como nas partes de um sonho.

Lena pareceu interpretar erroneamente o seu silêncio.

— Não dê tanta importância para isso. Todo mundo acaba me vendo nua mais cedo ou mais tarde. — Ela sorriu para que ele soubesse que estava brincando. — De qualquer maneira, Johan sempre me assustou. Houve um boato, naquele mesmo verão, de que o pai dele pagou um bom dinheiro para livrá-lo de algumas acusações. Nunca descobri a razão. — Um temporizador despertou no fogão, e ela estendeu a mão para desligar. — Sempre achei que tinha algo a ver com alguma garota. Tive essa sensação.

Louis se afastou do balcão, sentindo uma leve tontura. Parecia que uma bola de golfe havia se alojado em sua garganta, o que não ajudou quando sua respiração começou a ficar mais rápida. O apartamento parecia se fechar ao redor dele quando se lembrou da relutância de Roxy em falar sobre os ensaios com Johan. A rigidez dela toda vez que tocava no nome dele. A expressão perdida em seu rosto no dia do tribunal... imediatamente após o teste. Um teste que ele tinha arranjado para ela. Um grito se formou em seu peito, mas Louis conseguiu segurá-lo no último segundo.

Lena o observava com preocupação, que lentamente se transformou em reconhecimento.

— Vá.

Capítulo 21

EU NÃO QUERO fazer isso. Eu não quero fazer isso.

Será que alguém que fizera um teste do sofá realmente queria fazer isso? O que a fazia ser diferente delas? O dia em que abandonara a faculdade e voltara para casa para pegar suas coisas, sua mãe dissera isso. Falara que ela era só mais uma garota com sonhos grandes demais para suas capacidades. Será que ela estava certa? Talvez Roxy só tivesse aquilo. Talvez tudo que acontecera até hoje tivesse acontecido para que ela chegasse aqui, e todos os testes tenham sido uma completa perda de tempo.

Johan roçou as mãos em seu traseiro, acomodando-as com mais firmeza quando as palavras que rejeitariam o seu toque ficaram presas na garganta dela. Seu estômago se revirava violentamente. Tudo acabaria em vinte minutos, no máximo. Certo? Então ela poderia ir para casa, se lavar dos vestígios dele e se enterrar em baixo das cobertas até que o sol nascesse. Roxy já estivera com manés antes. Poderia apenas fechar os olhos e fingir que não estava acontecendo. Ninguém saberia.

Eu saberia. Sou melhor do que isso.

A vozinha que vinha ignorando irrompeu através da neblina de autocomiseração. Ela viera para Nova York para sobreviver sozinha.

Se dormisse com Johan e garantisse o papel, não seria como o resultado de um trabalho honesto ou um reflexo de seu talento. Seria uma vitória barata. Ele daria o papel a ela em troca da sua dignidade. Não valeria a pena.

E, *droga*, ela não podia deixar que outro homem a tocasse quando ainda sentia as mãos de Louis em sua pele, a respiração dele em seu ouvido. Isso até podia fazer dela uma pessoa patética, mas ela queria — *precisava* — saborear essas lembranças, guardá-las o quanto pudesse.

— Você pode tirar a mão da minha bunda agora.

Johan riu, perto do topo da sua cabeça, e o hálito quente em sua testa fez com que Roxy se retraísse. Mas ele não retirou a mão. Em vez disso, ele a puxou mais para perto. Ela podia sentir a excitação dele indo de encontro à sua barriga, e isso a deixou em pânico.

— Não tenho tempo para toda essa ceninha de *vou-bancar-a-difícil*, Roxy. Tenho outra reunião depois disto.

Ela empurrou o peito dele.

— Me solte.

Finalmente, Johan parou de tocar o seu traseiro, mas só para que pudesse segurar seu antebraço. Ela recuou quando os dedos dele cravaram em seu bíceps.

— O quê, você gosta com mais violência? Sem problemas.

Quando ele se inclinou para beijá-la, Roxy deu um soco no nariz dele, produzindo um barulho extremamente satisfatório de algo se quebrando. Ele tropeçou para trás com um grito agudo, o sangue já começando a escorrer de suas narinas.

— Ah! Mas que porra?

Roxy balançou a mão, estremecendo com a dor que o soco causou. Ela usou o *estilo Jersey*, o que significava *forte. Meu Deus*, como foi bom. Não só para descontar a frustração e a raiva na pessoa que havia causado tudo aquilo, mas também porque, naquele momento, ela havia recuperado o controle. Seus pensamentos poderiam ter ficado vulneráveis e um pouco confusos temporariamente, mas, quando voltara à realidade, ela se dera conta de que era melhor que aquilo. Melhor que ele.

Parte dela queria ficar ali parada vendo Johan se contorcer de dor por mais algum tempo, mas precisava cair fora. Ele não recuara quando ela pedira, e isso a assustara. Roxy pensara que ele era apenas mais um safado que se aproveitava de seu status para fazer o teste do sofá, mas estava errada. Ele era muito pior que isso. E ela não ficaria por perto para descobrir.

Mas, antes, porém, um discurso de despedida era obrigatório.

— Ei, idiota. — Ela esperou até que ele a fitasse com olhos semicerrados. — Não há papel neste planeta que faça valer as suas mãos nojentas em cima de mim. Você pode ficar com ele e ir direto para o inferno. Divirta-se tentando imitar Wes Anderson, seu pedaço de lixo de segunda categoria.

Ela teve apenas um vislumbre da irritação de Johan com o insulto enquanto saía da sala e andava apressada pelo corredor. Quando ouviu os passos dele ecoando atrás de si, começou a correr. Seu coração batia descontroladamente no peito. Mais alguns passos e estaria na calçada movimentada.

Antes que pudesse alcançar a porta, ele a agarrou pelo braço.

— Se você contar a alguém sobre isso, todos vão rir de você. Será só mais uma atriz fazendo escândalo para conseguir aparecer na frente das câmeras da maneira mais fácil.

— Me solta — exigiu ela, retorcendo o braço para se libertar.

Ele a agarrou novamente e conseguiu puxar sua camisa, arrebentando vários botões e rasgando o tecido. Até mesmo Johan pareceu um pouco assustado com o que fez, e ela aproveitou seu choque para abrir a porta e sair aos tropeços para a calçada.

Diretamente para os braços de Louis.

Os acontecimentos daquela manhã se dispersaram da sua cabeça, e o alívio a inundou. Ele parecia tão perfeitamente familiar e sólido, parado ali, com a roupa de trabalho. Roxy não pensou duas vezes antes de jogar os braços ao redor do pescoço dele e abraçá-lo com força, inalando seu cheiro com avidez. No entanto, o corpo dele parecia rígido. Algo bem diferente do que costumava ser. Ele segurou seus pulsos e a afastou, analisando o seu corpo com o que parecia ser raiva reprimida. Lentamente, Louis estendeu a mão e traçou a parte rasgada da camisa antes que sua atenção se focasse em Johan, ainda parado atrás dela na porta de entrada.

— Eu vou matar você — grunhiu Louis, o corpo vibrando contra o dela.

A voz de Johan soou abafada, como se ele ainda estivesse tentando estancar o sangue do nariz, mas o tom era de deboche.

— Tanto faz, cara. O ensaio terminou. Leve-a embora.

Louis se moveu como um relâmpago ao passar por ela, dando um soco no rosto de Johan antes mesmo que ela pudesse se virar. Com o soco, Johan tropeçou passando pela porta, e Louis o segurou com força.

— O que você fez com ela?

Johan bateu com o pé.

— Droga. A porra do meu nariz com certeza está quebrado.

— Me responda.

— *Nada*. Ela bate mais forte que *você*. Fica calmo.

— Ficar. *Calmo*? — Louis torceu a frente da camisa de Johan. — Eu vou quebrar mais do que o seu nariz se você tocou nela.

Johan parecia realmente entediado com a linha de interrogatório. Esta definitivamente não era a primeira vez que recebia um gancho de direita. A repugnância tirou Roxy do seu estupor. Ela colocou as mãos no ombro de Louis e tentou impedi-lo de entrar no prédio, mas ele não cedeu. Na calçada, as pessoas começavam a parar no intuito de observar a comoção. Ela precisava tirar Louis dali antes que alguém alertasse um policial.

— Louis, deixa pra lá. Ele não vale a pena. Não aconteceu nada.

FICA COMIGO 233

Ele se virou, olhando para ela como se não a reconhecesse, os olhos brilhando de raiva.

— Então como é que a sua camisa rasgou?

Roxy não queria mentir para ele, só queria ficar o mais longe possível de Johan, mas a hesitação deu a Louis o que ele precisava. Ele fechou o punho e deu mais dois socos no rosto de Johan.

Em uma explosão de energia, Johan conseguiu se soltar, dando um passo para trás quando Louis não conseguiu mais segurá-lo.

— Você *me* ligou, Louis. Eu poderia ter contratado qualquer outra atriz nesta porra de cidade. Isso foi um *favor.*

Louis enrijeceu. As mãos caíram ao lado do corpo como se uma corda fosse cortada. A cabeça de Roxy passou a trabalhar rapidamente, tentando compreender o que Johan dissera. Um favor? Como... como Johan sabia o nome de Louis? A resposta a atingiu com a força de um pé de cabra. *Ah, meu Deus, não.*

— O que você fez? — sussurrou ela.

Louis não se virou.

— Não posso discutir isso com você agora, Roxy. Estou puto da vida.

— Nós vamos discutir de qualquer maneira. — Ela deu um passo para o lado para que pudesse ver Johan. — Ele ligou para você? Ele... pediu para você me dar esse papel?

Johan sorriu, debochado.

— Nem uma boa ação fica impune, eu acho.

Um grito escapuliu pelos lábios de Roxy.

— Droga. *Droga,* Louis.

O sofrimento rolava por ela como uma onda, ao mesmo tempo em que as últimas duas semanas passavam pela sua cabeça em câmera lenta. Um assistente de elenco ligando num sábado à noite, dando a oportunidade que ela sempre sonhou. Uma oportunidade que ela achara ter conquistado, mas *não* fora assim. Como podia ser tão ingênua? Esse tempo todo, ela se sentia orgulhosa de si mesma, supondo que fizera algo certo em algum lugar durante o caminho, que impressionara as pessoas certas. Que fora notada pelos próprios méritos. Quando, na realidade, a oportunidade lhe fora entregue pelo cara que queria dormir com ela. Isso a enfureceu. Fez seu coração ficar tão apertado que Roxy achou que poderia se partir no peito. Não. Não conseguia mais lidar com aquilo. De manhã, sofrera um abalo emocional, e fora tudo culpa dela. Ela mesma se colocara nesta situação. O orgulho que carregava com ela quando saiu do escritório de Johan após o teste estava espalhado pela calçada como o lixo do dia anterior.

Louis se virou lentamente, estremecendo com o que viu em seu rosto.

— Só consegui uma chance para que você fizesse o teste — disse ele, puxando-a para mais perto da calçada, fora do alcance dos ouvidos de Johan. — Você conseguiu o papel sozinha. Foi apenas uma questão de ter a oportunidade.

— Mentira. Não acredito em você. — Ela deu um tapa na testa quando se lembrou de que só três atrizes fizeram teste naquele dia. Aquilo fora muito estranho, mas ela tinha ignorado. — Você devia estar rindo de mim quando recebi aquele telefonema. Você devia estar pensando no quanto eu era *burra*.

— Você nunca pareceria burra para mim. Nunca.

— Achei que você havia entendido... — Ela engoliu em seco. — Eu te disse o quanto era importante que eu fizesse tudo sozinha, e achei que você havia entendido. Que havia me entendido. Você tirou isso de mim.

Ele jogou o cabelo para trás com impaciência, os nós dos dedos salpicados de sangue.

— Ah, é? Bem, não é assim que o mundo funciona. As pessoas entram em contato com os amigos, fazem ligações telefônicas e retribuem favores. É feio, mas é a verdade. Sei que você queria fazer isso por conta própria, mas, do seu jeito, não estava dando certo.

Ela se encolheu quando as palavras dele causaram um efeito semelhante a uma faca sendo cravada em sua barriga.

— Jesus, eu sinto muito. Isso saiu errado. — Louis emitiu um som de frustração. — Não posso falar sobre isso agora. Não quando tudo que eu posso ver é você parada aí, com a camisa rasgada, aparentando ter chorado.

Não. Ela não deixaria que ele a amolecesse. Não sentiria pena dele.

— Você não pode simplesmente tomar decisões sem consultar as pessoas envolvidas.

— Você teria recusado a ajuda. Eu não tive escolha.

— Por que você não teve escolha? — A resposta de repente pareceu óbvia, deixando-a enjoada. — Você precisava namorar alguém respeitável, não é isso? Se você fosse namorar uma atriz, que ela fosse bem-sucedida. *Certo? Não algu*ém que precisasse tirar a roupa para pagar o aluguel.

— Não. — Louis apertou a ponte do nariz. — Eu só queria te deixar feliz.

Sabendo que não era justo, mas, mesmo assim, querendo arrancar um pedaço dele, Roxy gesticulou para Johan, que estava sentado no chão, sangrando.

— Bem, você falhou. Acho que ele não mencionou que sexo fazia parte do negócio. Bom trabalho.

O corpo dele desvaneceu bem diante dos seus olhos. Ela se odiava naquele momento. Odiava *Louis* por fazer com que se sentisse uma pessoa tão nojenta e importante ao mesmo tempo. *Preciso sair daqui.*

— Adeus, Louis.

Ela conseguiu chegar até a esquina antes de deixar que as lágrimas caíssem.

Capítulo 22

ROXY ABRIU UM olho, viu Honey e Abby sentadas na beirada de sua cama e prontamente o fechou. Talvez se ela ficasse completamente imóvel, elas pensariam que caíra no sono de novo e voltariam a assistir *Missão madrinha de casamento* ou qualquer outra merda. Ou fossem fazer o que quer que os vivos faziam fora dos seus quartos, ao ar livre. Qualquer coisa, menos forçá-la a reconhecer que já estava na cama há dois dias inteiros, usando uma camisa rasgada.

Roxy queria tirar a camisa, mas se forçava a continuar com ela. Era uma bobagem, e sim, meio anti-higiênico. Mas *ela* se sentia rasgada ao meio, e ter uma representação visual daquilo permitia que chafurdasse impunemente, não permitia? Ela não pretendia superar aquilo tão cedo, então queria que suas colegas de apartamento pé no saco se mandassem. Mesmo que soubesse que, no instante em que fechasse os olhos, teria que lidar com as lembranças de Louis. Mas era melhor que *não* lidar com aquilo, como provavelmente faria pelo resto da vida. Ela o perdera. Ou ele a perdera. Quem se importava? Os dois não estavam *juntos,* mas, enquanto permanecesse nesta cama, pelo menos continuaria com o coração partido. No exato momento, parecia que ela não tinha mais nada.

Alguém, provavelmente Honey, cutucou seu cotovelo.

— O que você quer? — perguntou Roxy com os dentes cerrados.

— Chegou outra entrega de falafel para você — respondeu Abby.

— Nós comemos — acrescentou Honey. — Você ignorou as duas últimas, e, de onde eu venho, não desperdiçamos comida. Estava fantástico. Estou pensando em fazer minha própria receita.

O peito de Roxy doeu ao ouvir que Louis mandara mais falafel. Por que ele não *parava?* Muitas coisas aconteceram, muitas palavras erradas haviam sido ditas. Ele roubara a sua independência. Podia até ser teimosia, mas, mesmo que não estivesse furiosa com ele, Roxy não achava que conseguiria olhá-lo nos olhos de novo. Ele a vira em muitos momentos ruins. Os *piores* momentos da sua vida. Toda vez que olhasse para ele, era o que veria. Ela se perguntaria se Louis estava pensando nela fazendo *strip-tease*, cantando vestida com alguma fantasia ou correndo de um homem que ela sabia que não era boa coisa desde o início, mas ignorara os sinais de alerta.

— Da próxima vez, não atenda à porta. Por favor. Não quero que ele pense que estou aceitando.

Honey cruzou os braços.

— Vai nos contar o que aconteceu? Preciso de algum incentivo para recusar comida grátis.

— Tenho uma ideia. — Abby juntou as mãos e olhou para as duas com uma expressão ansiosa. — Vamos te contar nossas piores histórias de separação primeiro. Talvez, depois disso, fique mais fácil para você.

— Não vai ficar.

— Eu começo — disse Honey, nitidamente ignorando os protestos de Roxy. — Elmer Boggs era o meu namorado no ensino médio. Um grandalhão de coração mole que jogava na defesa da equipe de futebol. Um doce de pessoa, mas burro como uma porta. — Ela inclinou a cabeça e sorriu. — Se dependesse dele, eu estaria grávida e cuidando da casa antes mesmo de me formar da escola. Mas eu não era da mesma opinião.

— E a faculdade? — sussurrou Abby, como se não conseguisse imaginar um mundo onde algumas pessoas não tivessem um diploma. — Ele não queria ir?

— Bem, era aí que nós éramos diferentes. Elmer estava mais do que feliz em aceitar um emprego vendendo carros na concessionária do pai. Eu queria algo mais. — Honey parou por um momento. — Terminei com ele no dia em que fui aceita em Columbia. Digamos que ele não aceitou muito bem. Apareceu na frente da minha casa, bêbado feito um gambá, às duas da manhã. Ele segurava um aparelho de som gigante sobre a cabeça, como naquele filme *Digam o que quiserem*. Mas, em vez de Peter Gabriel, ele colocou "The Devil Went Down the Georgia" para tocar.

Roxy arqueou uma sobrancelha.

— Era a música de casal de vocês ou algo assim?

Honey balançou a cabeça em negativa.

— Não. Acho que ele simplesmente gostava dela.

— Há.

Depois de um minuto, Abby interrompeu o silêncio contemplativo.

— Quando eu tinha dezessete anos, namorei Vince Vaughn por uma semana inteira.

— Peraí. — Roxy massageou a testa. Ela não estava preparada para aquela conversa no momento. — Vince Vaughn, o ator?

— Não, não. Outro Vince Vaughn. — Abby ajeitou o cabelo, de repente parecendo constrangida. — Era noite de Halloween, e tínhamos planejado nos vestir como M&M's. Eu seria o verde, e ele, adequadamente, escolheu o amarelo. Mas quando cheguei lá, ele não estava vestindo a fantasia de M&M, estava vestido como Popeye, e sua *nova* namorada, como uma versão vulgar de Olívia Palito.

— Ai.

Abby concordou com o comentário de Honey, assentindo severamente.

— Saí correndo da festa vestida como um pedaço de bala gigante. — Ela deu um suspiro. — Depois de percorrer metade do caminho, o meu salto quebrou, e eu caí de bruços no gramado de um vizinho. Claro, eu não conseguia me levantar porque a fantasia era extremamente *estranha*. Tive que gritar para os donos da casa saírem para me ajudar.

Roxy e Honey a encararam em um silêncio atordoado por um segundo antes de caírem na gargalhada. Não havia como evitar, a imagem dela lutando para conseguir se levantar era muito engraçada. As bochechas de Abby ficaram ruborizadas, mas ela levou numa boa e até riu junto. No início, foi ótimo poder rir. Sentir alguma emoção além de arrependimento e tristeza. Mas a risada arrebentou a barragem que Roxy construíra dentro dela, libertando tudo que estava represado. O riso foi diminuindo e acabou sendo substituído por lágrimas. Um choro quente e barulhento, como ela não fazia desde que era criança.

— Droga. — Roxy pressionou as palmas das mãos sobre os olhos. — Eu não deveria ter deixado as coisas com ele continuarem por tanto tempo. Se eu tivesse terminado quando deveria, isso não machucaria tanto.

— Por que teve que acabar? — perguntou Abby com suavidade.

Ela contou às colegas. Toda a história sórdida sobre Johan, o envolvimento de Louis para que ela conseguisse o papel, a relutância dele em apresentá-la à família. Honey e Abby escutaram sem dizer uma palavra, que era exatamente o que Roxy precisava para conseguir falar.

— Ele precisava se sentir melhor com relação a mim. Ou com relação a ele mesmo. Não tenho certeza. — Ela secou os olhos. — Só sei que ele não estava feliz com quem eu sou e tentou mudar isso. Se ele tentou me mudar depois de apenas algumas semanas, faria isso de novo. E de novo. Não vou me perder. Sou tudo o que eu tenho.

Honey e Abby se entreolharam.

— E o que nós somos, lixo de ontem?

Roxy deu uma risada chorosa, embora o simples esforço de fazer isso causasse dor.

— Acho que estou presa com vocês agora também.

ROXY SE SENTOU nos degraus da entrada do edifício e tirou os sapatos de salto alto. Seu par velho e desgastado. Os que Louis lhe dera estavam escondidos no fundo do guarda-roupa, debaixo das roupas de inverno, onde não podia vê-los. Ela ficaria sentada ali por um tempo e observaria a Nona Avenida passar como em um flash de cores e ruídos. Só até reunir força suficiente para enfrentar suas colegas de apartamento, que foram estranhamente agradáveis com ela na última semana. A princípio, Roxy fingira uma expressão corajosa e deixara que elas se preocupassem com o seu bem-estar. Deixara que preparassem pratos de comida e que a arrastassem para assistir a uma série de filmes de Molly Ringwald. Mas, à medida que a semana ia passando, ela começara a se esconder cada vez mais, desejando que simplesmente a deixassem em paz para lidar com a situação.

No entanto, ela não estava conseguindo. Depois dos dois dias que havia passado na cama, de alguma forma se recuperara o suficiente para sair do apartamento, necessitando desaparecer em sua rotina familiar. Ela estava participando de diversos testes, aproveitando-se da total privação de sono. Tudo porque sentia demais a falta daquele filho da puta lindo. Mesmo sem ter notícias dele desde aquele dia, além das entregas que finalmente começaram a diminuir, Louis não a deixava sozinha por um segundo sequer. Ela acordava com o som da sua risada e adormecia com o ritmo das batidas do seu coração. Como é que isso era possível se eles só haviam passado uma noite juntos? Será que ela contraíra alguma doença quando dormira na cama dele e agora isso estava arruinando sua vida?

Johan ligara se desculpando, mas aquilo nem contara, pois seu empresário estava do lado, instruindo-o a respeito do que falar. Ela apresentara uma queixa ao estúdio, em um esforço para garantir que outras garotas não passassem pela mesma situação, e eles prometeram levar aquilo a sério. Sabendo que era besteira, Roxy seguira adiante, apresentando uma queixa à polícia. O policial que registrara sua queixa contara que já havia registrado algo semelhante, uma queixa apresentada por Louis. Ele explicara que se conheciam do tribunal e assegurara a ela que o caso se manteria em sigilo, graças a um favor pedido por Louis. Ela nem conseguia ficar zangada com Louis por contatar a polícia sem consultá-la. Em vez disso, só conseguia se lembrar do quanto ele havia ficado indignado ao vê-la do lado de fora do escritório de Johan. De como os braços dele pareciam o lugar mais seguro do universo.

Deus, ela não passava um minuto sequer sem pensar em Louis. Pensava na expressão torturada que ele tinha no rosto quando havia chegado ao estúdio. Ouvia as palavras dele se repetindo sem parar, até que precisou dar um grito mental para poder se livrar delas. Roxy queria que ele estivesse errado. Ele *errara* em agir pelas costas dela e omitir a verdade. Mas agira pensando nela, e era ao pensar nisso que ela ficava balançada. A raiva que sentia estava temperada com uma irritante pitada de gratidão. Ele se importava com ela. Fizera aquilo porque se importava. E agora, fora embora.

Roxy pressionou os dedos na testa e massageou, tentando dissipar a dor. Ela estava terrivelmente cansada. Doía estar de volta à estaca zero, ser apenas outro rosto em um mar de atrizes. Sim, seu otimismo em relação ao papel no filme de Johan fora cauteloso, mas, mesmo assim, se permitira ter esperanças além da conta. Parte dela queria desistir, mas então ela teria tempo para pensar em Louis. E em há quanto tempo procurava um emprego sem ter sucesso. Ela só precisava seguir em frente. Esse sentimento vazio uma hora ou outra sumiria. Certo?

Irritada com sua atitude derrotada, Roxy pegou os sapatos e se levantou para entrar no edifício.

— Ei, você.

Um sotaque acentuado do Queens fez com que Roxy parasse. Ela se virou no último degrau para encontrar dois rapazes olhando para ela. Eles eram bem bonitos, mas de maneiras muito diferentes. Um era alto e musculoso, cabeça raspada, calça jeans surrada. O outro, de cabelos escuros, parecia que estava se escondendo por trás dos óculos e da camisa branca social. Sem dúvida, os dois estavam irritados pra cacete.

— Você é a Roxy? — perguntou o Cabeça Raspada.

Ah, ela não estava com disposição para isso. O que quer que *isso* fosse.

— Quem quer saber?

— É ela mesma — disse Óculos, secamente.

Ela lançou um olhar furioso na direção dos dois.

— Vocês se importam em me dizer como sabem meu nome e sobre o que se trata esta pequena emboscada?

— Vou te dizer do que se trata. Nós queremos nosso amigo de volta. — Cabeça Raspada remexeu os ombros desconfortavelmente. — Eu me acostumei com ele, tá certo? Gostava de tê-lo por perto.

Óculos murmurou algo que soava como *fica calmo* para o Cabeça Raspada, mas estava olhando para ela como se a avaliasse de cima a baixo. O olhar dele era tão inteligente e perspicaz que Roxy se sentia um pouco exposta sendo o alvo da sua análise.

— Só queríamos conversar. Não é comum o Louis ficar assim tão perturbado. — Ele se remexeu. — Ele fez o que fez porque não pôde evitar, Roxy.

A atenção de Roxy foi despertada quando ela ouviu a palavra *perturbado*. Seu coração se contorceu dolorosamente. Ela não gostou de ouvir aquilo. Nem um pouco. Por necessidade, deixou o pensamento de lado e se concentrou no que Óculos dissera.

— É claro que ele poderia ter evitado. Ele tomou uma decisão. Ninguém o forçou.

Cabeça Raspada sorriu com desdém, parecendo estar ultradecepcionado com ela. O que realmente a irritava, já que eles nem a conheciam. E ela não os conhecia. Aqueles dois não tinham o direito de aparecer ali e jogar querosene sobre as suas frágeis emoções, e, em seguida, jogá-las no fogo. No entanto, seus pés se recusavam a se mover. Fazia uma semana que Roxy não tinha notícias dele, e ouvi-las agora, ouvir sobre *ele,* era como ter uma droga alimentando seu vício. Acalmando-a. Não fazia sentido.

— Quem são vocês dois, afinal? Fazem parte do fã-clube dele?

Óculos apontou o polegar para Cabeça Raspada.

— Esse é o Russell, e eu sou o Ben. Prazer em conhecê-la. — Ele ignorou a carranca de Roxy e continuou: — Olha, você passou bastante tempo com Louis para saber que...

— Muito tempo — interrompeu Russel. — Tempo valioso de jogar conversa fora e beber cerveja.

Ben suspirou.

— Louis não sabe como deixar as coisas sem consertá-las. Ele viu que você estava com um problema, e sabia como consertá-lo. Então o fez.

— Se quer saber minha opinião, você está sendo ingrata. — Quando ela ficou boquiaberta, Russell deu de ombros, desafiando-a. — É como eu vejo as coisas.

— Então você precisa mais de óculos do que ele. — Os dois riram, mas ficaram sérios imediatamente, como se tivessem sido pegos de surpresa e se indignaram com o senso de humor dela. — Eu não *queria* a ajuda de Louis Não queria a ajuda de ninguém. Ele sabia disso e ignorou.

— Não é uma razão para puni-lo — disse Russell, seriamente.

— Não o estou punindo — explodiu ela. — Eu nem tenho visto ele.

Ben apontou em direção ao centro da cidade.

— Mas *nós* temos. E a coisa está feia. — Ele fez uma pausa. — Olha, o que quer que tenha acontecido, ele se culpa por mais do que só agir pelas suas costas. Ele te mandou para aquele cara, e agora está passando por um inferno sabendo ao que ele a submeteu...

— Por favor. — Ela levantou uma das mãos, não querendo ouvir mais nada. A garganta estava seca e arranhando com a necessidade de chorar, e sua pele parecia querer se rasgar. — O que vocês querem de mim?

Russell ergueu as mãos, impaciente.

— Vá consertá-lo. Nós queremos que você vá *consertá-lo*.

Sons de passos ecoaram atrás dela no saguão do prédio.

— Ei! — *Ah, merda.* Era Abby, e ela estava lívida. — Vocês não podem simplesmente aparecer aqui e gritar com ela desse jeito. Vocês nem ligaram com antecedência, como pessoas decentes fariam. Eu deveria chamar o nosso zelador, Mark, para lidar com isso.

— Rodrigo, você quer dizer.

— Droga — sussurrou Abby de forma que só Roxy ouvisse. — De qualquer forma, ele vai colocá-los para fora daqui.

Ben não parecia preocupado com a ameaça.

Russell parecia ter visto o céu se abrir e cuspir um anjo. Os lábios se moviam, mas nem um som escapava, porém Roxy pensou ter lido as palavras *bonita, tão bonita*.

Ela pôs a mão no braço de Abby.

— Está tudo bem, mamãe ganso. Eles já estavam de saída.

— Sim, nós vamos embora. — Ben notou o estupor de Russell, e empurrou o ombro do amigo com força. O cara mal se mexeu. — Apenas pense em ir vê-lo, está bem? A culpa o está matando. Ele não sai do apartamento há uma semana.

Russell finalmente se libertou do transe.

— Sim. E então talvez possamos sair todos juntos algum dia. Tipo... nós cinco...

Ben fez um barulho impaciente e arrastou o amigo para longe da portaria.

Roxy não disse nada. Ela não conseguia pronunciar uma única palavra. Uma semana inteira sem sair do apartamento? Não parecia possível, até que ela se lembrou de que seu instinto também fora ficar deitada na cama e não sair mais de lá. Se ela estivesse se sentindo culpada por ter prejudicado Louis, teria feito isso. Talvez ainda estivesse lá.

Ela fechou os olhos e tentou encontrar a raiva. O ressentimento que havia sentido quando sua independência fora arrancada. Quando descobrira que ele vinha mentindo, deixando-a acreditar que finalmente conseguira sua grande chance. Ela procurou, mas não conseguia mais encontrá-la.

LOUIS ACENDEU o abajur ao lado do sofá para que pudesse examinar o *Cheetos* sob a luz. Inacreditável. O salgadinho laranja parecia exatamente como Elvis. Esqueça a batata na forma da Virgem Maria. Ele estava segurando *o Elvis Cheetos*. Louis ficaria famoso assim que a mídia soubesse disso.

Ele o colocou na boca, mastigando-o. Sem olhar, estendeu a mão e desligou o abajur, banhando o apartamento na escuridão mais uma vez. Era óbvio que finalmente havia pirado de vez. Houvera um momento ontem, quando desafiara a si mesmo para uma competição de queda de braço, que achara que estava ficando maluco, mas não. Ver o rosto do rei em um pacote de *Cheetos* era, definitivamente, o fundo do poço.

Nove dias. Ele estava dentro destas paredes há nove longos dias. Logo após a cena com Roxy do lado de fora do escritório de Johan, ele telefonara para o seu chefe, Doubleday. Mesmo no meio da terrível compreensão de que havia perdido Roxy, ele tivera um momento de clareza. As palavras que ele tinha dito para ela, tão parecidas com as que o seu pai diria, voltaram. *Não é assim que o mundo funciona. As pessoas entram em contato com os amigos, fazem ligações telefônicas e pagam favores. É feio, mas é a verdade.* Se ele começara a acreditar nisso, a *contar* com isso, falhara consigo mesmo. Então pedira demissão.

Em algum momento, ele precisaria se levantar. Fazer a barba, talvez colocar uma camiseta limpa. Precisaria sair do apartamento e andar até o mercado como um ser humano normal. Precisaria começar a enviar currículos para empresas que o deixariam continuar seu trabalho *pro bono*, mesmo que isso significasse começar por baixo. Mas, primeiro, precisava *se levantar.* Caso contrário, o legista o encontraria com o estômago cheio de Cheetos vencido e refrigerante de gengibre. Não exatamente o que teria escolhido como sua última refeição. O que ele escolheria como sua última refeição?

Falafel. Definitivamente falafel.

Ele se deitou de lado no sofá, o rosto aterrissando no travesseiro. Há quanto tempo estava sentado ali? Ele tinha uma leve lembrança de Ben e Russell entrando e tentando arrastá-lo para o *Longshoreman* para uma cerveja. Será que ele realmente dera um soco na cara de Russell? Os nós dos dedos doloridos diziam que a resposta era sim. Fora satisfatório no momento, mas, como todo o resto — encontrar o Elvis *Cheetos* ou vencer a si mesmo em uma competição de queda de braço —, a brilhante satisfação diminuíra quase que imediatamente, sendo substituída por uma tristeza absoluta.

Toda vez que fechava os olhos, pensava em Roxy. Às vezes, uma boa lembrança vinha à sua mente. Lembranças de como o rosto dela se iluminara quando vira os elefantes. O primeiro beijo deles, bem em frente à porta do seu apartamento, antes mesmo de saber seu nome. Na maior parte do tempo, porém, ele pensava no rosto dela manchado pelas lágrimas do lado de fora do escritório de Johan. Em como ela saltara para os seus braços, o corpo tremendo feito vara verde. Quando pensava naquele momento horrível, Louis se deixava sofrer por mais uma hora, até que a *tristeza-sabática* chegara ao ponto de se estender por uma semana.

Era isso o que acontecia quando alguém mentia. As pessoas se magoavam. Pessoas com quem você se importava tanto que doía estar longe delas. Mas ele não tivera escolha. Por que ela iria querer vê-lo novamente? Ele fora o responsável por cada merda que acontecera com ela nas últimas semanas. Por que Roxy tivera que se vestir de coelha cor-de-rosa gigante? Por causa da sua transa de uma noite. Por que ela fora contratada como *stripper*? Por causa da ira da sua transa de uma noite. Por que ela fora assediada em troca de um papel? Por sua causa e de sua tentativa imprudente de ajudar. Louis não fizera nada além de estragar a vida dela desde que ela batera à sua porta naquele primeiro dia. Sua reação imediata era querer reparar o dano. Pedir desculpas para Roxy como se a humanidade dependesse que ela o perdoasse e ele a conquistasse de novo. Era quase uma compulsão. *Vá até ela. Abrace-a.* Ele nunca desistia, especialmente quando algo importante estava em jogo. Forçar a si mesmo a deixá-la em paz poderia vir a ser considerado o seu maior feito na história. Mas, se ele queria que Roxy fosse feliz, que escolha tinha?

Uma batida soou na porta.

Louis não se moveu. Se permanecesse imóvel, iriam embora. Ele não queria ver ninguém, nem ouvi-los dizer coisas como *você vai superá-la, dê tempo ao tempo, desintoxicação pornô...* blá-blá-blá. No momento, ele não queria superá-la. Se fizesse isso, não seria capaz de pensar nela, e Louis queria se agarrar a cada minuto que passaram juntos pelo maior tempo possível. Então, quem quer que estivesse batendo à porta poderia ir se foder.

— Louis?

Ele gemeu no travesseiro. Ótimo. Agora estava ouvindo a voz dela? Ele tinha razão em achar que havia pirado de vez. Droga, ele sentia tanto a falta dela. Como conseguira ferrar tanto as coisas?

— McNally, eu realmente preciso que você abra esta porta.

— Vá embora, voz. Já comi o Elvis *Cheetos.*

Um longo período de silêncio se passou. Louis levantou, mas se manteve sentado. Talvez ele não quisesse que a voz fosse embora. Talvez quisesse que ela ficasse. Ah, sim. Definitivamente, queria que ficasse.

— Você ainda está aí? — chamou ele.

— Sim. Apesar de agora estar nervosa sobre o que vou encontrar aí dentro.

Louis olhou ao redor do apartamento, sentindo como se estivesse vendo-o pela primeira vez. Recipientes de comida, garrafas de cerveja e roupas que, aparentemente, não chegaram ao cesto estavam espalhadas em sua sala de estar. Perfeito. Além de arruinar a vida das pessoas, ele também era um porco.

— Você *deveria* estar nervosa. Não está bonito aqui.

— Tudo bem. Não sou uma coelhinha julgadora.

Louis imediatamente levantou a cabeça. Seria possível...?

Seus pés o arrastaram até a porta antes que o pensamento esperançoso terminasse de processar. Ele olhou através do olho mágico e sentiu como se mãos estivessem apertando sua garganta e cortando o seu oxigênio.

Uma coelha cor-de-rosa gigante estava do outro lado da porta.

— Rox?

— Você conhece mais alguém que se veste assim?

Ele girou rapidamente a maçaneta e abriu a porta. *Por favor, não deixe que isso seja a porcaria de uma alucinação.* Suas mãos coçavam com a vontade de tirar a máscara do rosto dela, mas Roxy se adiantou no processo. A mão que segurava a máscara deixou que ela caísse para o lado. Ele a observou atingir o chão com o canto dos olhos, porque não podia parar de olhar para o rosto dela. Cada detalhe foi catalogado numa questão de segundos, dos olhos exaustos aos lábios que sentia tanta falta de beijar que até mesmo causava dor física.

— Ah, não, Louis — disseram os lábios.

Roxy parecia tão triste que ele deu um passo na direção dela.

— O quê?

— Você está horrível.

Ele sorriu pela primeira vez em uma semana. Era tão bom estar de pé perto dela, ouvi-la falar, sentir o cheiro de flores de cerejeira.

— Tenho evitado os espelhos. — Louis engoliu em seco, mal resistindo ao desejo de tocá-la. — Por que você está aqui?

Roxy respirou lentamente.

— Me desculpe por ter te culpado pelo que aconteceu. Foi horrível o que eu fiz. — Ele estava hipnotizado pelos olhos verdes embaçados pelas lágrimas. Tentou se concentrar neles para que as palavras dela não rompessem uma barragem dentro de seu peito. — Uma das coisas que eu amo em você é essa responsabilidade que sente em querer ajudar as pessoas. Não posso amar isso e ficar chateada quando você decidir usá-la ao meu favor. Isso me tornaria uma hipócrita.

— Não, sou o único que precisa se desculpar, Rox...

— Espera. Me deixe terminar. — Ela aparentava estar se preparando para algo difícil. — A parte de atuar... *vou* fazer isso sozinha. É importante para mim. Mas não quero *ficar* sozinha. Não agora. Sei como é estar com você, e é realmente algo incrível. — Uma lágrima escapuliu, escorrendo pela bochecha. — Sinto muito a sua falta — terminou ela com um sussurro. — Fica comigo de novo? Por favor?

Tão leve. Ele se sentia tão *leve*. Era como se pudesse flutuar até o teto se ela não estivesse lá para ancorá-lo. Sem querer ficar mais um minuto sem Roxy em seus braços, Louis atravessou a porta e a puxou para o seu corpo. O soluço que ela soltou em seu pescoço parecia de alívio, deixando-o completamente perplexo. Ela realmente achara que ele diria não a isso? A ela?

— Roxy, nunca estive sem você, acredite em mim. Nem por um segundo. — Ele enrolou os cabelos dela em seu punho e levou-os ao nariz, inalando profundamente. — No entanto, a realidade é muito melhor. Por favor, não vá embora de novo. Eu começo a ver astros do rock que já morreram nos meus salgadinhos.

— Eu não vou embora. Isso é loucura, mas não vou. — Ela se afastou um pouco e o beijou. O beijo enviou uma última faísca de alívio e alegria diretamente através dele. — Estou apaixonada pra cacete por você, Louis.

— Também estou apaixonado pra cacete por você, Rox.

A risada dela foi acompanhada por um meio soluço.

— Ótimo. Vamos entrar. Você toma um banho, e, enquanto isso, eu me livro dessa roupa de coelha.

— Já mencionei que você é genial?

Ele a pegou no colo e entrou no apartamento, fechando a porta com um chute.

Apenas um homem e a sua coelhinha.

Este livro foi composto na tipologia Adobe Garamond Pro,
em corpo 12,5/16,6, e impresso em papel off-white,
no Sistema Cameron da Divisão Gráfica
da Distribuidora Record.